# 幽默的代价

王跃文 著

湖南文艺出版社

图书在版编目（CIP）数据

幽默的代价 / 王跃文著. -- 长沙：湖南文艺出版社，2023.7（2024.8重印）
ISBN 978-7-5726-1053-0

Ⅰ.①幽… Ⅱ.①王… Ⅲ.①杂文集-中国-当代 Ⅳ.①I267.1

中国国家版本馆CIP数据核字（2023）第047000号

## 幽默的代价
YOUMO DE DAIJIA

作　　者：王跃文
出 版 人：陈新文
责任编辑：谢迪南　张潇格　王　琦
装帧设计：Mitaliaume
内文排版：刘晓霞
出版发行：湖南文艺出版社
　　　　　（长沙市雨花区东二环一段508号　邮编：410014）
印　　刷：长沙超峰印刷有限公司
开　　本：880 mm×1230 mm　1/32
印　　张：11
字　　数：279千字
版　　次：2023年7月第1版
印　　次：2024年8月第2次印刷
书　　号：ISBN 978-7-5726-1053-0
定　　价：49.80元
（如有印装质量问题，请直接与本社出版科联系调换）

# 目 录

1 / 融入大地

10 / 杂书谈

18 / 老爷都有坏脾气

21 / 老爷去庙里喝茶

24 / 皇帝见农夫

28 / 皇帝也会打招呼

31 / 甲申事

39 / 雍正十三年

44 / 风水轮流转

51 / 从自卑亭往上走

54 / 精舍之类

57 / 零碎话

61 / 幽默的代价

63 / 假如没有内幕

65 / 常识性困惑

68 / 拍照有凶险，官员须警惕

71 / 老姨妈的自豪

74 / 手气不好

77 / 山寨与骗术

79 / 世界很冷，中国很热

82 / 信与不信之间

84 / 遥想当年高峒元

86 / 找个地方打铁去

89 / 康熙的真性情

93 / 从传闻到传闻

97 / 我们没人写讲稿

100 / 体育明星的富贵路

103 / 头发短长与是非

106 / 拍手笑沙鸥

110 / 猴子、熊猫和爱国病

114 / 一个不要脸的时代

117 / 旁观者言

123 / 发明一种文本

126 / 电脑的幽默

129 / 电脑的幽默（续）

131 / 起个名字叫盖茨

133 / 伏尔泰和年羹尧

137 / 仁者·君子·凡人

139 / 说一种历史逻辑

142 / 越写越偏题

146 / 且说感恩节

150 / 君子与圣训

154 / 告别英雄

157 / 钱水说

159 / 几个真实故事

164 / 禁止女人养公狗

166 / 假装无耻

169 / 直面人生

172 / 仁勇与忧惧

175 / 在路上

177 / 奢侈的失恋

181 / 被平均的大多数

185 / 比尔·盖茨内疚了

188 / 别拿学问吓唬人

191 / 不知道又如何？

193 / 从女娲到女祸

196 / 浮世与浮想

198 / 关于屁股

200 / 皇帝其实都知道

3

203 / 机场革命

205 / 贾府失盗之后

208 / 官话

210 / 康雍乾

213 / 你的石头砸向谁？

216 / 神性女人

218 / 四十犹惑

220 / 素材与灵感

223 / 我的成人礼

226 / 我想远行

228 / 家乡人的血性

230 / 羊毛出在猪身上

233 / 权杖与华表

236 / 袁世凯的稻草龙椅

239 / 枕头记

242 / 做人要厚道

244 / 我们把肉体放在何处

261 / 二十年小说创作之检讨

269 / 读书太少

273 / 不要这些帽子

275 / 碎片

278 / 张爱玲的《小团圆》

288 / 儿子的课堂文学

291 / 我不说"自以为非"的话
　　　——回复一位匿名网友

295 / 狐狸不吃葡萄

298 / 地理比历史更有趣

301 / 文章实难逾古人

304 / 人会进化成蟑螂

307 / 做狗要做乡下的狗

310 / 那些砍了头的树

319 / 删帖记

322 / 无良学者"眼镜蛇"

326 / 入冬琐记

329 / 一字可决成败

331 / 微博里的话

335 / 过江龙与强盗草

338 / 你想牛一把吗？

340 / 官话之变迁

# 融入大地

曾读日本南北朝时代法师吉田兼好的《徒然草》，周作人翻译的，里面有一则讲长生的文字，说人如能常住不灭，恐怕世间更无趣味。"寿则多辱"，活在四十岁内，死了最为得体。倘若过了这个年纪，就会忘记自己的老丑，想在人群里胡混；到了暮年，还要溺爱子孙，执着人生，私欲益深，人情物理，都不复了解。这是甚为可叹的。我读这书时，刚过四十岁，不觉骇然，陡然心虚起来，好像自己是个苟且偷生的懦夫无赖。

很小的时候，同龄人也许懵懂蒙昧，无忧无虑，我却对死有着莫名的恐惧。似乎很神秘，没有人认真告诉过我人终将会死去，但我慢慢地就知道了。我小时右边屁股上有块青记，长到七八岁都未褪去。大概三四岁的时候，奶奶告诉我人要降生了，阎王爷朝你屁股上重重地打一巴掌，说：下去吧。你就来到人世间，屁股上的青记，就是阎王爷打的。敝乡的神话和民俗里，似乎很少听说天界跟玉皇大帝，听得多的却是阎罗殿，阎王爷既管生，又管死。似乎从那天起，我就知道自己是阎王爷打下凡间的，又将回到阎王爷那里去。那便是死。

1

屁股上的青记，谁小时都是有的，只是不知道别人也会由此早早地想到生死吗？我的童年，身边总是弥漫着死的氛围。我家的老木屋，据说是明代留下来的。奶奶敬奉先人，好几代祖宗的生辰祭日她都是记得的，中堂神龛上便隔三岔五香烟缭绕。神龛上的供品，只有那杯酒会泼在地上，算是祖宗享用了，余下的肉或果蔬，都会被家里人吃掉。我却不敢吃。很多的禁忌，也都同死有关。比方看见条金环蛇从地板底下钻出来，断不能打的，只能望着它逶迤而行，钻进某个洞眼里去。那叫家蛇。说不定，它就是哪位祖先化身而来。那个洞眼，便让我望而生畏。我有时候忘记了，坐在那个洞眼旁边玩泥巴。正玩得入迷，猛然想起那条金环蛇，吓得尖叫着腾起来。深夜里，木屋子突然嘎地发出声响，奶奶会惊得从床上坐起来。她说这又是哪位祖宗回来了，便满嘴阿弥陀佛，想想家里哪件事情做得不好，惹得先人生气了。那栋古旧的木屋，仿佛四处飘忽着祖宗的幽灵。我常常触犯一个禁忌，就是天黑之后吹口哨。夜里是不能吹口哨的，会唤来山里的鬼魅。而那些鬼魅，就是我的先人。奶奶听见我吹口哨，会厉声吼住。我吓住了，侧耳倾听，窗外萧瑟有声，真像先人御风而来。

我家的中堂宽敞而高大，地面是平整而光滑的三和泥，四壁有粗而直的圆木柱。圆木柱上原本挂有楠木镌刻的楹联，破"四旧"时毁掉了。虽然到了爷爷这代，家道早已衰败，祖上却是读书做官的。神龛上贴着大幅毛主席画像，我多年之后才知道那画像后面仍贴着家族谱牒，世系源流，高祖高宗，尽供奉其上。中堂里的旧物，唯有神龛下那个青铜香炉。那香炉现在早不见踪影了，说不定是个宣德炉也未可知。但小时候我是很怕见那个香炉的，上面满是香油残垢，它的用场总是同死有关。中堂北边角上，放着一副棺材。我从记事时候开始，棺材就已经在那里了。

那是奶奶替自己备下的。奶奶很细心地照料着她的棺材,每隔些日子就会掀开盖在上面的棕垫子,抹干净上面的灰。奶奶似乎把那棺材当做宝贝,我却害怕得要命。因为那棺材,我独自不敢在中堂里玩,天黑之后不敢从中堂门口走过。家族里的红白喜事,都在中堂里操办。从小就见过好几位老人的死,先是停放在中堂里的案板上,盖着红红的缎面寿被,再择日入殓到棺材里去。那纹理粗重的案板,那红得扎眼的寿被,都令我生发古怪的联想。过年时热腾腾的糍粑便要摊放在这案板上,而这案板早不知停放过多少死去的先人了;新媳妇过门都会陪嫁红红的缎面被子,而这红缎被面又总会让我想起盖在死人身上的寿被。新郎新娘在中堂里拜堂成亲,多年之后又躺在这中堂里驾鹤西归。那个青铜香炉,不管红白喜事,不管人们欢笑哭号,一律都燃着香烟。生与死,喜与悲,就这么脸挨着脸。

  我原先总不明白,为什么人到老年以后,再不怕死。去年还乡,见邻家族叔正围着堆木料忙乎,便同他打招呼。族叔是位木匠,已快七十岁了,笑眯眯地说在给自己做棺材。他说得若无其事,却把我震撼了,不免黯然神伤。敝乡替老人备棺材是件很庄严的事,需做酒请客,举杯畅饮。老人还得爬进新做好的棺材里躺会儿,说是可以延年益寿。小时候见过好几回,老人家在鞭炮声中心满意足地躺进棺材里去。我却是怕得要命,想不通那老人居然笑容满面。又想起自己奶奶,她老人家去世的时候我才十几岁。记得奶奶总是笑呵呵地同别人讲到自己的死,真像要去极乐世界。哪怕村里有青壮男人做了不好的事,奶奶仗义执言,都会说道:不怕我死了你不抬我上山,我也要说你几句!奶奶总是把死轻轻松松地挂在嘴边,我听着却是毛骨悚然,害怕奶奶死去。我外婆和外公脾气不合,三十几岁时就分居了,直到老死互不通问。两个舅舅成家以后,外公住在大舅家,外婆随二舅过日子。

外公死的时候，外婆已经瘫痪，成天伏坐在门口。人们抬着寿棺，白衣白幡，哭号震天，从二舅家门口经过。外婆老眼昏花，问道：这是谁呀？听说是外公去了，外婆沉默良久，只说了一句话：他到好处了。我相信此时外婆心里，几十年的恩怨早已冰释云消，只有对死亡的淡定和从容。我有回偶然在某本书上看到，原来现代医学研究表明，人进入暮年之后，内在机理上会慢慢为死做好准备，不再惧怕死亡。我倒宁愿相信人是越活越通达的，进入暮年皆成哲人，于生死大道都圆融了。

我尚未出生，父亲就"因言获罪"，家庭陷入水深火热。我兄弟姐妹又多，父母肩上的担子很重，很难有好的心情。父亲面色本来就黑，常年不开笑脸，很是怕人。孩子们的耳边时常充斥着咒死声。"老子打死你！""你想死啊！""吃了你去死！""哭个死啊你！"但听着父母的咒死声，我是麻木的。我从小怕死的原因，既不是眼见着别人的死亡，也不是耳边充斥着咒死声。恐惧死亡似乎是与生俱来的，只是这种恐惧来得太早，纠缠得太深。我很小就开始失眠，躺在床上不免胡思乱想，经常会想到自己死了怎么办？我想自己死了就永远见不到父母兄弟了，我在这个世界上就永远不存在了，今后世上还会发生很多事情我都不知道了。想着想着，我根本不知道自己还没有死，还躺在黑夜里。我只看见自己躺在中堂的案板上，穿着小小的寿衣，父母、奶奶、外婆、姐姐、哥哥，都围着我嚎啕大哭。依着乡俗，小孩子死了不会享用棺木，多用薄薄的木板简单地钉个木箱，叫做函子。也不会慎重地卜选坟地，而是草草地埋葬在荒地野坡，尸首常常被野狗刨出来吃掉。我见过很多尸骨狼藉的童子坟，让人惧怕和恶心。我猛然回过神来，才发现自己早哭湿了枕头，浑身哆嗦不止。有时被父母打骂了，满心委屈，也想自己干脆死掉算了。我会躲到某个角落，想象自己的死。想着想着，仍是想象全家老小围着我哭，又把自己弄得泪流满面。但是，此刻心里却有着报复了父母的快意。

我真切地感受到死是那么容易，那么近在咫尺，大概是六七岁的时候。那是夏天，我去河里游泳。我至今记不得自己是如何学会游泳的，仿佛生下来就能在水里扑腾，就像鸭、鹅和水牛。可是那天，我正在河里玩得高兴，突然听说淹死人了。我吓得要命，奋力游向河岸，仿佛水里尽是落水鬼。从小就知道，水里淹死的人，就会变成落水鬼，须得害死一个人，自己才得超生。淹死的那个人叫毛坨，已有二十岁了，被人捞上来抬回了村子。一大帮男孩尾随着，有的穿了短裤，有的光着屁股。毛坨被平放在案板上，两个人扯着他的手，来回摇摆着。据说这么摇着摇着，人有可能活转来。毛坨的妈妈在旁边呼天抢地，哭诉毛坨从小是多么懂事，却没吃过好的，没穿过好的。旁边有人在议论，肯定是碰上落水鬼扯脚了。那天晚上我睡不着，身子蜷得像田螺，总感觉那落水鬼就在我脚下张牙舞爪。我家离毛坨家不远，他妈妈的哭声，佛事道场的法乐声，断断续续的鞭炮声，都清清楚楚听见。我只要闭上眼睛，就看见毛坨躺在案板上的样子。我把眼睛睁得大大的，不去看他。我一动不动躺在床上，突然觉得我就是毛坨，躺在案板上，胸口就像压了一块大石头喘不过气来。我死了！我吓出一身冷汗，从床上赶快爬起，钻到父母床上去了。妈妈气哼哼骂道："要死啊，不好好去挺尸，挤到这来干什么？"

从少年开始直到青年时代，我居然不怕死了。我被革命英雄主义怂恿着，热血沸腾，激情满怀，随时准备着牺牲生命。自小开始失眠的毛病到这时愈演愈烈，却常于黑夜里陷入视死如归的狂想。我很羡慕那些生于革命战争年代的少年英雄，王二小和刘胡兰成了心目中的偶像。文学形象里面，我最崇拜《平原游击队》里的李向阳，神出鬼没，智勇无双。我削过木头手枪，把自己武装成双枪手，成天比画着啪啪地朝敌人左右开弓。白天里玩的游戏，也多是革命战争故事。冬天里，生产队熬制蔗糖，甘蔗渣堆成山，足有三四米高。我经常把自己想象成《英雄儿女》里的王成，拿甘蔗做爆破筒，从高高的甘蔗渣堆上勇敢地跳下去，顿时感觉浓烟滚滚，敌人血肉横飞。回忆自己少年时代，真是胆大包天。潜入深深的水潭，硬要憋得胸闷气短脑袋发涨，才猛地蹿出水面；爬上高高的树梢，任自己在云端秋千般荡着，好几次差不多摔死；黄昏时专门去坟堆里穿梭，脑子里还故意想象鬼从坟头飘然而出，只想证明自己多么不怕死。回想起来，当时根本没有认真想过所谓牺牲意味着什么，只是像中了传说中的蛊毒，精神常常处于迷幻状态。如果当时真的模仿狼牙山五壮士，从高高的山崖上纵身跳下，我早就英勇献身了。真还为此后怕过。

　　大约二十多岁以后，有那么十来年，我对死亡无所谓怕与不怕，居然暂时把它忘记了。求学、工作、成家、生子，不再像儿时那么懵懂和天真，实实在在的责任压在肩上，不由得我想得太多。当然也经常憧憬未来，却似乎自己的生命漫无边际，还可做很多事情。想得更多的是如何教养孩子，相信孩子身上能够发生不可想象的奇迹。人们都说自己的生命会在孩子身上得到延续，我想这多半是种感情色彩的说法，我并不认为自己同后代在生命上有某种线性联系。我只是我，孩子就是孩子。只不过我从孩子身上，无意间感觉到生命的生生不息，多少有些安慰而已。但是，就像我们无法预知自己的死亡，生活本身是无可选择的。有时候我们看上去似乎是选择了，其实我们只有一种选择。只不过答案事先从来不由我们自己掌握，命运之神是位永远沉默的严厉考官。回首自己四十多年平淡无奇的草芥浮生，生活状态的流变、栖身之所的迁徙、价值观念的嬗变、人事关系的遭逢，乃至于爱恨情仇、得失荣辱、喜怒哀乐，都是我不能自主的。早些天我偶然翻出自己二十四岁时的照片,照片上那个目光清纯却有些怯弱的青年简直叫我不敢相认。那个青年同现在的我差距有如天壤,细细辨认才能找出些蛛丝马迹的关联。皮肉之相的差别已是如此,而皮肉包裹之下的这个人,早已死死生生多少次了。我永远走不回从前,不管愿意不愿意只能朝不可预知的未来走去。未来虽说不可预知,终点的黑线其实早已画好,只等着我哪天蹒跚而至。有人发誓赌咒要掐住命运的咽喉,我想这是最荒唐的狂妄自大。

我于是重新想起死亡这么回事,从此再也不能忘怀。这大概是三十多岁以后,父母慢慢老去,自己鬓毛渐白,生命消逝的感觉有如利刃切肤,又像沙漏演示时间那么形象具体。做个中国人在宿命里有诸多不幸,至少没有宗教可以安慰灵魂。有位朋友妻子患癌症故去了,他说当妻子知道自己病情以后,那种惶恐、痛苦和绝望简直令她如钝刀剜心。他妻子试着皈依上帝,可她跪在教堂里唯有失声痛哭。她已没法把自己的灵魂交给上帝,一切都晚了。乐生恶死,或者贪生怕死,一直是中国人的寻常状态。活着就是为了死亡,这在西方本来是常识性的哲学命题,却是中国人不忍承认和信奉的。15世纪初,巴黎的一个墓地诞生了一幅被称作《死亡之舞》的壁画,画面上国王、农夫、教皇、文书、少女共舞,他们每个人都手挽一具僵尸,而这僵尸就是他们自己。《死亡之舞》从此以后以木刻、油画等多种形式流传所有基督教国家。壁画告诉人们一个事实:每个人都与死亡共舞终生。西方甚至出版过《死亡艺术》这样的书,几百年畅销不衰,旨在告诉人们如何从容地迎接和面对死亡。

但中国人有没有关于死亡的智慧呢?我想也是有的,且不说老庄,且不说佛道,单是中国人寻常话语中不经意间就渗透着很多认识死亡的信息。比方说,从来就没有死去的人可以活过来告诉我们关于死亡的体验，但奇怪的是古今中国人都会说欲仙欲死这句话，把欲仙的极乐与死亡的感受等同。我看过一份医学研究报告，说爱导致的心跳频率与死导致的心跳频率相同。我能理解为什么欲仙就是欲死，我也理解为什么那么多人不惜毁灭生命也要去冒险、恋爱、挑战自然极限，等等。萨德的小说写到虐恋，描写有种人只有在上吊时双脚悬空那个瞬间才能获得性高潮。我觉得可怕，但是可信。这里面蕴含着一个很深的哲学命题：极乐状态就是一种自我迷失。彻底交出自己，甘心失去自我意识，由此找到人生最高快乐、最高价值。这看似荒谬，却是人生的真实。高尚如法国神秘宗教哲学家薇依，异端如色情小说家萨德，智慧如中国哲学家庄子，表面看相去万里，实际上殊途同归。薇依杀死自我，把自己彻底交给上帝；萨德追求极致性刺激，在痛苦恐惧中寻找迷失的天堂；庄子讲究物我两忘，以泯灭自我作为归于天地大化的最高境界。中国人日常话语中生死两极看似矛盾的表述还可随意列举许多，诸如快乐得要死和难过得要死，好玩死了和无聊死了，好得要死和坏得要死，好吃得要死和难吃得要死，等等。总之最好的、最美的、最快乐的、最动人的，似乎都散发着死亡气息。这也许就是中国式的智慧，面对死亡不太在意学理性的哲学思考，更不会由此诞生宗教，却有许多感性体悟。所谓悠然心会，妙处难与君说。

今夜这篇文章收尾，正是农历七月十五。这是中国纪念已故先人的日子，敝乡俗称鬼节。乡人会焚香祭酒，做很多庄重的仪式。先人的幽灵都会飘然下山，享用后代的供奉。如果相信灵魂，那么今夜华夏大地便是鬼魅翩跹，似乎是中国式的"死亡之舞"。死亡同我们就是这么的贴近，这么的亲密无间！四十岁以后，我对死的态度很平和了。我们没有《死亡艺术》之类的书可以阅读，就像我们在生活中学习求生本领，我们只能面向死亡学习死亡艺术。生活是最好的教材，而灾难、困厄、痛苦，等等，比幸福和快乐更能启迪人生。目睹亲友的死亡、缠绵自身的疾病、痛不欲生的失恋，都会教人洞穿生死的本质。我现在已经不怕死，不恨死，也不寻死。死亡同我只是有约在先的朋友，他终究会来找我的，我会乖乖儿跟他走。我只需从容淡泊地活着，承担些力所能及的责任，死亡就让他等在那里吧。稍有遗憾的是我自小就被造就成无神论者，既没有天堂或上界，也没有地狱或阴间，只能是来自大地又融入大地。

# 杂书谈

写小说的若能皓首穷经，做点学问，自然是好；倘若资质不及，则应书不厌杂。陶渊明说五柳先生"好读书，不求甚解"，有所会意最是要紧。读书越是驳杂，于写小说越有好处。

常见古装戏里文武官员上朝，为某事在皇上面前争执，甚至有恶语相向者。读《清史稿》及相关杂书种种，便知这种场面全是胡诌。只说有清一代，百官上朝笼袖拱手而进，不得左顾右盼，不得抓耳挠腮，不得窃窃私语。各官按品级逐一出班奏事，奏毕退下站回原处。朝上专设纠仪官若干，稍有仪态不整肃者即行拖出，轻者鞭笞，重者查办。而影视剧里，朝堂上往往混乱一片，其实是极可笑的。诸多真实细节，正经史书上未必得见。我曾于某杂书上读到，康熙皇帝极赏识南书房张英、陈廷敬、高士奇几个人，于成龙等人却奏请将他们放外任。康熙大怒，站在乾清门外叫骂：朕身边就这几个用得着的人，你们就惦记着，硬要把他们弄出去！这样的文章，你们做得来吗？张英等近侍宠臣，嘴上自是感激不尽，内心却未必真的称心。做京官清苦，且伴君如伴虎。做个巡抚之类的方面大员，比待在皇帝身边舒服实在得多。这不免让人想起姚文元。姚在"文革"时颇受器重,荣耀显赫一时。可他经常对别人讲,自己其实很适合到地方工作,有机会还是想下去。他想当个方面大员该是何等风光!

清代沈起凤有笔记小说《谐铎》,其中有篇《泄气生员》读来令人喷饭。西安临潼有个生员叫夏器通,心性鲁钝,文章总为士林笑柄。有年乡试,一学政奉命去西安做考官。此公离京之际,拜访他的恩师,一位西安籍尚书,想看他有无熟人需要关照。谈话之间,尚书想放屁了,移了一下屁股,身子侧了过去。学政以为尚书有所嘱,忙问师座有何吩咐。尚书说:"无他,下气通耳!"意思是说,没什么,放了个屁。学政却以为有个夏姓生员必是尚书心腹之人,便暗自谨记在心。他到了西安,果然见有个生员叫夏器通。可考试之后,见夏生文章"词理纰缪,真堪捧腹"。但师座嘱托在耳,学政便强加评点,圈定夏生文冠第一。诸生哗然,却又百思不解。因学政是翰林出身,看文章不会走眼;夏生又是贫士,绝无关节可通。学政任满入京,回复尚书事妥。尚书闻之茫然,低头想了半天,忽然大笑起来:"君误矣!是日下气偶泄,故作是言。仆何尝有所嘱也!"夏生只因尚书偶放一屁而得功名,运气实在是太好了。但细细一想,又并不是夏生运气好,而是尚书放屁都是管用的。

我在《大清相国》里写到过康熙名臣高士奇,嘴脸不是太好。史载高士奇写得一手好字,学问不精却是杂家,既能诗书,又会玩古,颇有急智。因得明珠举荐,方才供奉内廷,行走南书房。据说他曾把假古董献给皇上,真是胆大包天。康熙皇帝极为欣赏高士奇,出行必令扈从。高士奇曾写诗说自己:"身随翡翠丛中列,队入鹅黄者里行。"鹅黄,指的是皇帝身边的黄马褂。可见高士奇何等得意。我对高士奇的印象,来自清人昭梿的《啸亭杂录》。此书记载,有回康熙皇帝出猎,御马的后腿老是乱踢,弄得龙颜不悦。高士奇知道了,马上故意滚得一身泥,跑到皇帝身边去侍候。皇帝问他为什么这个样子,高士奇说自己刚从马上摔下来,衣服来不及洗干净。皇帝大笑起来,说:"你是南方人,体格懦弱。刚才朕的马老是乱踢,朕都没有坠马。"皇帝见着高士奇的狼狈样子,便觉得自己异常英武,顿时就高兴了。还有一回,康熙登镇江之金山,欲要题字却胸中无词,提笔犹豫了很久。高士奇忙写了"江天一览"四字在掌心,凑到皇帝身边假装磨墨,故意稍稍露出手心的字。皇帝会意,欣然命笔。世人如能有高士奇的拍马功夫,何愁不飞黄腾达?曾听说某高官的车队遇事为百姓所阻,当地乡长紧急驱车前往救驾。快至事发之地,乡长令小车停下,脱鞋急奔而往,说:报告首长,我闻讯来不及叫车,赤着脚跑了来。高官问了乡长姓名,此人马上发达了。

　　清人朱翊清《埋忧集》有则故事叫《捐官》,讲一个布贩子捐官的遭遇。清代捐官本是合法买卖,但此人太不通窍。这个布贩子姓赵,花钱捐了个通判。依制需得引见,皇上问他做什么出身,为什么要捐官?赵某不会讲漂亮话,直说了:我私下以为做官比卖布生意更好些。皇上大怒,革了他的职。赵某非常气愤,跑到吏部大闹,说:既然夺了我的官,就该把银钱退还给我!吏部尚书哪里肯依,罚下去掌嘴五十,抽了一百鞭子,赶出吏部衙门。赵某倘若灵巧些,说些报效皇上之类的话,他的通判必定就做稳了,捐官的花销自可连本带息捞回。今天的官员比那位吏部尚书到底有情义些,游戏规则是收钱就得办事,事没办成绝对是要退钱的。假如收了钱又办了事,东窗事发就绝对不能讲办了事。据说,承认办了事就是受贿,不承认办了事还只是人情往来。

　　宋人沈括的《梦溪笔谈》虽被称为科学著作,但所载诸事今人看来有的只是常识,有的未免荒谬。比方,书中说东阿阿胶之所以好，全因济水多从地底下流，此水有往下走的特性，故而比别处的水清且重。人喝了用济水煮的胶，就能下膈、疏痰、止吐。这自是想当然。但书中记述很多趣闻，读来颇有意思。《故事一》卷记载，宋太宗赵光义曾到学士院正厅坐过，从此以后这个正厅只有每月初一，众学士才能到正厅去坐坐，平日谁也不敢独自去坐。又有一回，赵光义夜间驾临学士院，当值学士苏易简已经睡下，急忙爬起来接驾。因无灯烛照明整理衣冠，皇帝随侍宫女便把烛火从窗框伸进，窗格上留下了烧灼之痕。一百多年后，沈括记录此事时，学士们仍不愿意换掉那扇烧焦的窗格，要留作圣迹永世瞻仰。可见皇帝们的被神化，都是读书人自己干的事。假使古今之人都像这班学士，百姓们早已无立锥之地。康熙、乾隆是最喜出巡的皇帝，龙幸之地都得开作纪念馆，天下黎民只怕要往地底下钻了。《故事一》还有一则掌故，说的是学士院第三厅前有一巨槐，此厅被叫做槐厅。据说在槐厅里办过公的学士，好几位都做了宰相，无疑风水很好。于是，学士们都争着要在槐厅里办公。有人刚从槐厅提拔走，马上就有人抢着进去；更有不讲理的，把先搬进去的人的行李扔出来，相互扭打亦不少见。沈括说他做学士时，亲眼见过这等闹剧。据说如今有人越是做了大官，越是迷信。有些地方机关大门选朝向，必听风水先生指点；有的官员履新选日子，也要请高人算上一卦。曾见报道，有的官员选秘书、配司机，都要看他们同自己命相是否犯冲。可机关算到这等地步，到底还是有许多翻了船。

《梦溪笔谈》所涉极是庞杂，官制、仪礼、地理、医药、天文、器用，等等，不一而足。举其有关地理一则，说到凡河流以漳命名者，必定是河水清浊相汇。比方，当阳、赣上、鄀都、漳州、亳州、安州等地都有以"漳"命名的河流。漳与章近义，章有花纹的意思，故而水流清浊相混为漳。沈括做了大量推敲之后,话锋一转却讲君臣之道了。由"漳"谈到了"璋"。"璋"以"章"为部首,而"璋"为皇帝左右大臣所持。《诗经》说:"济济辟王,左右趣之。济济辟王,左右奉璋。"璋是圭的一半,二璋合一便是圭。所以,大臣们手持玉璋,便是联合一心,供奉君王的意思。科学谈到最后,就是讲政治了。沈括著此书时虽已归田,但他毕竟曾为朝廷高官。

读《梦溪笔谈》,有"封驳"二字让我印象极深。宋时设有银台司,其管辖的门下省,有项重要职责,就是封驳。所谓封驳,就是把皇上不适宜的诏令封还,把大臣有错误的奏章驳回。依民间戏台上的说法,皇上可是金口玉牙,怎么可以把皇上的诏书打回去呢?其实宋代皇上虽乾纲独断,亦有钳制之规。我却听一位县委书记讲过一件真事,同古制大异其趣。曾有一位高级官员,好穿白衣白裤白皮鞋。一日,此白衣官员到县里视察,双手插在裤口袋,身子一摇一晃的。视察工厂,基层干部才汇报几句,白衣官员就摇头说:不行不行,这比德国西门子差远了。视察养鸡场,基层干部才汇报几句,白衣官员又大摇其头说:不行不行,这比我在日本看的那个养鸡场差远了。基层干部汇报稻田养鱼,白衣官员问:你们全县多少稻田?基层干部汇报:早稻九十八万多亩,晚稻一百一十多万亩。白衣官员马上批评:早稻为什么差十多万亩?你们工作没做好嘛!基层干部只得汇报:那十多万亩是晚稻秧田。白衣官员又问:稻田养鱼有什么好处?基层干部汇报:可多一项收入。白衣官员听了高兴:那很好嘛!你们县里有多少稻田养鱼?基层干部回道:十万多亩。白衣官员马上批评:不行不行,你们起码要搞到九十万亩。基层干部见白衣官员很不高兴了,只好答应认真做好稻田养鱼。这位基层干部同我聊天时苦笑说:他懂个屁,哪有那么多水可供稻田养鱼!保证十多万亩就很不错了。我开玩笑说:他拿你们县里的企业同德国、日本比,你不知道把他同美国总统比?这位干部笑道:哪敢啊!不要命了?如此,还能"封驳"吗?

《世说新语》里写一个叫阮遥集的人格外喜欢木屐。一天深夜,有人去拜访他,见他亲自吹烛化蜡制作木屐,自言自语感叹说:"不知道我这辈子能穿几双木屐?"阮氏虽好木屐,到底是自己制作,最多安他个"恋屐癖"。记得几年前北方一官员贪案事发,报道此人一个好笑的故事。他曾受人天价劳力士表,却不敢公然戴出来。正是俗话说的,偷来的锣鼓敲不得。但他实在喜欢那块手表,只得每夜睡前在床头把玩,眼巴巴儿望着上面的钻石闪闪发光。听说也有"恋钞癖"的,家里放着很多现金,没事就拿出来数数。家乡有个小女孩在外地做保姆,没做多久就从那户人家逃出来了。她说到自己见闻,像个传奇故事。那家主人有栋大别墅,她进门之后就不准出门,天天被反锁在院子里。一切用度都是女主人自己带回来,小保姆只管在院子里做饭、洗衣、打扫卫生。她之所以跑了,只因那栋屋子里放着许多钱。桌子上、沙发上、床头柜上,随处都是成捆的百元大钞,她看得心跳。她跑回家之后,仍说不清自己曾在哪里做事,也不知道主家是官是商。不管怎样,那家主人该是"恋钞癖"患者。

明人冯梦龙《古今谭概》记有一事,说的是明世宗时通州边事紧急,皇帝怒而杀掉兵部尚书丁汝夔。官员们感叹说:"仕途如此险恶,做官还有什么意思?"有人却笑道:"如果兵部尚书一日杀一个,那就不要做了;如果一个月杀一个,还是要做的。"做官为何有这么大的诱惑力呢?拿阿Q的话来回答最为干脆:要什么有什么,喜欢谁就是谁。清人郝懿行所编《宋琐语》,录了《宋书》里的一个故事,说南朝刘邕嗜食疮痂,觉其味似鳆鱼。他的封地南康国小吏两百多人不论罪否,都甘愿相互鞭打,使身上结满疮痂,供他食用。刘邕倘不做官,喽啰们岂肯自忍鞭痛而

15

饱他口福？去年曾有报载，某地几个煤炭老板家资巨富，却仍要弄一顶县长助理的帽子戴着。可见在不少人眼里，钱再多都不如做官过瘾。

我很爱苏东坡性情，一生坎坷而放达不羁。明人曹臣《舌华录》记有东坡许多趣事。一日东坡退朝，饭后拍着肚皮问侍儿："你们说这里头装着什么？"有婢女说："都是文章。"有婢女说："满腹都是机械。"东坡都不以为然。爱妾朝云却说："学士一肚皮不合时宜。"东坡这才捧腹大笑。知东坡者，朝云也。苏东坡少年得志，但其后半生颠沛流离，都因"一肚皮不合时宜"。东坡性不能忍，遇不平不快之事，"如食中有蝇，吐之乃已"。苏东坡同王安石政见不和，却始终不肯屈迎。有日东坡问王安石"坡"是什么意思，王安石说："坡者土之皮。"东坡反问道："然则滑者水之骨乎？"王安石无言以对。虽似笑谈，暗藏机锋。一日东坡会客时行酒令，一人说："孟尝门下三千客，大有同人。"一人说："光祖兵渡滹沱河，既济未济。"一人说："刘宽婢羹污朝衣，家人小过。"东坡却说："牛僧孺父子犯事，大畜小畜。"牛僧孺为唐朝宰相，史载是个清官。王安石正是当时宰相，东坡借牛姓骂王氏父子。这则故事，倒让东坡失了厚道。不过文人戏言，大可一笑了之。东坡在朝廷叫权贵们容不下，自请外放而任杭州通判。他到了地方上，官绅仰其才望，朝夕聚首。东坡不胜杯酌，疲于应付，直把杭州看做酒肉地狱。可见官场应酬自古如此。然做官受人爱戴是苦，受人冷遇更是苦。东坡之后有个袁姓官员也来做通判，却没有人请吃请喝，他便在亲信面前自嘲："都说杭州是酒肉地狱，现在这地狱里没人了。"如今便有戏言，官场中人日日饭局自是烦恼，但隔上三日没有饭局便会发慌。倒也不是嘴馋而慌，慌的是位将不保，或人已失势。

陈眉公应该是最早开工作室的中国文人，据传他雇请许多文墨匠人写清言短章，都以陈氏之名刻行于世。陈氏钓得大名，且沾得厚利。读他的书，便觉这个古时的上海人太过精明，通达世故却流于油滑。他曾说过："士人当使王公闻名多而识面少，宁使王公讶其不来，毋使王公厌其不去。"看似告诫读书人恪守气节，不求闻达于诸侯；但他骨子里看重的仍是王公如何见待，此番言论太存机心而似伪。用今天的话说，只是为了作秀。有人就讽刺他"装点山林大架子，附庸风雅小名家"，"翩然一只云间鹤，飞去飞来宰相衙"。陈眉公名目之下的那些性灵清言，颇似今天有些人的小散文或大散文，看似锦绣格言，实则矫揉造作。比方他《小窗幽记》有段话说："香令人幽，酒令人远，石令人隽，琴令人寂，茶令人爽，竹令人冷，月令人孤，棋令人闲，杖令人轻，水令人空，雪令人旷，剑令人悲，蒲团令人枯，美人令人怜，僧令人淡，花令人韵，金石鼎彝令人古。"这段文字大有凑合堆砌之病，却最适合风雅之辈请人写了挂在墙上。陈眉公虽颇为后世诟病，但说他全无是处也不公允，他于人情世故还是很练达的。比如他说："有人闻人善则疑之，闻人恶则信之，此满腔杀机也。"后一句未必在理，前两句却把世道人心说透了。看来，宁信恶而不信善，老祖宗那里就害起的病，远远还断不了根。

17

# 老爷都有坏脾气

张之洞是晚清名臣，且是能干之臣。此属定论。他平常有个坏毛病，不管待客喝茶还是吃饭，他想睡觉就睡觉，说醒了就醒了。古人好附会，都说张之洞这个坏毛病，全因他是猴精托身之故。据说猴的习性便是如此。近人陈恒庆《归里清谭》说，张之洞父亲曾在蜀地为官，有天夫妻俩上山游玩。夫人想看看这山上的猴子，这只猴子大概很有名。山中和尚却说："那猴子很久不出洞了，不要去看。"张之洞的母亲也许有些撒娇，硬是非看不可。他父亲只得命人把洞中的猴子抬了出来。不承想，猴子面对张之洞的母亲就坐化了。不久，这位母亲就生了张之洞。偏是这儿子名中有个"洞"字，岂不是猴子变的吗？又号"香涛"，岂不是谐了"香桃"吗？猴子是喜欢吃桃的。还号"香岩"，"岩"也是猴待的地方。看来，张之洞是猴精变的，确凿无误了。但查查张之洞年表，就知道陈氏记忆有误。张之洞并非降于蜀地，他出生在贵州，时其父亲任贵州兴义知府。

张之洞在巡抚任上，有回学政前来拜访，话没说上几句，他就呼呼大睡了。学政话又不敢说，辞又不敢辞，只好在花厅枯坐。这位学政既是张之洞的下属，又是他的门生，奈何不得。还有一回，张之洞刚到山西赴巡抚任，专门去拜会尚未离去的前任巡抚。前巡抚很讲礼数，鸣炮将张之洞的轿子迎入二堂。轿子停了，人却未见出来。揭开轿帘一看，张大人睡得正香。前巡抚忙命人抬来屏风，严严实实把张大人的轿子围了起来，任他继续酣睡。前巡抚身着礼服，同张大人的随从一起鹄立于庭。张之洞在轿里足足睡了大半天，醒来之后并无愧疚之意，仍旧笑谈自如。主人及侍从们又饿又困，有苦难言。张之洞这般做派，有人说是居官傲慢，有人说是魏晋风度，有人却问：张之洞晚年拜相入阁，不见他在皇上和慈禧太后面前想睡就睡？

封疆大吏，平日所见多为下属，免不了会拿拿架子。咸道年间，某公任两广总督，凡属员跪拜，他都睡在胡床上，爱理不理的样子。有年，京城某部曹改捐县令，派到广东去任职，得拜见这位总督。有人告诉这位新县令，说总督如何的傲岸无礼。新县令不信天下有这种官，愿意拿一桌满汉全席赌输赢。不承想入府拜谒，那总督大人真的跷着脚睡在胡床上。新县令愤怒且屈辱，还将输掉满汉全席。此公是条汉子，寻思着定要让总督起身，就说："卑职刚从京都来，有事要回禀大人。"总督大人听了，以为必是皇上有旨，慌忙起身端坐。新县令说："我没什么话说，只是敢问大人在京陛见皇上时，皇上举止如何？"总督听了这话，倒是吓着了。官不管做得如何威风，都是怕皇帝的。

居上者，总难替下面的人着想的。苏东坡这般人物，也有遭下面人烦的时候。宋人《道山清话》记载，苏东坡有天夜里读杜牧《阿房宫赋》，朗声诵读好多遍，每每叹息感佩，不觉已到深夜。有两个守夜老兵熬不住了，一人埋怨道："知道那文章有什么好处，这么寒冷的夜，还不肯睡觉！"另一人说："也有两句好的。"那生气的老兵愈加气愤，说："你又知道什么？"那人回答说:"我爱他这句:天下之人,不敢言而敢怒。"苏东坡的朋友叔党不巧听见了,第二天实言相告苏东坡。东坡大笑:"这条汉子也有鉴识!"这则掌故里,东坡倒是通达可爱,不似那般难侍候的官员。

东晋时候有个叫殷洪乔的官人,脾气也来得有些怪。此人曾在湖南做官,又去江西做官。调离江西的时候,很多人托他带书信回京城。他收下人家的信,走到半路却把书信百余封全部投入河中,高声大喊:"沉者自沉,浮者自浮,我殷洪乔不能为你们做送信邮差!"魏晋世风颇变态,这种无信无义之事,居然被看做风雅放浪,不拘礼法,受人称道。殷洪乔就因做了这件无聊事,居然被写进《世说新语》,从此名垂千古。但是,殷洪乔真是这么个不懂礼法的人吗?他后来做了京官,有回晋元帝司马睿喜得皇子,赏赐大臣们。殷洪乔领了赏,满怀感激地谢恩:"皇子诞育,普天同庆!臣没有半点功劳,很惭愧得到这么丰厚的赏赐!"司马睿笑道:"这种事情,怎么能够让你有功劳呢?"原来,殷洪乔不是不懂礼法,而是懂到了迂腐的地步。奴性到了愚蠢,才说出如此犯忌的话。幸好司马睿有雅量,开句玩笑就过去了,不然殷洪乔的脑袋就得搬家!

# 老爷去庙里喝茶

明人冯梦龙《古今谭概》里有个段子流布颇广,说的是有位官人游僧舍,茶喝得畅快舒服了,便吟诵唐人诗说:"因过竹院逢僧话,又得浮生半日闲。"僧人听罢笑了起来。官人问笑什么,僧人说:"尊官得半日闲,老僧却忙了三日!"

假如是白衣书生要去庙里,老僧事先并不需忙。读书人去寺院找僧人闲话,这在古时候是常事。此为平常人的交往,大可不必拘礼。倘若那和尚是俗气的,见了不第寒士还会翻白眼。可去的恰恰是官人,和尚就不敢怠慢了。

官人哪天想去寺院坐坐,自己也许说得轻描淡写:"有些日子没上山了,看哪天到庙里喝杯茶去!"这话说出去,够和尚忙上三日的,必是不小的官。底下的人听了这话,便要赶快吩咐下去,鸡飞狗跳地张罗。老爷到底哪天去,却是不敢细问的。衙里案牍劳形,不知道老爷啥时得闲。老爷又是个性情中人,可能哪天说去就去了。纵然是去,需得哪些人陪着呀?平日里老爷喜欢邀来清谈的张举人、陈孝廉、李秀才要不要请上?老爷褒奖过的神童小毛子要不要带着?

21

喝茶倒是才过清明，却不知老爷口味变了没有？老爷上回去谈的是《金刚经》，这回要和尚准备哪门功课？上回有个小沙弥挺机灵，老爷夸过他几句，照例要那个小沙弥侍候。要紧的是不知道老爷到底哪天去，那老和尚、张举人、陈孝廉、李秀才、小毛子、小沙弥都得天天候着。又逢佛祖圣诞近了，寺院香火太旺，老爷却是个爱清寂的人。老爷出门依礼是要坐轿的，可他老人家偏喜欢骑马。那马可是惊过一回，老爷摔得一身泥。这回再有闪失，摔坏了老爷，底下人都吃罪不起。如此如此，不光是和尚得忙三日，衙里管事的也忙成了无头苍蝇。那张举人几个天天换了体面衣服在家等着，说不定哪个时辰衙里传话的人就来了。

老爷去了是要做诗的，张举人他们也得有诗。应早早儿招呼下去，免得到时候诌不出来。神童小毛子上回的诗不错，后来听说是他老子事先做好的。这话不能让老爷知道。这回神童还应有诗，也得先告诉他老子。老爷自己的诗不需操心，必是早早儿就成竹在胸。和尚的经讲得好，茶也泡得好，就是诗做得不好。但他的诗是不可少的，定要他做几句才是。每回和尚的诗都很逗趣，老爷也喜欢在庙里找些乐子。

总之，老爷要去庙里喝茶，上上下下得忙坏一干人。若又碰上个喊冤的，老爷细心问个明白，三言两语断了案子，立马发牌下去拿人，那可就功德无量了。陈孝廉无意宦情，听说在写本闲书，专录地方官绅名士之趣闻雅事。倘真遇着老爷佛前断案，必成陈孝廉笔下佳话。纵然没有这等巧事，老爷拜庙访僧，礼贤寒士，亦是善举，陈孝廉定会记下的。老爷常问陈孝廉：阁下佳构何日付梓？

冯梦龙实在有些偷懒，老爷在庙里做甚说甚，居然片字未表。只道为着老爷的半日闲，那和尚忙活了三日。和尚哪知道衙里的人和那张举人等，也忙了不知几日。老爷倒是很满意了，回去还得写条札记，把沿路访农家，话桑麻，通通变成白纸黑字。倘若深夜兴会未减，诗囊里还会多几首绝唱。老爷是要刻书的，诗文并事功传将出去，文名政声通通有了。

老爷不会天天坐在衙里，如此这般出门走走，便是去闻民间疾苦。俗话说，铁碑石碑，不如口碑。哪天老爷高升了，张举人等必要牵头，送上一把万民伞。他们会妙笔生花，给老爷起个绰号，叫做某青天。乡里会有童谣，传唱老爷的好。绰号自然是读书人起的，童谣肯定也是读书人编的，但传到皇帝耳朵里，通通是出自黎民之口。皇帝说不定就金口玉牙下去：此乃理学名臣，可为百官表率！

# 皇帝见农夫

俗话说：人往高处走，水往低处流。但是，水到最低处，流向大海就成海水，失掉了水的真味。人到最高处，倘在古代就是人主，缺少了人的真性。所谓人生如戏，多指往高处走的人。人越是位高权重，越活得不像本真的人。演戏是常事，背叛和被背叛也是常事。古人说"白首相知犹按剑"，大抵是指权力场上的所谓朋友。平头百姓不必如此，自可笑骂由己，快意恩仇。古人又说"侠义每从屠狗辈"，指的便是身在低贱处的老百姓。

但是，平头百姓到了权力场中，有时也是要被迫演戏的。晚清徐珂《清稗类钞》载一趣事，说的是乾隆皇帝弘历出巡到山东，想体察民间疾苦，召一个农夫到御舟上，询问农事丰歉，地方官好与不好。农夫的回答很让皇帝满意。弘历高兴起来，就恩准农夫同扈从各大臣一一谈话，并可询问大臣们姓诸名谁。因为农夫是奉了圣旨的，群臣不敢怠慢农夫，不敢不报上实姓实名。很多大臣又怕农夫在皇帝面前讲坏话，居然战战兢兢大失常态。农夫遍观诸臣之后，回奏皇上："满朝皆忠臣！"皇帝问他怎么知道都是忠臣，农夫奏答："我看见演戏的时候，曹操、秦桧的脸上都涂着雪白的粉。今天见那些大臣没有一个脸上涂了白粉，所以知道他们都是忠臣！"皇帝听了大笑。

野史所载，未必可信。但空穴来风，必有因由。我相信徐珂讲的最多有些艺术夸张，不会离谱到哪里去。山东巡抚知道皇帝要来，必事先嘱咐各知府、知州、知县，诸事细细安排。河漕要疏浚清淤，官道要满铺黄沙，行宫要修葺一新。这些都是必须做的，不用动太多脑筋，征些银子即可办妥。你让皇上看些什么，听些什么，这才是最要紧的。也难不倒下面。官场中人都知道侍候皇帝的秘诀，千百年都没有变过，就是一个字：哄。皇帝是越哄越高兴的，就怕没人在下面哄他。弘历越到年老，越是自比尧舜，号十全老人。这就更好办了，越是自大的皇帝，越容易哄得开心。

官员要想显得自己的好，最好是借别人的嘴巴说。山东巡抚自己向皇帝奏报，谷麦如何丰收，百姓如何安宁，官员如何清廉，终究不是个法子。再说了，皇帝想知道天下太平，政通人和，只听地方官员去说，也不是个法子。于是，君臣就达成默契，让农夫来说。巡抚摸准了皇帝的脾性，猜准了皇帝会召见农夫的。哪怕皇帝没想着召见农夫，巡抚也有办法让皇帝想起来。这些都不必多虑，要紧的是调教一个好农夫。拿去见皇帝的农夫，并不是太好调教的。农夫自小懂得的规矩是见了绅士要行礼，见了官员要下跪。只是没人教他见了皇帝该怎么办，他做梦也没想到这辈子会见到皇帝。巡抚便想，毕竟农夫没见过世面，万一事先调教得好好的，见了皇帝却屁滚尿流，弄得龙颜不悦就坏事了。可见，真找个农夫，只怕是不行的。

不如找个识文断字的乡绅去演农夫。乡绅知农事，通民情，能应答，比真农夫好去万倍。清朝很重视教化，各地建有圣谕讲堂，每月都由地方官召集官绅宣讲圣谕。康熙时是宣讲《圣谕十六条》，雍正时是宣讲《圣谕广训》，乾隆时又是宣讲《圣谕十六条》。弘历要是问起宣讲圣谕之事，真农夫肯定答不上来。一个乡绅，总算是个文化人，可以调教得对答如流。假的比真的管用，这也是官场路数。但是，巡抚仍有疑虑。乡绅正因读过几句书，心思就难得很纯良。万一乡绅自己想出风头怎么办？万一他在皇帝面前说了真话怎么办？说不定读过书的乡绅就想当官，可他下过多次场子仍是布衣，如今到了皇帝面前难保不投机取巧。假如他博得皇帝开心了，就赏了一个官做。官帽子原本是皇帝家的，给谁不给谁都是皇帝自家的事。可是，坏了下面的规矩。谁都寻思着径自讨皇帝欢心去，巡抚们该怎么办呢？说不定哪天就把巡抚卖了！可见，找个乡绅演农夫，只怕也是不行的。

不如找个下面的小官员演农夫。小官员肯定是读过书的，民情舆情，圣谕律例，都是知晓的。农夫和乡绅巡抚未必拿得住，小官员却是捏在巡抚手里的。官员年年都有考核，小心巡抚批你个不称职守。小官员难免有些见不得人的事，巡抚要是参上一本够你消受的。倘若你把农夫演好了，哄得皇帝高兴了，巡抚自会记你的功。小官想做成大官，巡抚的保举很管用。官员演戏演惯了的，演个农夫当不在话下。官员比农夫和乡绅更懂事，知道皇帝其实也是演戏的。越是盛世皇帝，越是天天演戏。但是，下面得有会演戏的，方能同皇帝对上戏。凡太平盛世的皇帝，就会相信麒麟见世，就会相信河清海晏。倘若下面的人演得太糟糕了，皇帝觉得你真把他当傻子，那也是会犯龙颜的。徐珂笔下这位假农夫剑走偏锋，故意演起滑稽大戏，居然把绝顶聪明的弘历逗得哈哈大笑。小官员此处算把皇帝的性子摸准了：九五至尊，怎会跟乡里老儿认真计较？姑念乡愚，天真可爱，赏些银两打发回去吧。

且慢，小官员此番演农夫，实是冒了杀头风险！皇帝虽恩准农夫询问诸大臣名姓，可朝廷命官的名讳并不是平头百姓可随便问的！弘历的老子雍正恰恰为这事杀过人。清人昭梿《啸亭杂录》记载，有回雍正皇帝看杂剧《郑儋打子》，戏中常州刺史郑儋执法不避亲。演郑儋的戏子功夫好，雍正高兴起来就赏戏子吃饭。不料戏子问皇上："今天常州太守是谁？"雍正勃然大怒，说："你这个下贱的戏子，怎敢擅问官员是谁？这个风气实不可长！"于是发话下去，立马把这个戏子打死了。

想那演农夫的小官员领了赏银下船，背上早汗透了。

# 皇帝也会打招呼

办事打招呼，虽是于今为烈，却也自古有之。晚清某年，广东潮州知府出缺，两广总督张之洞想用自己亲信充任，给广东布政使游智开打招呼。可是，游藩司已事先答应广东巡抚了。张之洞大怒，责问道："你不把我放在眼里，只知讨好巡抚，你凭什么？"游智开算个不怕事的人，斗胆说："我能凭什么呢？只是旧制规定兵事归总督，吏事归巡抚。卑职身居两姑之间，做不好这小媳妇，不得不按制办理！"张之洞更加来了脾气，说："巡抚归总督节制，天下谁人不知？你这是从哪来的胡说？你把朝廷规定找出来我看看，我按你说的上奏朝廷，也好推掉吏事不再过问！"

游智开害怕了，回家遍翻会典，一时找不到白纸黑字。张之洞却严追不舍，游智开被逼得吐血，只好称病辞官。张之洞自然如愿以偿，用了自己想用的人。大凡打招呼的人，不是有面子的，就是有权势的。有面子的人打招呼，事情通常都会办成。有权势的人就不必说了，他们的招呼不管用是不行的。遇上张之洞这种有脾气的上司雷霆大怒，游智开之辈能奈之何？

清光绪年间，孙莱山当国。有年春闱，那位后来在"庚子事变"中上吊殉国的徐桐为会试总裁。有个翰林谋求会试馆的差事,徐桐二话没说就拒绝他了。此翰林托人说情,徐桐说:"我用人必当其才,最讨厌请托。请告诉这位翰林,不要再请人打招呼,不然莫怪我不讲情面!"第二天,徐桐上朝时,孙莱山对他说:"那个谁你可给他个馆差嘛!"徐桐本想说些什么,还未及开口,孙莱山脸上一沉,说:"这是什么大不了的事?朝廷美差那么多,不必这么认真啊!"徐桐不敢怠慢,马上派人把会试馆的知会送到那位翰林家去,说:"已奉徐总裁之命,派您当协修的差事!"徐桐不是不听打招呼,而是原先打招呼的人不太硬罢了。

科举在古代是天大的事,但自隋唐到明清,文章取士千余年,打招呼的故事实在太多。隋唐科举尚未完善,舞弊几乎是公开的事,只要有可能没有不打招呼的。唐代读书人进京考试,必是早早地赶到长安,不是待在馆舍里温书,而是登堂入室,奔走权门。他们会把自己的诗文送给说得上话的官员看,按当时行话叫做行卷。官员有赏识的,自会同考官去打招呼。如果行卷行到考官那里,诗文又入得考官法眼,高中的把握就更大了。

此风到了宋代,几乎成了每考必取名士。读书人未进功名之前,必得在文坛上博得大名,方有资本结交权贵,或让权贵加以青眼。只要有权贵赏识,自会在考试的时候打招呼的。苏轼兄弟即将参加会试的时候,弟弟苏辙生病了。苏氏兄弟早已闻名天下,当时当政的权臣韩琦上奏神宗皇帝:"今岁制科之士,惟苏轼、苏辙最有声望。今闻辙偶病,未能与试。如彼兄弟中有一人不得就试,甚非众望,宜展限以待之。"皇帝竟然应了韩琦之请,把会考时间推了二十日,直到苏辙的病痊愈。

苏氏兄弟有才自是不假,为苏辙之病推迟考试似也很人性,但毕竟同制度太不合了。韩琦这招呼,直打到皇上那里去了。能诗文的人,未必就会考试。当然,会考试的人,未必就是人才。

但就公平而言，既然有考试，就只能认考试。今天没法清楚苏氏兄弟考试到底如何，只知道他兄弟双双高中了。神宗皇帝的母后高兴坏了，只道朝廷得了两个宰相料子。苏氏兄弟双双登科，显然同打招呼大有关系。

也有皇帝自己打招呼的事。皇帝本是天地之纲，所谓绳墨之是出也。如果皇帝自己都打招呼，官场就荒诞透顶了。清嘉庆十九年甲戌科状元龙汝言，就是靠皇帝打招呼取上的。龙汝言原是某都统家的门客，专为老爷抄录诗词序颂，以备进呈之用。原来，清朝每逢皇上生日及令节，一、二品大臣及内廷翰林都要以小册缮写祝词以贡。有年嘉庆皇上万寿，这位都统进呈康熙、乾隆两朝御制诗百韵。皇上大喜，召见这位都统，欲予褒奖。都统是个粗人，自知做不出这等功课，据实以奏。皇上更加高兴，说："南方士子往往不屑读先皇诗，今此人熟读如此，具见其爱君之诚！"于是，立马赏龙汝言举人名分，恩准次年参加会试。但是，龙汝言春闱不第。嘉庆皇上把会试总裁臭骂一顿，只说今科闱墨不佳，也就是说没有好文章。

会试总裁私下询问近侍太监："今科闱墨甚佳，何以不惬上意？"近侍耳语道："只因龙汝言落第，皇上不便明言耳！"于是，三年之后再度春闱，主考官径直取了龙汝言。皇上见到题名录，心中满意了。殿试时，考官们以龙汝言一甲一名拟进。皇上私拆弥封看了，知道龙汝言是拟定的状元，却故意装作不知道，只说："就依你们拟定的名次吧，朕不看了。"胪唱之日，皇上听见唱了龙汝言状元，欢喜道："朕所赏果不谬也！"皇上作了弊，却还装圣明！依清朝皇上们自己定的规矩，私拆考卷弥封是要杀头的！

# 甲申事

　　顺治元年为中国历史上最有名的甲申年，即公元 1644 年。这是清摄政王多尔衮的时代，其间发生的许多事情，同七岁的皇帝福临都没什么关系。正月初一，早已看清中国局势的朝鲜国王派使者在盛京沈阳给清朝拜年，李自成则在西安自立大顺国，改元永昌。

　　也是同日，明崇祯皇帝照例上朝，发现立班的只有一个锦衣卫。崇祯命人不停地敲钟召唤，大臣们还是不来站班。吆喝了老半天，稀稀拉拉来了几个人，却是惶恐不安。明朝坐拥天下二百七十六年，今日沦落到如此光景！

　　正月初三日，左中允李明睿向崇祯皇帝私下献计："只有南迁，才可缓解目前之急！"崇祯皇帝说："朕很久就有这个打算了，只是大臣们不愿意怎么办呢？这件事先说到这里，千万别说出去！"今人都是事后诸葛亮，推想当时崇祯果断南迁，也许还有回天之机。然自古官场都讲究官样文章，真要南迁皇帝是不能开这个口的。臣子们开口，也要看好了机会。李明睿明白皇帝心思，便在朝上大胆上疏道："如今最要紧的是皇帝亲征，先撤向山东，退入南京，驻跸凤阳，等待勤王之师，然后西征闯逆！"李明睿这番话的真实意思就是劝皇帝南迁，但"南迁"二字绝对出不得口。皇帝哪怕真要逃跑，也只能讲亲征、狩猎之类。果然就有个兵科给事中，名叫光时亨，斥责李明睿走投降主义路线，不杀李明睿不足以安人心。大臣们赶快把屁股坐到了光时亨的板凳上，帮着斥骂李明睿，惟恐沾上逃跑主义嫌疑。崇祯皇帝在朝上只得缄默不语，事后召来光时亨责骂说："你阻朕南迁，本应处斩，姑且饶你这回！"

这时朝野上下虽然都知道皇帝想南迁了，但皇帝自己不说出来，大臣们也坚决不说。自古做官，贵乎名节！谁都不愿意做出头乌龟，脑袋缩在甲壳里最是安全。这个时候的明朝，外少战将而内缺谋臣，官虽富有而国实贫乏。依现代气象科学的说法，当时地球正值小冰河期，天气异常寒冷，南北连年灾害，加上兵祸四起，外族觊觎，明朝社稷岌岌可危。迷信的说法，便是明朝气数已尽。李自成的大顺军却所向披靡，明将时有败降，举城以献。二月初，大顺军往河南、山东各州县派官员去坐衙门，当地乡绅、读书人和老百姓立马驱逐明官，执香迎导大顺官员就任，明朝地方官也有杀牛摆酒恭迎大顺官员的。似乎天下真的就改朝换代了。崇祯皇帝愈发不信任各地文武官员，派出杜勋等十个太监分赴各地督军。这实在是个下策，太监们平日耀武扬威惯了，地方官员从来就暗自憎恨这些阉官。兵部尚书张缙彦进言："突然增加十个权重内臣，事权分散而相互掣肘，督抚倒多了推卸责任的借口。"凡吃败仗，则可往督军太监身上推诿。但崇祯皇帝早乱了方寸，听不进这种话。不料刚刚过了半个月，正是这个太监杜勋同他所监督的总兵一道降了大顺。

二月二十八日，崇祯再次召集大臣们商议南迁之事，但皇上仍不能开口直言。他事先暗自对大学士陈演说："此事要先生一担！"陈演奸滑不肯负责，在朝上闭口不说话。崇祯愤恨异常，面子上却仍要强撑着，放下狠话说："倘若事情到了不可收拾的地步，国君为社稷而死，则死于正义！朕已下了这个决心！"真是大义凛然，视死如归了。

惶惶然到了三月中旬，大顺军所到之处，明将多有附降，旋即就兵临燕京城下。明朝守城士卒因粮饷奇缺，羸弱萎靡。崇祯急命皇亲国戚、勋旧大臣及太监纳银助饷，响应者寥寥无几。三月十七日一大早，城外鼓角震天，崇祯急召文武商议，但君臣只知相向哭泣。此时西直门内，大顺军身披黄甲蜂飞蚁涌，天地如黄云所蔽。明军却连武器都缺乏，有的士卒只得操木棍上阵。士卒不足，急调数千太监凑数。士卒久不果腹，无力御敌，东倒西歪。一位督军官员飞马入报崇祯："守城军士不肯效命，都躺在地上睡大觉！拿皮鞭打起一人，一人又躺下了，如何是好？"崇祯闻言痛哭，群臣也跟着哭。

这时，投敌的太监杜勋进宫劝降，声言大顺同明朝裂土而治，愿为朝廷内遏群寇而外制辽藩，但不奉诏入朝觐见。境况糟到这个地步，崇祯皇帝也想苟且，但他仍是不能开口的，只道："事情已十分危急了，你们就说一句话吧！"皇帝已在哀求大臣们了，而满朝文武亦无一人吭声。崇祯盛怒之下发了虚火，推倒龙椅进屋去了。

第二日，大顺军飞梯登城，太监曹化淳大开彰义门而降。顷刻间，外城内城都被攻破。崇祯急回乾清宫，召集他的三个儿子，命他们化装出逃，说："你们万一得以保全，将来为父母报仇，不要忘记我今日的教训！"儿子们跑了，崇祯逼皇后周氏自缢，手刃其妃子、公主数人，领着十几个太监，持枪执斧出逃。无奈诸门紧闭，坚不可启，插翅难飞，只得折回乾清宫。熬过了平生最漫长的夜晚，崇祯帝于十九日晨亲自鸣钟，还想召集百官，应者竟无一人。这时陪在他身边的，只有一个太监王承恩。宫外杀声震天，皇上却是形只影单。崇祯帝爬上内苑煤山，寻了一棵海棠树，自缢殉国。太监王承恩也同皇帝相对自缢，算是尽了臣节。崇祯死前在衣襟上写下遗诏，痛言："诸臣之误朕也！"开国二百七十多年的明朝，官吏太多而恶习日积，皇帝早已使不动他们了。这一年，崇祯三十三岁，做了十七年皇帝。

也就在这天，李自成从正阳门入城。李闯王比崇祯大五岁，时正三十八岁。京城居民设立香案，上书"大顺永昌"四字，夹道恭迎大顺军。只是不知这套把戏是大顺军胁迫的，还是明朝旧官鼓动的，或是居民们自发的。五天之后，那位不肯为南迁之事吭声的明朝原大学士陈演，率明朝三千多文武故官，具表劝李自成做皇帝。劝进是中国自古读书人最内行的手艺，不劝一个人当皇帝哪有他们的官做！因承天门没有打开，陈演等人众露坐通宵，可见这班贰臣的忠心诚心！三千多人席地而坐，场面该是何等壮观！李自成却在摆谱，直到午后才露面。他这时还讲客气，不着急当皇帝。陈演之流归附免罪而拥戴有功，明降官被留作京官的共三百多人，派到外地做官的共四百多人。这些帮忙把明朝葬送了的旧官，又高高兴兴做大顺的官了。

一只黄雀候在关外多年了。三月十六日，大顺军刚刚逼近昌平，清廷得讯，立即下令，修整军器，储粮秣马，进讨之期定于四月初。果然到了四月上旬举兵时机成熟，似乎天下棋局都是清廷亲手谋划的。初八日，顺治皇帝在盛京笃恭殿赐多尔衮大将军印，命他"代统大军，往定中原"，并命诸王、贝勒、贝子、公、大臣等，"事大将军当如事朕，同心协力，以图进取"。多尔衮小崇祯一岁，时年三十二岁。但是，谁想在中国这块土地上做皇帝，总得先把道理说清楚了。清朝的大学士范文程便上书说道理：明朝亡于闯逆，"如秦失其鹿，楚汉争之，是我非与明朝争，实与流寇争也"。恰好这时故明平西伯吴三桂向清朝请兵剿贼，多尔衮西进中原更是顺理成章。这位摄政王在给吴三桂的回信中说："予闻流寇攻陷京师，明主惨亡，不胜发指！用是率仁义之师，沉舟破釜，誓不返旌，期必灭贼，出民水火。"清朝其实憋足了劲要与明朝争天下，只是等待机会而已。

李自成满以为成就了帝业，多尔衮却视他若无物。明降将洪承畴深谙流寇习性，进言多尔衮：大顺军"今得京城，财足志骄，已无固志。一旦闻我军至，必焚其宫殿府库，遁而西行"。记得李自成刚进京城那天，抽箭三支去其铁镞，朝军后连发三矢，立下军令："军兵入城，有敢伤一人者斩！"又贴出榜文："大师临城，秋毫无犯，敢掠民财者，即磔之。"也早有民谣说："吃他娘，穿他娘，开了大门迎闯王，闯王来了不纳粮。"可进城没几天，三月二十三日，大顺军便逮捕明勋戚、大臣、文武百官八百多人逼缴赃银，限大学士交银十万两，部院官及锦衣者七万两，科道官五万两到三万两，翰林万两，部属以下千两。派去外地的大顺官员也向大户追赃助饷，很多地方都是"一邑纷如沸釜，大家茫无恒业"。大顺军暂不向平民百姓要钱，只因他们身上早没油水了。流寇不要穷人出钱，只要他们出命。饥寒百姓越多，流寇兵源越广。京城内外一片恐慌，明朝旧官却仍在劝进，表中称李自成："比尧舜而多武功，迈汤武而无惭德。"马屁拍得漫无边际。

果如洪承畴所料，李自成以其所谓追赃之银大行分赏，将校每人百两，士卒每人十两，布十二丈。诸将帅则各据高门大院，又得赏金银珠宝及宫女，终日歌舞饮宴。将帅梦入温柔富贵之乡而不醒，士卒腰缠既富则生乡井之思而无勇。不准抢掠民财也只是纸上文章，屡有士卒借助饷之名索逼平民。燕京民众曾设香案恭迎闯王，哪知迎来大顺更陷水火。李自成进城仅仅二十二天，

35

闻得吴三桂挥师复仇，就急急地想退据陕西。这个米脂农民的志向并不比他下面的喽啰高出多少，四月初十日听说吴部东来，就对左右说："陕，吾之故乡也，富贵必归故乡，即十燕京未足易一西安！"第二日，急忙召工匠熔所得金银器皿铸成大锭，征用骡马运往陕西。十二日，李自成率军亲征吴三桂，打算边打边退到陕西老家去。李自成出征之前杀了故明勋戚大臣六十多人，那位露立通宵恭迎闯王的陈演大学士也掉了脑袋。陈演这个贰臣虽然做得吃亏，但其辱其祸却是自取。

那位把清朝问鼎中原的道理讲得名正言顺的范文程说："战必胜，攻必克，贼不如我；顺民心，招百姓，我不如贼。"自古流寇啸聚民众的幌子都是分田免粮之类，此等花招读书人都看得真切。范文程向多尔衮进了诸多安抚民心的方略，如"官仍其职，民复其业，录其贤能，恤其无告"之类。清朝硬的有铁骑利兵，软的有安定天下之良策，其锋芒锐不可当。但刚刚入关，多尔衮只敦促吴三桂部冲锋在前，自己率部殿后蓄锐等待。四月二十二日，吴三桂部倾巢而出，大顺军亦甚顽强。吴部几乎招架不住，多尔衮仍是按兵不动。直至午后，突然大风扬沙，遮天蔽日，咫尺莫辨。多尔衮见两军都已疲惫，骤发两万铁骑呼啸出阵。大顺军立即崩溃，清军乘势追杀四十里。李自成且战且退，二十六日退回燕京。二十九日，李自成在武英殿草草称帝，次日率部仓皇离京。撤离之际，正像洪承畴算准了的，明故宫被尽行焚毁，仅留下李自成最后栖身的武英殿。中国自古抢龙椅的人多，抢不到手了就把它毁掉，也是最为常见的事。崇祯皇帝是来不及烧宫殿了，倘若手下仍有顾得上放火的兵卒，说不定给李自成留下满城焦土也未可知。

大顺军走了，清兵来了。明朝旧官们，不久前降了大顺，如今又来降清。降清的官员们多献上"投名状"，故明巡抚李鉴捕杀大顺官员十五人请降，故明大总兵姜瓖捕杀大顺节度使请降。故明大学士冯铨也许是个人才，多尔衮知道了以书征召，冯某闻命飞至。但冯铨之流仍是旧明习气，只知拍马奉迎。一日，多尔衮升座武英殿，冯铨率群臣上表称贺，极尽阿谀。退朝之后多尔衮问各位官员："我摄政以来，没听见你们有一字规谏，难道我事事都做对了？"冯铨等说："摄政王做得都好，没有什么异议！倘若有做得不好的，我们怎么会不说话？"

天下格局早已悄然变化着，而故明那班高冠博带的书生官僚却浑然不觉。他们对天下大势的掌握，竟然不如远在西藏的五世达赖。达赖早在明崇祯十五年（1642）即派专使往清朝通好，两年之后的顺治元年正月初十日清朝派使臣往迎达赖喇嘛。达赖都看出明朝快完了，明朝的文武百官却还昏睡在梦里。当时坊间传说国破君亡之时，南京官员知道燕京没几个读书人自杀殉国，居然十分羞愧和气愤，直道朝廷白养活他们了。二百七十多年的大明江山养成读书人无所裨益的傲气，只是临到大难没有几个真有傲骨。史可法等少数君子算是异数，可惜他们辅佐的弘光皇帝朱由崧只是扶不上墙的稀泥巴。清兵正汹汹南下，朱由崧竟在江南选秀，纵情酒色。民间女子为逃避进宫，昼夜嫁娶；未能幸免的，竟投江寻死。这等混账皇帝，史可法在回复多尔衮的书信中，居然还得称颂他"天纵英明，刻刻以复仇为念"。为了让人相信朱由崧真的"奉天承运"，还要编造神话故事给世人听："告庙之日，紫云如盖，祝文升霄，万目共瞻，欣传盛事。大江涌出楠梓数十万助修宫殿，岂非天意也哉？"莫非那日涨了大洪水，上游佳木都漂到南京来了？

自古有道识时务者俊杰也，明朝旧官员大多是了不得的俊杰！最初曾有传言，说是吴三桂将奉太子还京复国。这时，大顺军已经宵遁，清廷兵暂未入城，那些早降过大顺的明朝旧官，连忙在午门设立崇祯牌位,日夜嚎啕大哭。五月初二日,听说太子马上要回来了,故臣们备了銮仪法驾卤簿,守候在朝阳门外恭迎。大顺朝还没来得及新制官服,明朝旧臣们的旧官服幸好没有毁掉,他们依然衣冠禽兽,统统跪伏道左,望尘以盼。华盖渐近,好半天看清来人,原来不是太子,而是清摄政王多尔衮!众人惊骇,魂飞天外。明朝旧臣们还未回过神来,大队清军已马蹄笃笃入城而去。明朝旧官们又匆忙上表劝进,范文程问曰:"皇帝去岁登极矣,何劝进之有?"

儒冠无行,莫过于此!

# 雍正十三年

雍正元年，清世宗胤禛登基没几日，连发多道圣谕，谆谆告诫各级官员。雍正皇帝发给知州、知县的谕示中，专门警告官员，不得"或借刻以为清，或恃才而多事"。所谓"借刻以为清"，就是把苛刻严酷当清廉，或自以为清廉便为官凶残。所谓"恃才而多事"，就是自以为才能卓越，便政事频出，劳民伤财。雍正皇帝看穿了某些"清官""能官"的面目，可见是个明白君主。

坊间传说雍正皇帝苛酷，亦是不争之史实。他对骨肉兄弟之残忍，对功勋大臣之无情，都是有史可考的。但他也有仁慈的时候，行事法度严谨。比如，雍正元年正月初二，这位皇帝命户部严查恩赏老人之银两，不许丝毫侵扣。老人年九十以上者，州县不时存问，或鳏寡无子及子孙不能养赡者，设法恤养。又如元年初，朝廷于京城煮粥赈饥，来京就食的穷人很多，雍正皇帝命煮粥期限延长，每日增拨银钱和粮食。直隶、山东、河南籍的饥民距京城较近，朝廷发给银钱劝遣他们回家。官府把事情也做得很细，查明直隶等近京三省入京饥民共一千二百九十六名。

山西、陕西有所谓"乐籍",其状甚为悲苦。因明初永乐起兵,有民众未肯附顺,明成祖遂将他们的子女发入教坊,编为"乐籍",世代女子,逼勒为娼。无论绅衿贡监及土豪地棍,呼召不敢不往,"侑酒宣淫,百般贱辱"。雍正皇帝看了御史年熙的条奏,命除去"乐籍",改业为良。浙江绍兴还有丐户,又称惰民,另编为丐户籍。此亦为前明沉痼,"农工商贾无其业,礼义廉耻不相关。男则吹乐捕蛙,妇则做媒送嫁"。雍正皇帝也令他们改业为良,自食其力。这些也算得上德政。

雍正皇帝憎恶贪官,遇着廉官就大加赞赏。两广总督杨琳,原为十阿哥属下,常年需向十阿哥孝敬。杨琳奏言:自康熙五十四年任广东巡抚起就应酬不暇,自己所有收入不足供十阿哥王府所用,除任内每年所有之外,将京中住房及素日所有尽行变卖,可能还会负债。雍正皇帝见如此封疆大吏,清廉到官俸不能养家,也像凡人一样动情起来,朱批道:今日之皇帝乃当年之雍亲王也。大家今日只要共勉一个"真"字,一个"好"字,君臣之福不可量矣!

皇帝就是不叫官员廉洁,官员们嘴上也会讲廉洁,只不过有的是真心,有的是假意。云南巡抚杨名时折奏:巡抚衙门所入,有藩司平规四千两,通省税规七千两,连盐税四万六千两,共五万七千两,请准留若干,其余应允公用。怎料雍正皇帝却恼了,谕示道:督抚这点银钱,岂可用法则限制?取所当取,而不伤乎廉;用所当用,而不涉乎滥!若一切公用、犒赏之需至于拮据窘乏,殊失封疆之体,非朕意也!雍正皇帝竟然还以此责备杨名时:矫激以沽誉,不知是何用心!杨名时因了这道倡导廉洁的折子,稀里糊涂成了罪臣。马屁拍到蹄子上,真是圣心难测!十三年后,乾隆皇帝弘历即位没几日,就把先皇时日的待罪之臣杨名时召回京城,赐礼部尚书衔,领国子监祭酒,兼值上书房、南书房。弘历谕称杨名时：为人诚朴，品德端方。这是后话了。

翻阅雍正逐日朱批，方知皇帝当得实在辛苦。雍正皇帝励精图治，似乎很快就见效了。山东巡抚黄炳奏称："双穗瑞谷，处处挺生。"雍正皇帝很高兴，谕称："此诚天地神祇并皇考圣灵垂佑之所致也"，"亦由民风淳朴，封疆大吏治理有方，始克睹嘉谷之祥"。全因皇帝喜欢，各省督抚便纷纷奏报瑞谷。江西、山东等地麦谷双穗双歧，四川的黍一秆四穗。紫禁城内的莲花也很争气，居然同茎分蒂。大学士们奏请：诸瑞叠至，皆皇上盛德之所感召。雍正皇帝愈发高兴了，谕示：宣付史馆！史书要重重记上一笔了。

但天下并非真这么快就太平了。漕运总督张大有奏报：山东沿河州县忽生蝗虫，百姓将半熟之高粱、谷子抢收三四分，其余尽被蝗虫食尽。秋收无望，士民哀恳救济。巧的是闹蝗灾的地方，正是率先奏报瑞谷的地方。

天灾难免，人祸也难免。很快就发现了大贪官，江苏巡抚吴存礼被革职。查明吴存礼用其贪污所得，贿赂朝中大小官员及太监等，共二百二十六人，计银四十四万三千七百余两。今人熟知的名臣嵩祝、李光地、张鹏翮及六位皇子皆在受贿之列。

自古官员为贪，手段百出。雍正初年，官员们流行建生祠书院。皇帝看出其中蹊跷，发布上谕禁止，说：此种生祠书院，各地建得很多，不过是官员在任之时，或由下属献媚逢迎而建；或由地方出入公门的有钱人、包揽官司的讼棍倡议纠合而建，实则假公派费，占地兴工，劳民伤财。生祠书院或为宴会游玩之所，或被本官据为产业。雍正皇帝下令，将已建生祠书院改为义学，不听法令仍行建造者追究本官及为首倡建之人。

从皇太极算起，此时清朝坐享天下已百余年。桃子不是一天烂起来的。雍正皇帝殚精竭虑，想着还是得借助先皇余烈。二年二月，雍正皇帝把康熙《圣谕十六条》"寻绎其义，推衍其文"，而成《圣谕广训》。《圣谕十六条》仅一百一十二字，而《圣谕广训》则洋洋万言。自古皇上想做什么，自有臣子替他说出来。有个叫觉罗逢泰的侍讲学士奏请皇上，在京八旗应每月宣讲《圣谕广训》。雍正皇帝从善如流，准了觉罗逢泰的折子。

又有一位侍讲学士叫张士照的不甘落后，奏请将《圣谕广训》用于试士训蒙，县、府及学政复试童生时，必令默写《圣谕广训》一条，不错一字者才准取录。平日，各学府选拔有品行的生员朔望宣讲，蒙学则用此训迪幼童。事情到此应算妥帖，已经从娃娃抓起了。

但是，祭酒张廷璐又有折子上来，建议将军及提督、镇守使，应向所属武职宣讲《圣谕广训》。至此，从京城八旗贵族、幼童发蒙、科举取士，到全军武官，月月都要掀起宣讲《圣谕广训》的高潮。应该再没人上折子了吧。且慢，又有右参议孙勷奏请，应遴选教官，长年宣讲，化导兵民。各地官员的政绩考核，即所谓"考成"，第一条就应看他是否勤宣《圣谕广训》。

雍正皇帝如此重视教化，应是察觉到世风很不好了。事实确是如此。刑部尚书励廷仪折奏：今年应试士子投诗送文，往来拜访者不少。"场前既多奔竞，榜后必生事端。"皇上便命都察院颁示晓谕这些读书人：应试士子宜安分守法，毋得希图侥幸，如有钻营彰著者，即行拿参治罪！

雍正皇帝自己也做重视教育的表率，亲自到太学拜谒孔子，并在彝伦堂讲经论学，发布圣谕说："圣人之道，如日中天，讲究服膺，用资治理。尔师生其勉之！"为尊师重道，雍正皇帝又下谕旨，此后一应章奏、记注，把皇帝"幸学"统统改称"诣学"。

古人治国，最重"耕读"二字。雍正皇帝命各地切实重农务本，督抚皆有课农之责，应率全体官员悉心劝农，并咨访农民疾苦，有丝毫妨于农业者，必为除去。又命每乡择一二老农之勤作者，优其奖赏。复命各州县择老农之勤劳俭朴者，每年举一人，给以八品顶戴荣身，以示鼓励。

雍正皇帝在位时间不长，于十三年八月二十三日驾崩。雍正皇帝在遗诏里说："十三年以来，竭精殚心，朝乾夕惕；励精图治，不惮辛勤；训诫臣工，不辞谆复。虽未能全如期望，而庶政渐已肃清，人心渐臻良善。"但这个时候，官场风气并非雍正皇帝遗诏说的那么好。乾隆皇帝即位不久，就晓谕督抚：不得无故传唤属官。此话听来轻巧，实则是官场走奔之风大盛。乾隆皇帝谕称："督抚及其属员，均有办理地方事务之责，属员唯当实心供职，不宜以趋走逢迎为尚。"原来省府所在首府首县的知府知县，不论有无紧要公务，每日必在督抚衙门伺候。督抚同城的地方，抚传未归，督传又到，仆仆于道，奔走不遑。

奔走不遑者，绝不是田径赛跑。其中奥妙，今人自然知道。

# 风水轮流转

手头有本日本人编写的《清俗纪闻》，此书成于德川时代宽政十七年。这是两百多年前的事了，当时中国为乾隆年间。编者叫中川忠英，为长崎地方长官。我买了这本书，最初感兴趣的是里头的插图，屋舍、衣服、用具、玩物，应有尽有。也画有当时中国官民生活场景，包括礼仪往来、年节习俗、日常起居。前人是怎么过日子的，我向来有兴趣知道，好看看自己是否生错了年代。又细看前头几篇序言，觉得此书更有意思了。总共有三篇序言，首序作者林衡，官职为大学头，相当于中国的国子监祭酒，也就是国立大学校长。林衡这样的官员，既管人才培养，也管意识形态。此翁的序言开篇就说："我邦之于清国也，地不接壤，洋溟为阻，屹然相峙，不通使聘，各为一区域。则其土风之异，俗尚之殊，何预我耶？然闽浙之民抵崎贸易交市，以彼不足资我有余，国家亦不禁焉。"我掏钱买下此书，就因那句"以彼不足资我有余"，真是太好玩了。乾隆朝为当时世界超级大国，区区东洋的自大有如夜郎。那会儿中国物阜民丰，而在林衡这种日本官员看来，却是自己饱肚子都很难的穷国家。那么，"闽浙之民抵崎贸易交市",则是世界上最早的国际主义者。

书中所载当时中国人的生活状态及风土人情,却是可为信史的。据序言介绍,中川忠英派人去清商旅馆询问,翻译人员详细记录和绘图,又经清人确认,方才最后定稿。此书《附言》记载:"本书绘图,系遣崎阳画师往清人旅馆据所闻而绘。绘时稍有差错,立即由清人纠正,且由清人图示者亦颇多。经再三问答而始得完全,故读者毋庸置疑。"日本当时的汉语翻译人员叫唐通事,都是在日本生活过三五代的唐人。他们的职业是世袭的,既管官府同清人的往来翻译,又管清人内部的事务处理,同时负有监视清人活动之责任。据日本学者考证,中川忠英在书后的跋中所列唐通事,高尾维贞是明末清初随从朱舜水东渡日本的翻译奕瑞环的后裔,彭城斐是江苏省彭城刘氏子孙,清河壁是江苏省淮安府清河县张氏子孙,平野佑英是最早充任唐通事的山西潞安府冯六的后裔。

单看本书体例,亦可断为信史。这本书的体例颇为独特,全部为唐通事询问清人的笔录。只有清国人回答,没有日本人提问。然而细读回答,也可想见提问,且可循知情态。此书卷一《年中行事》写到京城官员拜贺:"元旦,在京之官员身着朝服,项挂朝珠。主人乘坐轿子,以皂隶二人持棍开道,谓之开棍。在京城之内,仆从人员均有定数,并不得有排列执事等。进宫朝拜时,依官位高低,可带领八人或六人随从,留置于午门之外。朝拜之顺序,为文官列于东侧,武官列于西侧。按品级分成一班、二班、三班顺次排列。同声高呼万岁,行三跪九叩首之礼。一班由一品至几品,二班由几品至几品等排列情形不详。"读了这几句,可想象日本人必是问过:"如何分班的呢?同品为一班,还是几品至几品为一班?"被询问的清人讲不清楚,只道不详。因为这些清人多为百姓,并不了解宫里详细情况。写到宫外官员拜贺，情形就清楚多了。"外地官员元旦着朝服，开棍之皂隶、行牌、凉伞、旗等为先导，带领随从多人，前往参拜供奉于各地寺庙中之当今皇帝龙牌。龙牌为木制之肃穆牌位，上写有天子万岁万万岁字样，安放于寺庙主佛之前。无专为此建造之龛阁。"此处必定又是日本人问道："是否为皇帝建造专祠或龛阁？"日本人问外地官员朝拜之顺序排列，清人也说不清楚："因官员品级不同，亦应有排列顺序上之各种差别，但不知详情。"然而寺庙如何接待这些朝贺官员，爱看热闹的百姓弄得很清楚："官员前往参拜时，住持率执事僧人迎送于门前。但按照来人身份，亦有只由执事僧人接待者。"品级较低的官员来了，寺庙住持未必亲自出面招呼。想象每年官员往寺庙朝拜龙牌，必是当地百姓大开眼界的盛事。那几天，寺庙附近肯定万人空巷。当时皇帝出巡虽然仆从如云，却并不动用禁军事先戒严。有年康熙南巡，曾专门下旨恩准沿路百姓围观。外地官员不论巡抚、知府，他们外出更不会害怕老百姓看稀奇。清末有汪精卫等革命党人行刺官员之事，以我之孤陋寡闻，少见此前有百姓于华盖之前当刺客者。中国古代有名的刺客是春秋战国几个人，如曹沫、专诸、要离、豫让、聂政、荆轲、侯嬴、朱亥。刺客频出，多为乱世。

　　写到百姓过年礼数，简直令人神往。书中《家庭贺拜》记载："官员及庶民均于元旦穿着整肃，礼拜天地。庶民亦礼拜天地，系古来之传统，据传为感谢天地之恩。然后，参拜家祠中神主及父母。"新年有试毫、吃素、春酒之俗，颇具浪漫情调。试毫就是新年第一次拿笔写字："元旦试毫，以红纸书写吉祥词句。"祈祷新年好运气。吃素则藏敬畏之意，"元旦吃素食者较多，是因一年之初必须小心谨慎之故"。大食荤腥，必然大动杀机，古人是有畏惧的。吃春酒的礼仪很古雅，"初三前后，开始请吃春酒或新年禧酒，各家互设酒宴邀请亲朋好友。酒宴、菜肴因身份贵贱而有很大差别,并无固定制式菜谱。于酒宴前一天递送请帖。在亲戚同辈间用单帖"。旧时请帖分全帖和单帖,全帖即需折叠的请帖,多见六折制式,用红纸制作,写有贺词及送帖者姓名;单帖即不需折叠的单张红纸请帖,写上吉祥祝福及送帖者姓名。不论全帖、单帖,都得置放于封筒内递送。通常官家往来用全帖,民间往来用单帖。如此慎重邀请宾客,今天只在日本尚存流风余韵。日本人正式请人喝茶,需先拟好欲请宾客名单,再把名单送宾客中最尊者过目酌定,还有很多细琐周到的礼节,叫人顿生虔敬平和之心。

书中记载春节灯夜盛况:"正月十三称为上灯,十五称为元宵,十八为落灯,此六天称为灯夜。"这里记载的是当时江浙风俗,跟今天湘西风俗略有不同。我溆浦老家是正月初三夜开始舞龙灯,称之为出灯;十三夜舞龙灯完结,称之为收灯。收灯之夜,需到河边焚烧龙灯,有龙归潭渊之意。此书记载两百年前,"灯夜期间,在市中空地搭台做戏,并于城中大道大户家富家居住之处,以竹竿在两侧房屋之间搭起灯棚,遮以布幔,并用麻绳吊点各式各样彩灯。此外,街上有年轻人舞弄龙灯、马灯、狮子灯……上述多种行灯之中,亦有舞向知音、大户者,此时该户将提供酒肴并赠与银两。各衙门平时禁止庶民随便出入,但在十五日上元之夜则因观赏灯笼放任出入,此谓之放夜,热闹非常"。我现在居住的地方有几年曾是灯会场地,元宵那天老早就开始交通管制。我没有下楼看过灯会,倒是新闻联播会闪几下这里的镜头,说某地人民自发地举办了盛大灯会,市民们赏彩灯,猜灯谜,脸上洋溢着幸福的笑容。

我记得小时候在乡下,儿童玩什么也是分时令的,如同农人依着季候种庄稼。大抵是春天放风筝,夏天捉蝉,秋天打陀螺,冬天踩高跷。这几样多是男孩子玩的,女孩子只是跳绳和踢毽

47

子,并无季节之分。也有女孩子想跟着男孩玩的,男孩却不乐意,生气了,就大喊:"黏米饭啊糯米饭,伢儿不和女儿乱!"敝乡称"玩"为"乱",可谓深得玩的精髓。无从考证"乱"是否就是"玩"的方言读音,但"玩"到忘我之境真是去除樊篱。"乱"在我家乡话中还有率性行事之意,"乱"到极致便说"乱搞乱有理"。这是闲话。

此书记载,江浙人正月到三月,儿童以放纸鸢、放风筝、踢毽子为戏。彼时江浙人叫毽子为见踢,鸡毛为羽翎,铜钱为底座。书中插有《见踢风筝》之图,一小孩把风筝放得高高的,两个小孩抬头观看。一妇人抱着幼子,同另一妇人说话。见踢冷落一旁,并没有人踢。一角有假山跟盆景,高低曲折的栏杆。单看这方闲适天地,可见当时江浙之富庶。出自百姓亲口描述,想必不会有粉饰之嫌。

我最喜欢的旧节,应是中秋和重阳。若又依旧俗,则更有雅趣。书中写道:"八月十五日相传为月宫诞日,各家于露台设桌,以斗香、月饼及西瓜、梨子、柿等圆形鲜果之类上供。聚齐全家之人,设酒宴共赏明月。""亦有邀请朋友等人举行酒宴者,称之为看月会。"古人还据中秋晴雨推测来年元旦天气,不知是否可信:"据传八月十五日夜如降雨,则次年正月元日为晴天。八月十五日若为晴天,则次年元旦将下雨。又有'云掩中秋夜,雨打上元灯'之谚语。"很多民间谚语都是准的,只是一时讲不清道理。古人依循天时过活,冷不防就勘破天机。重阳节就更适合读书人过了,"九月九日为重阳,约会朋友等人携酒食登山,作诗,弄丝竹,终日游玩,是谓之登高。在有菊花的地方,尚有东篱遗风进行赏菊者"。今天的重阳节差不多叫人给忘记了,定此日为老人节似乎更能叫年轻人漠然这个节日。

日本人对清人生活的好奇,几乎事无巨细。卷二《居家》,

从房屋建造结构、家具样式及陈设、日用器皿,到男女生活细节,一一询问,且都画了图。如记载楼上的文字:"为上下楼之便利,设有以木板制造之胡梯。楼上均铺有平滑地板,入口处有一双扇门。也有在地板上铺藤席、毛毯者。房中放有桌子、椅子、杌子等。窗户形状方圆不等,窗扇为左右闭开,亦有做成百叶窗者。设栏杆者,则是在楼前建露台,从地面立柱与楼上相接,以竹子或木板搭成地板状,三面栏杆,上搭架子,覆以布幔以防日晒。但露台多不建内房之楼,而建于书房等楼上,以为夏日乘凉处所。"又如在靠椅和竹椅图画旁边,加有详细文字说明:"靠椅椅架褐色,椅背中镶有淡褐色、蓝色、绿色条板,椅座黄色。竹椅椅架黄褐色斑竹,靠背板绿色,椅座深蓝色。"就连清人清早起床后如何洗脸,都有详尽记录:"男女均在洗脸前先卷起袖子,以防弄湿衣服,并注意不向前后溅水。"言行举止都如实录下:"吃饭时充分注意,勿弄脏衣服。路上步行时亦须留心勿沾泥土。活动时须脱去上衣,只穿小衣,系紧腰带以便于行动最为重要。""言谈之事应经常缄口静默,不可轻率发言。如有应说之事亦须声气柔和,不可喧哗。说话须真实有据,不可虚诳,亦不得亢傲而轻易谈论他人短长。"

从林衡的序言可知,日本人承认曾经师法中国,但那都是远古的事了:"抑夫海西之国,唐虞三代亡论也,降为汉、为唐,其制度文为之隆尚,有所超轶乎万国而四方取则焉。今也,先王礼文冠裳之风悉就扫荡,辫发腥膻之俗已极沦溺,则彼之土风俗尚置之不问可也。"林衡看来,中国自清人入关,早已斯文扫地,无所可学之处,其风俗本可漠不关心。只是日本人要同中国人做生意,必须对他们有所了解,故而"子信之有斯撰,自有不得已者也"。意思说是中川忠英编写这本书,实在是迫不得已。林大官人紧接着就忧心忡忡,痛惜那些达官贵人和纨绔子弟,"一物之巧,寄赏吴舶;一事之奇,拟模清人,而自诧以为雅尚韵事。吁亦可慨矣。窃恐是书一出,或致好奇之癖滋甚,轻佻之弊益长,则大非子信之志也"。不管林衡如何鄙薄清国,书中所绘海西之邻毕竟胜过天堂。林衡再怎么痛心疾首,有钱人仍会学着清人过日子。我今天都艳羡那会儿的江浙人,何况当时的日本人呢?

岂料两百多年之后,竟然轮到中国多产林衡式人物。过去几十年,中国人不敢羡慕日本和欧美,不然就被中国式林衡骂作崇洋媚外。杜勒斯的预言曾让中国惶恐了几十年,生怕这个美国人用管乐吹垮我们的后代。我想美国人也是听管乐的,他们就不怕把自己也吹垮了?三十年河东,三十年河西。哪年哪月又让林衡跑回日本,再远涉美国去呢?

这本书中译本是2006年中华书局出版的,只印了四千册。我有一本,算是幸运。

# 从自卑亭往上走

岳麓山脚有自卑亭,始建于清康熙年间。"自卑"二字典出《中庸》:"君子之道,譬如行远,必自迩;譬如登高,必自卑。"意思是说君子修身立德,好比长途跋涉,必须由近及远;又好比登临高山,必须自下而上。自卑亭原处登山要道,欲上岳麓必过此亭。

世人知有岳麓山的,必知岳麓书院;知有岳麓书院的,必知书院门联。湘人历来也颇好以此联夸耀:惟楚有材,于斯为盛。从自卑亭的谦恭笃实,到岳麓书院的踌躇满志,相距不过一箭之遥。湘人的狂傲,似乎不屑掩饰。又因外人对门联中的发语词"惟"字误读,似乎湘人真是自大。

湘楚自古固多狂士,而真狂士应是狂而不妄。那位"凤歌笑孔丘"的楚狂接舆籍贯本无详考,不妨把他认作湖湘第一位狂士。如此攀附先古颇有些牵强,听凭冬烘先生们笑骂去。不管是孔门圣经《论语》,还是颇有些抑孔的《庄子》,里面写到的这位狂人都可敬可爱。他看破世道沦落,方才隐而不仕,佯作狂狷,笑讽夫子。这位狂士孤高超尘,直被有些史乘奥典尊为神仙。

51

楚狂接舆之后，湘楚大地代有狂士。只不过后来的狂士们，多不甘于林泉寂寞，而是抱负鸿鹄青云之志。同为楚地狂士，风骨襟怀颇为异殊，与自卑亭西的岳麓书院大概深有渊源。岳麓书院草创于唐而盛大于宋，为北宋"四大书院"之首，当年与之齐名的白鹿洞书院、嵩山书院、应天书院如今仅存残垣，只有岳麓书院仍薪火相承。一座文脉千年不绝的书院，自会出狷介高古的狂士。遍访岳麓书院旧联古碑，自会知晓历代诸多狂士的掌故。晚清与岳麓书院有关的狂士尤多，从陶澍、曾国藩、左宗棠、胡林翼到王先谦、郭嵩焘，他们身上无不带有狂狷之风。孔子有道："狂者进取，狷者有所不为。"这些狂狷湘人，虽讲究用行舍藏，可他们最重的心念却是行而不是藏。晚清以来家国天下多危难，容不得湖湘的真学子们扮隐士。近代登高振臂多湘人，应者影从遍天下。

岳麓书院虽地处湖湘一隅，而其学统流布超越三湘四水，气接华夏九州。正如清代山长罗典亲撰长联所言：地接衡湘，大泽深山龙虎气；学宗邹鲁，礼门义路圣贤心。王闿运虽无岳麓书院游学经历，而此处与他曾经主持过的衡山书院实为气脉相通。岳麓书院有一名联趣闻，后人多把它附会在王闿运身上。说的是王闿运曾去江浙讲学，颇受当地读书人轻慢。江浙千古繁华，文人骚客向来自负。王闿运恰恰其貌不扬，苏杭士人仙裾飘逸，对他很有些不敬。于是，王闿运撰联高挂堂上：吾道南来，原是濂溪一脉；大江东去，无非湘水余波。江浙士子见了，再也不敢孟浪。咸丰年间，王闿运曾为权臣肃顺幕宾。一日咸丰读到肃顺的折子，惊叹其文采，问是何人所草。肃顺奏对："湖南举人王闿运。"咸丰问："为何不给他官做？"肃顺说："此人非衣貂不肯仕。"咸丰说："可以赏貂！"王闿运因会试不第仍是布衣，而依制只有入了翰林方可衣貂。只因皇上偶然宠幸而赐官，王闿运仍耻于出仕,傲骨可见一斑。袁世凯做了民国大总统,王闿运应邀出任国史馆长兼总统顾问,不久他便看出自己尴尬之境,作联道:顾我则笑,问道于盲。联嵌"顾问"二字,明里自嘲,实则狂傲。他调侃袁世凯的对联更是有趣:民犹此也,国犹此也;总而言之,统而言之。袁世凯为独夫,而将"民国总统"暗嵌于联讥讽之,非王闿运这等狂士不敢为。后人多以王闿运助袁世凯称帝而诟病之,自然无人敢替他辩白。然而狂士谋国心鲁性直,书生用世难免迂阔,终不能笼统以一己之私而论之。

自岳麓书院援木依藤而上,沿路可见许多高冢大墓。从黄兴、蔡锷到陈天华、禹之谟,许多近代仁人志士都长眠于此。累累墓葬装订成册,就是一部中国近代史。湘人之狂,狂在遇事多不惧死。埋葬于此的陈天华愤恨蹈海,只为警醒国人自救自强。陈天华之前欲以身死醒国湘人,还有葬在浏阳的谭嗣同。谭嗣同、陈天华他们在俗人看来,不但是狂,几近于癫和傻。禹之谟墓不太起眼,位于半山腰之小径旁,几乎快要没于芜草。这位湘人竟敢在清廷眼皮底下聚集长沙民众公祭反清志士陈天华,今人观之简直胆大包天!禹之谟之不畏死亦近于狂,而当时的长沙民众更是义薄云天。蔡锷之墓规模宏大,庄严肃穆,配享墓庐。蔡锷将军为了讨袁拔剑南天,以一隅而抗天下,自言明知无望,亦不为争胜利,只为争四万万同胞之人格。这等义举,非有狂气,断不敢为。

登岳麓山必经自卑亭,而自卑亭的精神实为岳麓山的根柢。岳麓书院固然有许多大气磅礴的联语,也更有诸如"实事求是"等朴真至性的箴言。自古湖湘狂士无不从"自卑"而入门径,又以"敢为人先""经世致用"而纵横天地。没有狂气,不成湘人;只知狂傲,亦非真湘人。

# 精舍之类

有个美国人学了几句汉语,他打算借中国朋友的客厅待客,便文绉绉地写了一封信:欲邀好友三五,奈何寒舍逼仄,欲借令堂一用。这位美国人知道"令"是敬词,"堂"想当然就是客厅了。外国人闹此笑话,并不太可笑,倒是很可爱。类似的笑话,放在中国人身上,就有些啼笑皆非。我曾经看见某楼盘广告,号称"某某精舍"。也许房产商望文生义,以为精舍就是精美的屋舍,或精致的屋舍。然而"精舍"二字是早就固定了的名词,指的是佛家修行所在。寺庙可以叫精舍,僧人住所也可叫精舍,与佛门有关的书院亦曾叫过精舍。只是红尘之人的宅第,怎么也不能叫精舍的。精舍虽是佛门庄严之地,然而于凡俗之人未必就是好风水。中国民间有个讲究:生不住庙前,死不葬庙后。意思是说人活着不要住寺庙前面的房子,死后不要葬在寺庙后面。风水相冲,大为不吉。如此,商家把楼盘叫做精舍,就莫名其妙了。寺庙前面都是住不得的,未必还要买个寺庙做宅第?除非举家剃度了,那才住进精舍去。

又见某楼盘叫"某某观邸",亦百思不得其解。邸是宅第,且是阔气的房子。小门小户，不能叫邸。世人多好装阔气，房子不管大小，都愿意叫做邸。这也无所谓，无非只是夸张。"邸"字前头加个"观"字，就叫人想烂脑壳了。人们见到"观"字，首先想到的是看。未必观邸就是只让看不让住的房子？观还有个意思就是景物或样子，加在"邸"字前面似又文理不通。景物的房子？样子的房子？听着都别扭。何况观未必就是美观或雅观，亦有不美观或不雅观。人的某些认识或看法也叫观，比如乐观、悲观、世界观。这个意思同房子更是风马牛不相及了。假如把"观"字读作第四声，倒是同建筑有些关系，比如道家庙宇叫做观。但普通人家的住宅，肯定不是道观，哪怕如邸之豪华道观。"观"字第四声的古义，还有台榭的意思。那么观邸就是建得像亭台楼阁的住宅，那就得去看看是不是那么回事。但房子真建得像公园，隔三岔五去玩玩还行，天天住在里头不见得就好。

  未必是官邸之误，或故作幽默？也说不太通。不过类似的小聪明倒是常见，比方卖鸡肉的铺门上，也许会写上四个大字：鸡不可失。果然，就见到有个楼盘叫"某某官邸"。叫官邸何等气派！我们见得多的官邸名称，通常是总统官邸、总理官邸、首相官邸、大使官邸。然而，气派倒是不假，毛病却又来了。官邸是政府提供给官员办公或居住的地方，官员本人是没有所有权的。白宫是美国总统官邸，卸任当天就得搬走。唐宁街10号是英国首相官邸，同样是卸任就得让人。私人买几间房子，产权却是政府的，只怕没人愿意吧。与官邸对应的，其实叫做私邸。中国人再怎么官僚崇拜，明明自家买了几间房子，也没必要叫做官邸。无非是应了一句老话：打肿了脸充胖子。

  好好的买个房子，不是佛家的，就是道家的，要么就是公家的。这几家你都不想买，你就得买外国的。看看那些楼盘名字，通通是佛罗伦萨、圣地亚哥、阿尔卑斯、得克萨斯。反正你不想出家，就得出国，要不然就充公。记得有年去外地出差，遇上一位老太太求助：我不是问你讨钱，我是找不到家了。老人家方言很重，我略略听懂了这两句，只好把她送到巡警手里。我看到有个楼盘，起的自然也是个洋名，长长的九个汉字，中间还打了个圆点。九个汉字，加上圆点，就得读十个音节。不但需要记性，还要丹田之气。记不得非洲哪个国家有条河，名称长得叫人难以置信，读出来有一百多个音节，翻译成汉语大意如下：你们在那边打鱼，我们在这边打鱼，谁也不准在河中央打鱼之河。如此看来，十个音节的洋名楼盘，起名的努力空间还很大。我却想自己买了很长名字的房子，年纪大了也像那位老太太迷了路，没法告诉警察我住在哪里。所以，我宁愿自己住的地方叫黄泥街，也不要叫亚历山大·弗兰西斯科·纽伦堡。

# 零碎话

老家的村子离县城不远,我对城里的印象却不深。上小学时,每个学期会看一场电影,多半是反复看过的《红灯记》《沙家浜》之类。我同弟弟共用五毛零花钱,上街吃一碗面或米糕,还有余钱吃一根冰棍。这个印象保持了十几年,直到我二十二岁去县城工作。我去县政府报到之前,从来没有进过那个大院。小时偶尔在城里逛街,也不曾注意过那个地方。

我上班的地方是县政府办公室,派给我的直接领导是位姓周的老同志。老周大概五十五六岁,或者更大些。同事们都叫他老周,我却叫不出口。我感觉叫"老周"不太礼貌,平辈之间才可这么称呼。老周见面就说起我父亲,似乎他们是有旧缘的。于是,我依着父亲这层关系,叫他周伯伯。老周略为犹豫,愉快地应了。

过了些日子,隐约听得有领导说,同事之间最好是称职务或同志,别的称呼都太庸俗了。我着实吓了一跳,却不方便再改口。周伯伯头上没有职务,我仍然不好叫他老周。于是,我一如既往叫他周伯伯。终于有天,周伯伯嘿嘿一笑,说:干到快退休了,混了个伯伯级别。我私下一想：周伯伯可能也不愿意我这么叫他。

周伯伯最后被提拔了，职务是副科级秘书。人们开始喊他周秘书，我仍叫他周伯伯。秘书在我看来似乎不是职务，跟在领导背后屁颠跑的都算秘书。我还听到一种说法，秘书不带长，打屁都不响。县政府不设秘书长，他永远只能是秘书。何况，他眼看着就要退休了。

周伯伯是我官样文章的启蒙老师，为人方正，文字功夫很好。却快到退休，才弄了个副科级秘书。他退休那天，单位开了个欢送会。同事们说尽了他的好话，似乎这个同志早该当更大的官。那时候，单位有人调走，也得开个欢送会。通常是买些糖果，大家嘴里嚼着东西，拉拉杂杂地说上几点。被说的人必做得很谦虚，微笑而不露骄傲之色。

周伯伯退休欢送会那天，我心情很有些忧伤和灰心。我想自己临到退休，假若也是个副科级秘书，人生未必太黯淡了。过了些日子，偶然听人说起周伯伯的过去，我心情愈加灰暗。大概是说周伯伯年轻时很有才气，就因为某事得罪了领导，留下不好的印象。从此，多年抬不起头。他的家庭出身又不太好，历次运动都如过街之鼠。好不容易挨到八十年代，却已老之将至。

我的官样文章很快上路，真得感谢周伯伯。外人都以为官样文章好写，不过是程式化的新八股。其实不然。官样文章，难就难在学校没教过。中文系都有应用文写作课，可课本上的东西在官场完全应用不上。我因为官样文章渐有名气，比周伯伯早二十多年成了副科级干部。记得有回去县瓷厂调研，厂长坐在山顶的会议室，俯瞰着山下的县城，不由得豪情万丈，说：有些欧洲小国，不就只有我们县这么大吗？这么想啊，我就是一个国家的瓷器大王！我听着实在好笑，暗想自己就相当于小国家的副部长了。

在县政府工作那几年，过得很开心。官样文章得心应手了，多年的文学梦开始苏醒。最初写散文，一篇叫《书房小记》的小文章，发表在《湖南日报》的"湘江"文艺副刊。很有些兴奋，印成铅字的豆腐块，总共一千多字，我反复看了好多回。那个日子我也记得：1988年8月8日。数字很吉利，做生意开张，大概应该选这种日子。

那时候的小县城里，谁发表了一篇文章，就被看做人物了。我听着人家称呼才子，心里颇有几分得意。机关才子的名声早有了，如今又是人们眼里的作家。我在报上发了几篇散文，就开始写小说。起初找不着路数，好几个小说都只开了头，或写了个大半就放下了。第一次把小说写完，应该是1990年。我把小说《无头无尾的故事》寄到《湖南文学》，很快就发表了。小说是黄斌兄从自然来稿中发现的。我当时并不知道刊物有所谓约稿和自然来稿之分，总以为编辑凡稿必看的。看来，凡事都有机缘。当时刊物的几位老师，王一平先生、潘吉光先生、李慕贤先生，都对我大加勉励。

那时候，通信不太发达，不方便同作者联系。《湖南文学》发表我小说时，就在作者简介里写道：王跃文，二十四岁，毕业于湘潭大学。我后来向黄斌兄求证简介的来历，他说听别人这么介绍我的。可是，黄斌兄哪里知道，有人背地里说我简历造假。我那年二十八岁，也不是湘潭大学毕业的。我的母校是怀化师专，现在叫做怀化学院。我对母校怀有深情，她在我最艰难的时候，一直慈祥地对我微笑。此一节不可说得太深，日后有机会再去"钩沉"吧。

1995年，我的中篇小说《秋风庭院》获《小说选刊》主办的文学奖。当时，全国优秀中短篇小说奖评奖早已中断，鲁迅文学奖没有设立。《小说选刊》有位编辑说，过去全国优秀中短篇小说奖就是他们刊物为主操办的。那意思似乎想告诉我们：如今评

59

的这个奖,就相当于当年的全国优秀中短篇小说奖。我听着有些幽默,同进士跟进士的区别还是很大的。

当时,我调到长沙已有一年。去北京领奖,正是冬季。住的宾馆是北京老四合院,暖气大得只能穿衬衣。记得《小说选刊》的招待很客气。但伙食越开得好,我就越吃不下饭。有顿饭据说最贵,我却吃得最少。我忍不住叫过服务员:小姐,上一碟辣椒行吗?服务员很客气:我去给您看看。南方人是"你""您"不分的,听人客气地称呼"您",感觉很受尊重。过了几分钟,她回来说:对不起,你们没点辣椒。我差点喷饭,心想北京人怎么这么幽默!

我刚调到长沙,感觉未来无限辽阔。似乎能做很多事,眼前一片云蒸霞蔚。可是过了四十岁,方知自己越来越渺小。1998年写成《国画》(1999年出版),2009年出版《苍黄》。匆匆十年,苍黄翻复!我其间写了两百多万不痛不痒的文字,头发白去大半。经历了一些事,见识了一些人。酸甜苦辣,生生吞下。曾经有些争强好胜,如今通通都放下了。

有那么两年,我的文字在有些地方见不得报。有家报纸约我写专栏,我给了编辑十几篇文章,就出门旅行去了。一个多月后回来,方知自己的文章署名"浦人"。原来刚发了一篇《常识性困惑》,报社就接到某部门电话。编辑爱惜我那些文字,就做主把我的文章换名发表了。过了几年,我在某地签名售书。一位老者拿来一本剪报,问:请问浦人就是您吗?老者说:您的文章,再怎么变名字,我都认得出来。

我于写作原来很自信的,现在却是越来越惶恐。每次翻阅新出版的书,都是无尽的遗憾。自己明知的不足和可笑之处,又未必是下次可以弥补或改进的。我渐渐明白怎样才是好作家,而自己穷尽一生的努力不过是学步而已。

## 幽默的代价

我从小就知道父亲因言获罪,被打成右派,却不清楚他到底说了什么大逆不道的话。有天闲扯,父亲偶尔说起这事,我竟有些哭笑不得。当年我父亲只有二十三岁,在家乡的县里任区委书记。县委书记也只有三十多岁,书记夫人是县妇联主任。都是年轻人,平时彼此很随便,有说有笑的。那位书记夫人虽说身份尊贵,却是个麻子。有回,我父亲开玩笑,在她蒲扇上题了首打油诗:妹妹一篇好文章,密密麻麻不成行。有朝一日蜜蜂过,错认他乡是故乡。没想到我父亲年轻时竟如此幽默顽皮,不过这玩笑也太过头了。他不知道在阿Q面前连月亮都不能说的。但也仅仅是玩笑,那时候区委书记同县委书记或夫人开开玩笑也没什么稀奇。

可是,我父亲做梦也想不到,这个玩笑日后竟会为他带来弥天大祸。

1957年,县委书记和他的夫人都想起这首打油诗了。于是父亲罪莫大焉,成了右派分子。一个玩笑,竟让我父亲终生命运逆转了。记得我读米兰·昆德拉的《玩笑》感觉就像读中国的故事。只需将里面的人名和地名换成中国特色的,那完全像中国作家写的小说。中国同捷克山隔千重,水隔百渡,发生的故事竟如此相似。记得马克思的《共产党宣言》开头有句很文学的话:一个幽灵,共产主义的幽灵,在欧洲大陆徘徊。这"幽灵"二字在这篇惊世雄文中自然不是贬义的,但"幽灵"二字在当年中国或捷克不但贬义而且恐怖了。

我有段时间也混迹官场,熟知80年代以后中国官场的况味。不敢想象父亲当年竟敢那么胆大。但可以推知,毕竟有那么些年月,中国官场等级并不那么森严。大概1957年以后,上级就是上级,下级就是下级了。同战争年代讲究的官兵一致、军民一致相比,官场规矩与时俱进了。现在谁敢同上级开玩笑?上级的威严是不允许冒犯的,而且越是官大越威严,只需到省部级就有些侯门似海了。

不过也未必尽然。同下级打成一片的官员也是有的。有些官员同他赏识的下级或企业家就混得跟朋友似的。总有那么些人,天天围着官员转,点头哈腰叫老板。过去有个时候"老板"二字在中国近乎贬义词,而现在常用来称呼有权的和有钱的。你有权,我有钱,就很容易做朋友。何谓朋友?朋友的定义也早"与时俱进"了。有的地方,长官一倒台,牵出一大片,说明这些长官人缘还是"不错"的。

我的父亲老了,不知这世上的戏演到哪一出了,却知道嘱咐我一句:别乱开玩笑。

# 假如没有内幕

昨天见到报道：中国足协两位高官"失踪"了。人们看了会想：必定有内幕！今天又见报道：这两位高官已被警方带走。人们仍有疑问：必定有内幕！我想，哪怕等警方调查清楚，全部案情大白天下，人们仍会说：必定还有内幕！

中国民众曾经是轻信，现在是不信。轻信是不幸，不信是大不幸。但人是总得信点东西的。信什么呢？信谣言。我的小说《梅次故事》是这么开头的："这年头，谁不相信谣言才是傻瓜。很多真实故事，都从谣言开篇。"中国最近开始在足坛抓赌打假，但关于其中的种种丑闻早就盛传神州。不过，官方以谣言待之。米卢八年前就说过："中国足球如果还想再次站起来，必须要有大事件发生。"米卢的意思已不在弦外，想必他是深知内幕的，但这话官方听起来也无异于谣言。

官方在中国是个泛概念，足球管理机构也是官方。中国存在各种官方，它们有个共同爱好，就是喜欢辟谣。无论发生什么不好的事，官方第一反应就是出来辟谣。可纸毕竟是包不住火的，总有水落石出的时候。各种官方的无数辟谣把戏，最终常常被证明是说谎。词语是不断演化的，也许事过经年，词典会如此解释：辟谣，意思就是说谎。

中国足坛还有多少谣需要辟？或者还有多少谎需要说？足坛经不起追问，中国整个体坛又经得起追问吗？早先时候炒得很热的新闻是：奖牌可以事先内定！被曝光的项目如此，盖子捂得严的项目又如何呢？亿万观众屏息静气看着的比赛，居然是导演出来的假唱！亿万球迷追捧的明星，居然是愚弄他们的赌徒！说个与此无关的真实段子。曾有天王级港星在内地演出，歌迷如潮。港星一边挥手飞吻，一边疾声高呼："我爱你们！"一边却用粤语低声对马仔说："讨鬼嫌，赶走他们，叫他们滚蛋！"

我庆幸自己从未追过任何星，不管是体育明星，还是娱乐明星！因为愤激，说句粗口：足球算个球！中国这样的足球，不去爱它也罢。今天应了米卢的魔咒，"大事件发生"了，又能如何呢？很难让我有真正的信心。可我还是祝愿中国足球好起来，毕竟有那么多同胞热爱着。不过，等足球真的干净起来了，再去爱它也不晚。轻信和不信虽都不幸，但不信至少可免于被愚弄。体坛那些鸡毛蒜皮不去信它，再怎么也不会危及国计民生。有句无厘头的幽默是：不想当将军的士兵，绝对不是好司机。模仿一句，虽不幽默，却是实话：不看球的公民，绝对不会饿肚子。

不能怪民众什么都不信，只怪无处不在的内幕。欧词说：庭院深深深几许，杨柳堆烟，帘幕无重数！戏仿欧词，如今便是：江湖深深深几许，恩怨堆积，内幕无重数！中国已是大江湖，天下尽豪强，无处不枭雄。闭目想想也罢，放眼望望也罢，体坛不过区区尔！君不见，教育有内幕，医疗有内幕，房产有内幕，司法有内幕，你家隔壁的小超市都有内幕！很多时候，内幕就是黑幕或铁幕！听闻了太多内幕，民众便什么都不信。哀莫大于此！

# 常识性困惑

终于逃离官场，可以过一种自由自在的读书写作生活了。尽管自由是有限度的，自在还需自寻心境。有道是"英雄到老皆皈佛，宿将还山不论兵"。幸好我既不是英雄，又不是宿将，只是在官场迷迷糊糊地走了一遭，仍有许多懵懂之处，拿来说说，图个快活。

记得刚踏进官场，对一个名词的感觉特别深刻，那就是：印象。而且据说最最要紧的是第一印象。好心的同事告诉我，谁谁本来很有才干，就因为某某偶然事件，在领导那里落了个不好的第一印象，他就背时倒运；谁谁就因为年轻时的一件小事，在领导那里印象坏了，一辈子就再也没有出头之日，直到退休都还是个普通干部。这些故事里的主人公，都是我可以看见的活生生的人，他们都是一副落魄不堪的样子。刚参加工作时，我还很有些抱负，总想有所建树，便处处谨慎，事事小心，惟恐领导对我的印象不好。慢慢地，我好生困惑，发现这印象之说真没道理：那些所谓领导，嘴上那么堂而皇之，而知人用人怎么可以凭他的个人印象呢？原来官帽子不过就是他们口袋里的光洋，想赏给谁就赏给谁,只看你是否让他看着顺眼!

所谓看法,也是我困惑的一个词儿。看法多是用作贬义的。官场上,你跟谁透个风:某某领导对你有看法了,这人准被吓个半死。看法坏了,你再怎么兢兢业业洗心革面都徒劳了。领导们总相信自己是很英明的,不太会轻易改变自己对人的看法。

还有就是组织,也让我大惑不解。组织是个筐,什么都可往里装。某某领导要重用你,说是组织需要;某某领导要修理你,也说是组织需要;某某领导想把你凉起来,同样说是组织需要。你若不想任人宰割,准备摆在桌面上去申诉或控辩,他们会说你不服从组织意见,或说你对抗组织;而你私下发发牢骚,却又是搞非组织活动了。有些人就这本事:把什么事都放在组织名义下,弄得堂而皇之。无可奈何,官场中人都是组织内人,纵有满腹委屈,只要别人抛出组织这个词,他们只好隐忍了。面对冠冕堂皇的组织,他们只得失语。

所谓尊重领导,我也是颇为质疑的。我没见过哪个文件或法律上规定下级必须尊重上级,而这却似乎是官场铁律。我虽然迂腐,却并不是凡事都去翻书的人。只是耳闻目睹了很多所谓领导,并不值得尊重的。就像眼镜不等于知识,秃顶不等于智慧,修养差不等于性子直,肚子大不等于涵养好,官帽子高并不一定就等于德才兼备,令人尊重。近年来倒了很多大贪或大大贪,他们八面威风的时候,一定早有人看透了他们,并不从心眼里尊重他们,只是他们掌握着别人的饭碗,人家奈何不了他们。往深了说,这尊重领导,骨子里是封建观念。因为笼统地说尊重领导,往下则逐级奴化,往上的终极点就是个人崇拜。人与人之间,当然是相互尊重的好,但值得尊重的是你的人品和才能,而不是你头上的官帽子。

凡此种种，在彼官场，都是常识，人人都自觉而小心地遵循着，我却总生疑惑，拒不认同。这种德行，在官场还待得下去？还是早早逃离的好。

# 拍照有凶险，官员须警惕

文强被处决了。新闻照片上，文强穿着黄色囚服，有些头泡眼肿，矮胖矮胖，他身后站着高大威猛的警察。望着这张照片，我想起十年前关于他的新闻照片。十年前，文强因悍匪张君而扬名。张君是湖南常德人，那个大案的消息自引湘人关注。张君落网后，文强成了打黑英雄。2009年8月间我到凤凰卫视录制《锵锵三人行》，见到一张照片：文强大脚踏在张君头上，此悍匪束手就擒。十年之后，媒体披露：此图片是事后摆拍的。张君被抓获的第一时间，文强便屏退左右，大脚往张君头上一踩，掏出电话给领导打电话说：张君就在我脚下！此时张君已是阶下囚，文强想拍一场打斗戏都是可以的。若有此番打斗大戏，文强绝对武艺高强。

文强从此声名大震，仕途坦荡。说起张君大案，无人不晓文强。那张新闻图片，塑造了打黑英雄的高大形象。虽然那时的文强也胖得近乎浮肿，却叫人忽略了他的外形是否英俊。但是，稍有工作常识的人都知道，此时的文强是重庆市公安局分管刑侦的副局长，他的职责是运筹于帷幄，而非赤膊于阵前。亲自动手捉拿凶犯，应是普通警员干的事，用不着劳动堂堂副局长。严格说来，摆拍出来的图片新闻，算是假新闻。但是，此等假新闻不会有人戳穿。官场自有规矩，大家心知肚明，相互配合着玩玩而已。玩走火的毕竟是少数，通常是不会出事的。

大凡有追求、有抱负的官员，多注重自己在新闻里的形象。某地暴发大水灾，书记下到抗灾前线去。官员下基层，兵马未动，记者先行，早已是规矩。此回随行的摄像记者有唯美主义倾向，很讲究画面效果，镜头里的书记形象很高大。不料书记看了当地新闻，却是大为光火。原来书记尽管一手叉腰，一手指点江山，却总有人替他撑着伞。而陪同的官员则顶风冒雨，灾区群众更是奋力抢险。相比之下，书记很像旧衙门里的老爷。摄像记者挨了骂，却是万分委屈。他说你书记是有人撑伞呀！未必还要运用技术手段把你的伞做掉不成？

该做掉的就得做掉，不该拍的就不要拍，需补拍的就要补拍。尽管文强倒了，但他补拍新闻图片，却是值得借鉴。其实，上面提到的这位书记，不用跟文强学习，下回必定知道怎么办了。他也不用自己费神，自会有人替他想得周全。为他撑伞的通常是秘书，此类人物都非等闲之辈，知道怎么塑造领导形象。他们明白什么时候该替领导撑伞，什么时候要让领导淋雨或晒太阳。称职的秘书还得替领导新闻把关，不能在这些小节上坏了大事。能做好领导的形象策划人或总导演，就算是最称职的秘书了。时下秘书最受重用，只怕与此不无关系。

互联网时代，官员实在难当，足可表示同情。官员吃穿用度，稍不留神就叫人贴了照片在网上，这简直太危险了。因戴天价手表，抽高档香烟，被人偷拍发到网上去炒作，进而丢了乌纱帽，甚至身陷囹圄，已不是个别案例。官员们怕了，不敢把烟盒放在主席台上。善解人意者大有人在，于是有人发明精美的烟盒。再名贵的烟装进这盒子里，断看不出形迹。有那烟厂更会来事，替领导供应白皮烟，看不出任何牌子，你没话说了吧？此招功德无量，官员们安全了。

又想那文强擒匪的照片，时在十年之前。当时，中国互联网尚始起步，网民还不太多，也不太成熟。试想今天网上贴出这张照片，必会招致网民质疑。老百姓也无需知道所谓官员工作常规，只看那照片的角度、姿势、光线，就知道是摆拍的假东西。若无网管人士咔嚓，说不定就成原上野火，会烧出假英雄的真面目。

# 老姨妈的自豪

有位朋友向我诉苦,说实在受不了他的老姨妈。他的老姨妈七十多岁了,只要见了他就会说:我们幸好不是美国人,美国人如今真苦,美国人全靠我们中国,我们中国是美国最大的债主,我们中国在世界上说了算!朋友说起他的老姨妈,就皱着眉头一脸苦瓜。他说老姨妈每次都拉着我的手说上半天,我没办法同她讲道理,急也急不得,烦也烦不得。我都怕见她了,惟恐躲之不及!

三十多年以前,中国人都是老姨妈这么自豪的。大海航行靠舵手,万物生长靠太阳!领袖挥手我前进,革命无往而不胜!伟大领袖的最高指示,全国人民不管懂与不懂,都时刻挂在嘴上。有个老太太上街买菜,一边挑选辣椒,一边掐掉辣椒把儿。卖菜的老头儿有意见了,说你怎么掐掉把儿呢?老太太振振有词:毛主席教导我们说,深挖洞、广积粮、不称把儿(称霸)!你怎么连把儿也称给我呢?

我记得那时候,凡事都要同民族自豪感挂上钩。我上小学时有道数学题,大意是说中国的人造地球卫星重多少公斤,美国的人造地球卫星重多少公斤，问中国的人造地球卫星比美国的重多少公斤？我并不明白人造地球卫星的轻重有技术高下之分，却知道这中间有爱国主义的分量。我算出中国的人造地球卫星比美国的重许多，心里真是美滋滋的。如此教化下的民众，当然相信全世界还有四分之三的劳动人民生活在水深火热之中，中国人民要勒紧裤带支援世界革命，中国人民的伟大历史使命就是要解放全人类。

三十多年前中国人的自豪，同今天老姨妈的自豪实是一脉相承。中国人现在似乎越来越有钱了，曾有中国人在法国狂购洋酒，居然成了轰动全球的大新闻。世界各地的著名赌场，豪赌者最让西方人咋舌的，也是腰包鼓鼓的中国人。据说欧美旅游景点的工作人员，只要看见中国人去了，就会把别国的游客丢下，专门上来侍候中国人。没办法，中国人有钱啊！

丽江或大理那些窗明几净的小店里，常会坐着几个慵懒的西方人，他们悠闲地喝着咖啡，安静地看书或写作。据说他们是西方国家的穷人，也许就有老姨妈怜悯的美国人。可他们领着国家救济金，却跑到中国来过好日子。我在中国不算穷人，却不能住在丽江或大理。

有个著名的法国穷人，他成天穿着牛仔休闲装，开着二手轿车满世界晃荡；他是健身俱乐部的永久性会员，法国第一批用上手机的人；他夏天去海边度假，圣诞节到阿尔卑斯山滑雪；他年届四十却只工作过三十一个月，每月领取四百四十八欧元失业补助；他居然还用"提埃尔·富"的化名，出版了一本自传《靠政府福利过二十年优哉生活》。法国的贫困线是五百七十多欧元，折合人民币五千七百多块。这说的是月收入，至少比我的工资多。法国人的收入低于这条线，即可像提埃尔·富那样，每月获得四百四十八欧元救济金。换算成人民币，合四千四百八十元。

提埃尔·富被称为超级懒虫，引发有些法国人的愤怒。中国目前不论是法律或国力，都还培养不出提埃尔·富这种好东西。我假如每月能拿到这么多救济金，就跑到越南或柬埔寨写小说去。可很有些中国人，真以为自己很富了。中国有句俗话，叫财大气粗。气粗起来，则叉腰横眼，指手画脚。中国真还没有富足和强大到这种程度，或者真的富成那样了也不需作如此面孔。有些人的慷慨激昂，无非也是老姨妈的自豪。

# 手气不好

我在外不肯喝酒，通常的理由是要开车。有回在酒桌上，朋友们逼得急，我说：我要是贪污腐败坐牢了，脸上还有光彩；要是喝几杯酒就坐了牢，太没有面子！朋友们都笑了，不再劝我喝酒。

我这里虽是调侃，说的却是真实的生活逻辑。日前见有报道，某高校一位副处长贪污五点五万元，被判有期徒刑五年。人们评论此事，都说这位副处长是个倒霉蛋，或者说他没本事！也许，审判此类案件的法官都会觉得不好意思，他们自己的腐败问题可能还要大些。时常看见检察官、法官倒台的报道，天知道他们原先审别人的时候，心里是怎么想的。

从刑法量刑标准看，贪污受贿五千元同十万元并无太大区别。从实际操作层面看，几十万块以内的贪污腐败案件，只要当事人上下疏通得法，通常会免于刑事起诉。像上面说到的这位副处长，人们必定料想他不太会办事，或没有得力的朋友和亲人施以援手。

记得十几年前，南方某省一位厅级干部，贪污受贿三百多万被判了死刑，而不到两三年那些案值远远超过他的腐败官员都没有掉脑袋。现如今，贪污腐败几千万、上亿万的官员都不会有性命之虞了。也许被判五年徒刑的小蟊贼仍在牢里待着，而被判了无期、死缓的大贪官早已在自家别墅前晒太阳，尽管他们贪污受贿几千万、上亿元。

如此想来，那位受贿五点五万元的副处长，简直是太不值得了。这等于说受贿一万块判刑一年，零头五千块打了个折，不然还得多判半年。如果依这个判法，贪污受贿上亿元的，就得判他个亿万年。当然，法律是不可以这么理解的。但是，到底应该怎么理解呢？目前悬殊云泥的经济犯罪量刑，显然让人不可理解，已经颠覆了是非标准。似乎成了这种逻辑：贪污受贿越多越有本事，越有脸面，越是光荣；相反，贪污受贿少了，没有本事，没有脸面，让人笑话。

有个手机段子流布很广：某市年终决定一笔钱的投向，监狱和幼儿园都打了报告。两种意见相持不下，最后市长说：同志们，我们难道还有机会进幼儿园吗？于是，一致同意这笔钱拨给监狱。虽然是个荒诞笑话，却有真实的生活基础。有个监狱，管理十分人性化，犯人们有娱乐时间。娱乐项目是打牌，输赢筹码同外面没区别。一回，几个贪污受贿上千万的前官员玩牌，得知三缺一补上的新手只贪污受贿百多万，他们事后居然向管理干部抗议：别让受贿百把万的人同我们一起玩！又因贪得多的人，原官职通常会高些，那几位贪污受贿上千万的前官员，老是拿贪得不多的人开涮：你们贪个几十万、上百万，也好意思关到这里来！原来，官员们贪腐落马，关在什么监狱，也是有规格的。小贪小官进了大贪大官的监狱，几乎有僭越逾制之嫌。

越贪越光荣，大贪最光荣！这是什么逻辑呢？这逻辑又是怎么来的呢？深究起来，自有复杂原因。我想，至少同法律规定和

75

执法现状有关。罪刑相当是起码的量刑原则，但很多贪腐大案的处理似乎与此相悖。曾见同一份报纸登出两则有关贪腐官员的报道，结果竟是小贪重处，大贪轻判。

不管大贪小贪，他们对判决都不会很服。大贪认为自己过去劳苦功高，功过相抵应免于刑事处分；小贪认为自己所贪不多，却比大贪判得还重。贪官们不肯诚心认罪，原是他们的眼睛都盯着牢狱外面的人。那些领导、同事，谁清谁廉，他们心里有数。所以，凡是进了监狱的贪官，都认为自己只是运气不好，而不是犯了多大的罪。如果贪得不多却进了监狱，更是觉得十分冤枉。他们不会在狱中反省罪过，只会后悔某个环节处置不周，害得东窗事发，阴沟翻船。如果从头再来，一定把事情做得天衣无缝。总之，这些在外通常天天打牌的官员，进去了也好拿牌桌上的话说：手气不好！

这几年，多见官员自杀报道。自杀官员，十有八九关乎贪腐。无论如何，自杀不是好事。但是，冒不厚道之嫌说起来，官员们的自杀没质量。自杀也是有质量的。如果因罪恶而道德自责，无脸面苟活于人世，一死了之以谢天下，则有可叹之处。如果只为保护同党，或为造成无头悬案，一人身死而利他人，则是可耻可恨。如果是"被自杀"，那又是另外的话题了。官员自杀质量不高，亦是他们并不认为贪腐真的有罪。

莫名惊诧的是很多人居然听信一种更离奇的说法：什么腐败不腐败？都是政治斗争！于是，社会上看腐败官员，个个都很冤枉似的。

# 山寨与骗术

近日,国家语言文字工作委员会发布的2008年中国语言生活状况报告显示,"山寨"一词在本年度新诞生的词语中使用频率排名第一。有人说,如果不是网络有如此大的传播威力,"山寨"一词不会这么风行。也许说得有理。不过,"山寨"的说法是否流行,无碍于"山寨事实"的触目惊心。什么是"山寨事实"?就是造假多,假货多。

所谓"中国语言生活状况",就是中国人的现实生活状况。什么都有"山寨版",山寨手机、山寨衣服、山寨皮鞋、山寨玩偶,等等。大凡世上该有的东西,都有其山寨的孪生兄弟。细想还不能比做孪生兄弟,因为两者根本就没有血缘关系。只能比做李逵与李鬼。

也有人喜欢"山寨"货,说是山寨货伪而不劣。据闻山寨手机就很好,电池最是耐用。可有人又说,山寨手机辐射大,小心用出毛病。我也许有些迂,来历不明的东西,终不敢用。常在大街上碰见卖山寨手机的人,神秘兮兮地从怀里掏出东西来。他们多不说话,只朝你做做样子。我多半是逃遁。

我去理发店，如果洗头妹问：老板用什么洗发水呀？我通常会说：用最便宜的。我以活了几十年的世故，知道跑到理发店用名牌洗发水不过是犯傻。近日看电视新闻报道，方知我已英明好多年了。记者暗访广州某著名理发街，店里用的几百元的洗发膏，竟然全是二三十块钱一支买来的。这也是山寨货，你还喜欢吗？洗了山寨洗发膏，头皮痒几天，脸上长长痘痘，也就罢了。吃了山寨药如何是好呢？山寨药并不罕见。

中国人巴不得自己都像孙猴子，长着一双火眼金睛，好去看穿无处不在的山寨货。由山寨货，我又想到骗子。骗子实在是太多了。骗术层出不穷，应接不暇。说中国人每天受骗，肯定有些夸张。说中国人三天两头受骗，那可是证据确凿。有手机的人，一年会接到多少诈骗短信？我每年接到各种诈骗短信应在一百条以上，今年就中过百万大奖三次，中本田奥德赛两台，中华硕笔记本电脑一部，发短信让我打钱到某某银行的不知多少。中国约有七亿手机用户，也就是说每年有七百多亿条诈骗短信在中国大地上横行。如此海量的诈骗短信，会给中国人带来多大的心理阴影？当然，有关公司从这些短信中获利也是海量的。我还注意到有各种算命把戏，都需要通过发手机短信获取结果。我怀疑这是某些公司开发的消费陷阱产品。既赚取了黑心钱，又宣扬了迷信，实在太失厚道。

有天，我接到电话，直呼我的名字。一听声音不熟悉，问他是哪位。那人却说：你看你看，老朋友了，换个手机打电话你就听不出来了。一听是闽南普通话，心里就明白八九分了。我信口说：哦哦，你是李明吗？好久不见了。那人忙说：是的是的，老朋友你还真听出来了。我说：李明，我正要找你。我最近手头有些紧，想问你借十万块钱。那人无语，啪地掐了电话。未几，此人发短信过来：没想到你是师傅！

# 世界很冷，中国很热

2009年冬天，世界很冷，中国很热。世界冷的是气候，欧美国家路有冻死骨；中国热的是房产，各大城市土地频称王。

中国目前房地产界很有些军阀混战的味道，区别只在军阀是拥兵自重，房产商是拥金自重。房产大佬们忽儿举兵北上，忽儿挥师南下，剑锋所指，地王出世。自古诸王皆有贤否，惟地王面目总是可怖的。日前，广州亚运城地块以二百五十五亿元成交价加冕新地王，成为中国土地出让史上迄今为止总价最高纪录。诸多媒体把这个事件描述为"最后的疯狂"。但是，"最后的某某"是媒体偷懒的新闻句式，其实是词不达意的。我们早为地王吃惊过不少，知道永远没有最后的地王。

从媒体报道获知，广州亚运城地块竞拍过程可谓血雨腥风。规矩是每次竞价阶梯两亿元，拍卖主持人多次提醒这意味着每平方米楼面地价增加六十一元。结果，如此争夺四十七轮，最后一锤定音。此一锤重量几何？天下大多数人都无法承受其重！一套中等面积的公寓楼需为土地多花四十多万元钱！账是这么算的：平均每次举牌两亿元，房产商举牌四十七次，就使每平方米楼面地价多出两千八百六十七元。拿一套一百四十平方米的公寓房计算,房产商吆喝四十七声,购房户多花四十多万。加上这块地的拍卖底价,楼面地价每平方米达到了五千八百二十二元。仍按一百四十平方米的公寓楼算,光土地价格进入房价就有八十一万多元。推知房价,只怕要高到九霄之上。京沪房价早已突破两万了,广州房价太低了也没面子吧?

房价中的土地钱都是政府拿去了,而政府天天又喊抑制房价过快上涨。这话怎么听着都想笑场。但是,笑不出来。大把大把的票子从腰包里流走,没人潇洒到烧钱寻开心的地步。中国的老百姓又总是善良的,虽然愤怒却凡事都往好处想。于是,老百姓沿袭着古老的思维:皇帝总是好的,坏在下面官府。我们这么想了几千年,如今仍这么想:中央政府很英明,地方政府不作为。这是个幽默。

房地产所谓各方利益合谋的说法早为人知,讨论起来没有意义。事实上,关于房价的任何讨论都没有意义。或者,没法讨论,也没人可与讨论。所谓讨论,无非是呈现民意。但民意同房价之间,隔着铜墙铁壁。这铜墙铁壁是:商人要赚钱,财政要收入,银行要利润,还有人要好处。老百姓发起过种种抵抗运动,有鼓动业主自发建房的,有号召几年之内不买房的,有主张年轻人租房行婚礼的,最终都偃旗败北。高房价的民间抵抗者虽可叹惋,却成了房产商们席间佐餐的笑料。

大房地产商中有几张名嘴,成天摇唇鼓舌而成话语霸权。他们中间有讲道理的,常常同你说些体己话,你会误以为他是你自家人。可是,他却是某处著名地王的持有者,当然他有时也骂骂地王。他们中间更有那不讲道理的,会说不给你穷人盖房子,你这收入活该买不起房子,你买不起房子就回农村去。气死你绝不偿命。世上向有帮忙者和帮闲者,如今经济学者中却多有帮富者。这类学者会给你上课，告诉你房价高的种种合法理由，告诉你买不起房太正常了。你不许生气。

  政府也出过金点子，命房地产商公示开发成本。结果有的房产商公布的成本，居然高于楼盘零售价。房产商们可是滑稽大师，笑呵呵地成了慈善家！房产商敢如此搪塞政府，不算胆大包天，实是有恃无恐。所恃者何？看看各地拆迁悲剧报道，自可循知大略。开发商们拿下了土地，政府总是充当拆迁急先锋。政府官员扮演开发商的马仔，这出戏总叫人看不下去。个中猫腻，不言自明。可有的房产大佬却此地无银三百两：我从不给官员行贿！中国做生意而不需行贿的，恐怕只有被城管赶得满街跑的小贩。所以，只有流动小贩怕事，房产商是谁也不怕的。

  金融危机之初，我偶然混迹某次商界名流雅集。当时楼市低迷，一位银行家嘱咐房产商们：不妨低价卖掉一些房子，渡过暂时困难，等待牛市再起。听者脸色漠然，无一应和，只慢悠悠地摇晃着红酒杯。我看房产商们似乎没精打采，真替他们着急。现在回想起来，我实在是太天真了。房产商们那摇晃着的红酒杯里，早就潜伏杀机！

# 信与不信之间

我曾发了一条微博,写道:"英国伯明翰专属经济区一个名为立方体的大厦即将竣工之际,一只母鹅闯入工地下了三个蛋,并旁若无人地孵起蛋来。工程承包商立即决定停止施工,以免打扰这位辛苦的母亲!可爱的英国人,多么尊重鹅权,多讲鹅道主义!"

微博传播快捷,各种评论迅速贴出。称道者有之,质疑者有之,谩骂者亦有之。有一种谩骂,大抵是说我不该拿这东西嘲笑中国人,况且此条新闻极可能是假的。中国人死也不肯相信,为着三枚鹅蛋和一只母鹅,犯得着承受那么大的经济损失吗?而且,完全可以把母鹅挪到别的地方去孵蛋!退一万步讲,哪怕英国人真这么做了,充其量也只是他们虚伪或迂腐!有人更是由此得出很高明的结论:老欧洲就是这么衰落的!

于是,我再次上网去查询这条新闻的出处,并贴出那个英国工地母鹅孵蛋的图片,同时又发一条微博:"作为爱国主义者,我也希望上述因鹅孵蛋停工的新闻是假的,特别希望找出证据说明它是西方敌对势力亡我之心不死之作为,也好让我们中国人面子上好过些。欢迎同奉爱国之心的朋友人肉此新闻,揭穿它的假。真是假新闻,我会在此道歉!"

  这条微博发出来,又招来某些觉悟高明之网友口舌。有人说:英国人再怎么重视生命,也伤不了中国人的面子!八竿子打不着的事,别硬拉扯在一起!看到这种评论,我只得老老实实承认:发此英国人讲究鹅道主义之微博,的确有影射中国野蛮拆迁的意思。此用心不算险恶!某虽不敢枉称君子,然亦可坦荡荡耳!

  异域之事,中国人不相信的多着哪!隐约记得十年前,美国一女性环保者为捍卫一片红树林,蹲在树上三年没有落地,硬是逼迫房地产商作出让步。这种傻帽之事,中国人别说去做,人家做了咱也不会相信。不就是几棵树吗?为几棵树影响经济发展值得吗?几年前还看到一条新闻,美国某市一片小林地平时由人随意穿越,一日却突然被警察封锁,原来有头母鹿在林子里产子。不信英国人讲究鹅道主义的中国人,也绝对不相信美国人会这么傻。你当是侍候祖宗呀?逮住它得了!鹿茸是多好的补品,鹿肉是多么的鲜美!就连那鹿头的骨架,也是风雅之人客厅壁上的好摆设!

  我曾在微博里看到一个视频,说的是某地开发商动用两百多"迷彩服",手持棍棒殴打拆迁户,警察出面为开发商助阵,拿枪顶着拆迁户的头。我还在微博里看到一张图片,某地村干部为了争工程,竟然开着推土机把一村民活活压成肉片儿!这样的新闻,我们当然就相信了。的确,都是真实的!我们缺乏爱护阿猫阿狗生命的经验,我们只配相信这种草菅人命的新闻!然而,这类新闻却是不容多报道的。那个"迷彩服"殴打拆迁户的视频,就被有关方面生生地删除了。唐福珍之后自焚的拆迁户越来越多,据说是因为此唐姓女人带了很不好的头,而媒体的报道又有推波助澜之过。看来,中国老百姓是很爱学习的。

# 遥想当年高峒元

妖孽频出，末世之征。晚清慈禧柄国时，北京白云观有个道士，唤作高峒元，人称活神仙。高神仙因与总管太监私交甚笃，竟然博得慈禧宠幸。依制道教总首领本在江西龙虎山，世代受朝廷册封，乃正乙真人是也。只因慈禧迷上高峒元的神仙术，便封高某为总道教司，同正乙真人并为道教领袖。官帽子都是朝廷管着的，多制几顶又何妨，况且是个管道士的官。

然而，高峒元这个道士官却实在不可小觑。他奉召入宫，可数日不出。不是别人召他，而是奉慈禧懿旨。人活到慈禧这份上，想着的便是不死。无他法，只得求助于高峒元之辈。高神仙如何授慈禧长生秘诀，外人不得而知。但因他是慈禧的红人，身边便权贵如云。喜欢认义女的不仅仅是官员，做了神仙的道士也有此雅好。一时间，达官贵人妻妾子女有姿色者，都认高峒元为义父。也就是说，如果你长得不好，这义父是认不上的！

白云观中置房数十间，备有精美被衾妆奁，供义女们入观同高神仙相会。义女们的男人与父兄未必不会生出醋意，但却另有不便明说的好处。想那高神仙是入宫日夜侍候慈禧的，义女们夜宿观中该何等荣幸！曾有侍郎的妻子长得美艳，拜了高峒元为义父，便替夫君谋得广东学政之差。广东在晚清就是富饶之地，放得此处学政是个大美差。美色美差，两全其美！

当时，每年元宵节后，白云观开庙十多日，满城官宦携妻女入观冶游，谓之神仙会。高神仙这些日子尤其风光，酬对权贵美色之间。所见多为义女，且都是在观里住过的！也有母女同为高神仙义女的，又该是何等感怀！高神仙不光喜欢义女，还喜欢财富。白云观的庙产富甲天下，这些钱财自然都是高神仙的。

近年出了个李道长，也被称作神仙，也有很多财富，也收很多弟子。但是，相比当年的高峒元，李道长逊色多了。认真说来，慈禧都算高峒元的入门弟子，且有很多高官妻女为义女；李道长的显赫弟子，不过几个当红伶人而已。每年正月赴白云观神仙会的权贵，都是找高峒元通慈禧关节去的；李道长却只会找钱多人傻的人办办养身班，别的神通只怕也不会大到哪里去。

屡有人要我说说李道长，只缘我十多年前在《国画》里写了个圆真大师。我不感兴趣，没有开腔。《国画》里还有位神功大师袁小奇，更似李道长者，亦教人长生不老，亦替人祛病消灾。可惜，读者以为像袁小奇的某位大师，寿年不及六十，便已登仙大去！据说，此大师替人治病，耗多了元气，终致金身崩坏。如此说，那大师几乎像耶稣那么伟大了。

# 找个地方打铁去

当吃药成为时髦，疗救的不但是人，世道也必是病了。《红楼梦》里，宝玉见了女孩子，必定要问道："妹妹读什么书，吃什么药？"大观园里的少爷小姐们相互赠药，也是风雅的事。荣宁两府天天念着吃药，不光是人的身子弱了，家族的气数也渐渐到了尽头。魏晋名士都爱吃药，恰恰是遭逢乱世。何晏发明了"五石散"，据说可以补精益气。这种神秘的药，不过是拿紫石英、白石乳等五种矿物质熔炼，熬成粥状服食。此药性酷热，药效一旦发作，皮肤如有火烧，服药者须着宽袍大袖。魏晋人物仙裾飘飘，实在同吃药关系极大。那会儿的人若没吃过"五石散"，绝算不上富贵高雅。嵇康在魏末乱世是个异数，他虽然"常修养性服食之事"，专门写过《养生论》，但并不主张胡乱吃药。他以为"神仙禀之自然"，只要导养得理，必定寿比彭祖。他相识的一位叫王烈的名士，却是个地道的养生狂人。王烈于山中偶得一物，"石髓如饴"，视为珍宝。他自己吃了一半，留下一半要送与嵇康吃。可惜那东西还没送到嵇康手里，就已凝固成石头了。嵇康却是养生得法，又终年打铁，身体很强壮。若不因钟会进谗被害，嵇康必定长寿。

王烈吃了那种软石头是否立马毙命，未见书上记载。王烈只是见这东西神奇，就想当然地吃将起来。中国古人吃药，多是想当然吃起来的。有吃对了的，有吃得莫名其妙的。人参长得像人，吃了必定大补。这也许是吃对了。月季因为月月开花，必定可治妇人经血不调。医典是这么说的，但是否真有效验，不得而知。前几年在大陆很红的台湾林博士，深得古人真传，有很多想当然的高论。比方，他说人又不是牛，怎可喝牛奶呢？又说，凡瓜果的营养，多半都在皮上。婆婆姥姥奉他若神明，信他天天吃香蕉皮。若不是台湾那边将此人判了刑，香蕉皮会成大陆支柱产业。那该拉动多少内需，判了此人的刑实在是可惜了。林博士跟古人的不同也许在于，王烈自己会吃软石头，林博士却不会吃香蕉皮。王烈不会拿软石头卖钱，林博士却四处赚讲课费。如此，可见今人比古人机巧，却病得更重。

往书店里走走，两类书最畅销。一类是教你赚钱的财经书，一类是教你活命的养生书。既想多多地赚钱，又想久久地赖着不死，便是这世间的病。这世间的病很多，别的病就不去说了。我不懂赚钱，那些财经书说得是否有理，无从知道。我也不懂养生，那些养生书说得是否有理，也无从知道。倒是见识过写养生书的人，知道他们自己就是大病。曾与某养生大师同桌吃饭，那人下马威似的盯我良久，又拿过我手去捏了捏，神乎其神地说了我的病。我有的病他没说，没有的病他乱说。我还算是个厚道人，忙拱手道了感谢，并不当众点破他。哪知他越发得意，我祖上几代的病他都说了，像个半仙，铁口直断。于是，从我祖辈到我自己都没犯过的心脏病，成了我家的家族病。他的养生书很好卖，还常在电视里做节目。若在台湾，他也许会被抓去判刑，就像那位林博士。

我便发现，形形色色的林博士，仍在道上混着。很多的养生书，多属江湖术士的胡言。他们还办各种讲座，形同传授神秘功法的大师。看了他们的书，听了他们的课，日子就过得神神道道。吃什么，不吃什么，天天跟踩地雷似的。生病不必看医生，揉揉捏捏就会自愈。揉和捏必定有神秘数字，不外乎三十六次，或七十二次。我总是不肯相信，多一次或少一次，真会死人吗？有位美女养生专家，教人生吃泥鳅治胃病。一患者如法身试，吞了几条生泥鳅，险些儿送了小命。

多年前，我也听信别人的话，吃上某种中成药，据说可补东补西。那药出自百年老字号，名头听起来很大。哪知吃了三月，满身无名肿毒。我整个夏天羞于脱衣，不敢下泳池。从此，不再轻易信药。再听人说吃树皮、吃树叶，更不敢相信了。

倒是想学那嵇康，找个地方打铁去。

# 康熙的真性情

世人多好以"性情"二字自许，直把这两个字用得很俗气了。我为着写《大清相国》，读了些同康熙朝有关的书，感觉这位皇帝倒还有些真性情。凡为君者，终须有龙威。而所谓龙威，外在气象似乎就是不苟言笑。别说古代皇帝，现实生活中的大小官员，紧闭金口者亦最为常见。好像故作高深、阴鸷冷漠就能生发龙虎之威。

康熙皇帝自是有龙威的，但他的威风不在于沉默寡言。他不光经常同大臣们论政事，论兵戎，论治河，论理学，论训诂，还同大臣们论音乐，论数学，论水稻。康熙四十七年三月初十日，这位皇帝曾同大学士陈廷敬讨论文字学，说："《字汇》失之简略，《正字通》涉于泛滥，司马光之《类编》分部或有未明，沈约之《声韵》后人不无訾议，《洪武正韵》仍依沈约之韵。今欲详略得中，归于至当，增《字汇》之阙遗，删《正字通》之繁冗，勒成为书，垂示永久。"康熙同大臣如此仔细地讨论编书，不光因他学问渊博，大概也因他性格爽朗。这时候陈廷敬正奉旨编纂《康熙字典》，康熙这番话也许就是陈廷敬向他"汇报"工作时说的。

每有官员出京赴任，康熙都会按例召见，嘱咐再三。康熙二十九年八月二十八日，江苏巡抚郑瑞陛辞，皇帝说："江苏地方繁华，人心不古，乡绅不奉法者多。"郑瑞奏对说："若乡绅肆无忌惮，有犯科条，臣惟有执法而已！"皇帝却道："尔只须公而忘私，也不必吹毛求疵，在地方务以安静为善！"可见这位皇帝也有宽厚放达的时候。

同大臣们扪心倾谈，在康熙那里是经常的事。比如康熙二十七年正月二十六日，湖广、河南、云南三位督抚拜辞，皇帝说得简直苦口婆心，道："凡居官以实心爱民为主，民虽愚终不能欺也。能实心爱民，民自知感。否则竭力矫饰，终难掩人耳目！"

这位皇帝人情味也很足，懂得照顾世情。康熙四十六年三月二十五日，皇帝南巡到松江府时，把江苏按察使张伯行召来，特意对身边众大臣说："朕至江南访问，张伯行居官甚清，此名最不易得。张伯行由进士历任按察使，不可以书生待之！"于是，马上任命张伯行为福建巡抚。原来张伯行乃书生本色，皇上怕世人小看他了，特嘱"不可以书生待之"。说句题外话，读书人被小瞧，大概自古有之。清代只怕尤甚，满人读书不及汉人，满官却通常位在汉官之上，轻蔑读书人之风必然大盛。

康熙为政之勤勉，亘古少有。但当时却有人疑心皇帝未必事事躬亲，多为近臣代劳。康熙便有些生气，曾于四十六年十二月二十日对大学士们说："内外各衙门奏章，朕皆一一全览。外人谓朕未必通览，故朕于一应本章有错字必行改正，其翻译不堪者亦削改之。当用兵之时，一日有三四百本章，朕悉亲览无遗。"看这则故事，这位皇帝居然为流言辩驳，似乎有些孩子气了。

做皇帝的多有喜怒哀乐不形于色者，康熙却并非如此。曾有大臣推举他身边文学侍从去任督抚，康熙大怒，竟然站在宫门外叫骂:"朕身边就这么几个文字好的人,你们就看不过去,就要把他们弄走。这样的好文章,你们写得出来吗?"有回康熙南巡,总督阿山送上两个美女,他也发了脾气,质问道:"阿山何意?美人计邪?"

太子胤礽几经立废,康熙最为伤心。四十七年九月初四,康熙在行猎途中,召集诸王大臣、侍卫及文武官员到行宫,痛哭流涕训斥太子:"今观胤礽不法祖德,不遵朕训,惟肆虐众,暴戾淫乱,难出诸口,朕包容二十年矣!"康熙声泪俱下,历数太子种种不肖狂悖之举,然后说:"太祖、太宗、世祖之缔造勤劳,与朕治平之天下,断不可付与此人!俟回京昭告于天地宗庙,将胤礽废斥!"此番情状,同乡野老父斥骂儿孙何异?亦是康熙真性情也。

朝廷凡事自有规矩,但康熙并不一味拘谨。有位大臣逝世,康熙为致哀意,道:"我朝并没有大臣去世辍朝之例,但朕停办事一日。"康熙于四十六年第六次南巡,四月十二日离开杭州,正遇麦子收割季节,遂命沿途官员停止迎送之礼。官员迎送圣驾,古来皆有成例,康熙却会因势更改。我在《大清相国》中写到陈廷敬进讲《君子小人章》之后,康熙因深恶明珠,不想循例去文渊阁赐茶,只命陈廷敬代为传旨。陈廷敬进讲时提醒皇上注意防小人,这是史实;但康熙负气不去文渊阁赐茶,却是因小说需要而虚构的。康熙有时不循旧例,未必不会如此行事。文渊阁在乾隆朝之后成为国家图书馆,专门放置《四库全书》,但至少在康熙朝此阁亦作他用。《清史稿·经筵仪》载:"顺治九年,春、秋仲月一举,始令大学士知经筵事……毕,帝临文渊阁,赐坐,赐茶……康熙十年举经筵,命大学士熊赐履为讲官,知经筵事。"可见大臣进讲之后,皇帝驾临文渊阁赐茶给大臣们,应是前清定例。

今天神化康熙的大有人在，康熙自己却说他就是个平常人。五十六年，康熙身体渐觉不豫，但他同今天世界上多数国家领导人都不同，并不隐瞒自己病情，更不会说自己仍然精力充沛。康熙在这年十月三十日曾对大学士九卿等说："朕近日精神渐不如前，凡事易忘。向有怔忡之疾，每一举发，愈觉迷晕。天下至大，一念不谨，即贻四海之忧；一日不谨，即贻数百年之患。"康熙从自己身体状况说到管理国家责任之重大，随即告诫同样年老体衰的大臣们："尔等务各尽心勉力，庶不致有误天下事！"这年十一月二十一日，康熙又因自己身体之故，于乾清宫暖阁召诸皇子及满汉大学士、学士、九卿、詹事、科道等官员，作近三千字的长篇谕旨，再次说到自己疾病缠身，"心神忧瘁，头晕频发"。康熙在谕旨中说道："朕之生也，并无灵异，及其长也，亦无非常。八龄践祚，迄今五十七年，从不许人言祯符瑞应。如史册所载景星庆云、麟凤芝草之贺，及焚珠玉于殿前，天书降于承天，此皆虚文，朕所不敢。惟日用平常，以实心行实政而已。"

康熙在《大清相国》中并非主角，但写大臣免不了要写皇帝。我写康熙时，时常在脑子里映现的就是类似上面的材料。这都是《清圣祖实录》里头的东西，如果我写出来的康熙不是那么回事，就是古人欺我。

# 从传闻到传闻

前几日到北京,听人说起某富二代创业,开了个奢侈品店。此店非同小可,平常人别说敢不敢去逛,你想去逛都不让你进门。据说开业那天,座车五百万以下的人免入!店家早看准了,开破车的只是看热闹的。人家才不稀罕你看热闹哩!前来捧场的贵宾,每人办了张二百万元的消费卡,并不差人气。东西自然贵得吓人,我等寒酸之辈听了,头晕。说是随便一条牛仔裤,少说也得上万。富人不理解穷人,穷人更不理解富人。我若要评论这事儿,四个字:钱多人傻!

我把这事儿贴在微博里,心里却是忐忑不安。毕竟道听途说,怕人骂我传谣。网上正经人多着哪!他们满脑子家国天下,生怕有人说话出格,惹得民怨沸腾。网络到底是个好东西,马上有人跟帖,说必是某某店。有人说是此店,有人说是彼店。原来,此类奢侈品店还并不少见,网友说得上店名的就有好多家。看来,我并没有传谣。

网友们跟在我帖子后面,讨伐富豪们的骄奢淫逸。这些都是惯常思维,可以理解却不新奇。有人却说:奢侈品店都是富人赚富人的钱，他们自己玩自己好了，总比房产商坑穷人的钱好多了。我想，这倒是很有意思的帖子。当然，也有很多人愤愤不平：富豪们凭什么拥有那么多财富？这话经常听到，并不新奇却可以理解。

其实，说富豪的事，只能当成逸闻。他们的事虽无法定密级，却也神秘莫测。如果他们想宣扬自己，媒体报的也多是骗人的假料。什么捡垃圾出身，拖板车起家，不都是笑话吗？捡垃圾、拖板车真能成就富豪，我明天就创业去。富豪们真正的发家秘笈，外人是不会知道的。如何就赚了那么多钱，只有他们自己知道，另外还有菩萨知道。所以，他们喜欢拜菩萨。

越是发大财的，越是做大官的，越是喜欢拜菩萨。他们不但要请菩萨保佑自己升官发财，还要请菩萨保佑自己不会翻船。我尝戏言，塑了金身的菩萨，既不廉洁，也不圣明。不然，天下哪有这么多不平事！我曾于某名刹见一玉佛，高约米许，宝相庄严。我等凡胎俗眼，难免要估其价值几何。住持与我相熟，伸出几个指头。一看，我吓得吐舌头。住持轻声问道：知道是谁供奉的吗？我懵然摇头。住持附我耳旁，说出一个名字。我闻之默尔，良久不语。住持又压低嗓子说道：我替他天天烧香点灯！我不加一字评说，只是心里暗想：国器尚且如此，黎民怎生奈何！

也有菩萨保佑不了的，就出事了。有的是官员出事，连累了富豪；有的是富豪出事，连累了官员。但总的看来，官员出事扯出无良富豪的多，富豪出事扯出腐败官员的少。而官员出事的毕竟不多，绝大多数官员是不会出事的。所以，官员总体上是安全的，富豪也就是安全的。富豪只要不被抓进去，肯定不会供出官员。不是富豪如何仗义，而是他们需要官员。官员只要抓了进去，肯定就会供出富豪。不是他们骨头不硬，而是再狡猾的狐狸都会露出尾巴。

说个官员的故事。某官员被有关部门盯了好久,却苦于找不到他的受贿证据。此官员身边有个朋友,实际上是他的经纪人。很多官员身边都有这类经纪人,全权打理蝇营狗苟的事儿。事后调查证实,该官员的经纪人很讲规矩,每天到手的钱,只要是官员份上的,必分文不少存到银行去。官员有个专用银行卡,借远房亲戚身份证办的,鬼都想不到这上头去。一日,经纪人替官员收了三十五万,还没来得及存进银行去,打牌输掉了。次日一早,经纪人去银行,打算从自己卡里取钱,再存到官员卡里去。哪知银行里人太多了,得排很久的队。经纪人一时偷懒,从柜员机上把钱打过去了。正是晚清小说的口白写的:也合该出事,这就露了马脚。原来,这个经纪人的账号,有关部门早看着了。于是,办案人员发现有个银行卡,钱是只进不出,已有两千多万了。一查,银行卡正是这官员的!

再说个官员的故事,他的经纪人不讲规矩。这位官员的经纪人不是别人,就是自己的秘书。自己的破事儿都交给秘书办,很多官员是这么做的,实在是很愚蠢的。自己的事秘书完全不知道,不可能;但有些事情,绝不能让秘书知道的。秘书是什么?秘密书记员,把你什么事都记着,你能安心吗?秘书就是今后的官员,很可能与自己同僚相处。同僚毕竟要一起演戏,彼此知道那么多事儿,面子上也不好过嘛!话说这位官员,有位相好多年的情人。夫妻都会反目,况情人乎?官员想同这位情人分手,情人提出五十万元分手费。自然,接洽谈判都由秘书代劳。这位秘书胆量不小,回头报告领导:人家提出要五百万分手费。该官员是条汉子,咬咬牙竟然就答应了。秘书不动声色,悄悄儿就赚了四百五十万。也合该出事,不知怎么这笑话就传出去了。于是,这位豪爽的官员,叫不守规矩的秘书害了。

这些虽是传闻,却是真实的故事。案件早经媒体报道过了,有关官员也早在监狱里了，但看不到这些办案细节的文字。不知道是怕暴露办案手段，还是怕造成不良影响？回到开头说到的话题，富豪们如果有所谓的成功秘笈，完全可以在官样文章里找到堂皇字眼，也是四个字：加强领导。很多富豪的飞速发迹，就是有些官员加强了领导。只是，官员们为了培养富豪，冒的却是身陷囹圄的风险，不得不向他们致以深深的敬意！常听人议论进去了的官员：这个人其实很好的，可惜了！足可见那些落马官员都是可嘉可风之辈，真的可惜了！

# 我们没人写讲稿

周洋的"感谢门"事件，过去好些日子了。如今媒体传播神速，上午的新闻，下午就成掌故。今天还来说"感谢门"，显得太不潮了。就说这"潮"字，也不知能流行几天。说不定文章还未见报，网上早流行新词儿了。所以，"感谢门"似乎应该快快忘掉。有人是希望我们忘记这件事的，因为随后就有声音传出来说那是报道失实。可事有不巧，周洋偏有制造新闻的天才，马上又有她替父母要工作的报道。我敢打赌，周洋自己是不想造新闻的。

不好的新闻大凡涉及官员，总会有人出来澄清所谓真相。那么，我们不妨做回良民，诚心相信官方的辟谣。周洋"感谢门"事件并未发生，周洋也没有替父母要工作。但是，这两则新闻仍广为流传，仍被人们当回事在评说。如此看来，周洋的"感谢门""父母工作门"，就有恒久意义了。我们不必再追究事件的真实性，就当它是民间文学。文学比新闻更有生命，我们谈论起来愈加理直气壮。

我想说的另外两件真事，因为时间过去很久，也都成民间文学了。

一件：某省有位领导下乡视察，握着村支部书记的手大加赞赏。村支书非常感动，连说三声：感谢领导吹捧！领导大笑，随从亦大笑，一时引为趣谈。领导在这里是宽厚的，他体谅村支书文化低。村支书其实是说了错话，他本想说感谢领导表扬。但他的错话有喜剧效果，反倒显出农民的质朴可爱，又衬托了领导的平易近人。领导便不怪罪，说明年再去看他。假设周洋说了这种错话，绝对不会有领导批评。领导会拍拍周洋的肩膀说：小周挺可爱的！

二件：曾有官员在老首长追悼会上，看着稿子念：一鞠躬！再看看稿子：再鞠躬！再看看稿子：三鞠躬！我听着犯迷糊，心想这不就是一二三吗？一二三都分不清，也要让秘书写好呀！秘书写好也就罢了，何必拿出来照念呢？当然，官员念得字正腔圆，一个字都没有错。照着稿子讲话，总是很正确的。假设有人给周洋起草了稿子，她也绝对不会讲错话。领导会拍拍周洋的肩膀说：小周挺成熟的！

可是，村支书的喜剧是可遇不可求的，周洋没有天赋时刻演小品。周洋是普通老百姓，也没人给她起草讲稿。有人写讲稿的，可以不讲自己的话。没人写讲稿的，只好讲自己的话。偏偏讲自己的话有危险，那就难煞人了。我说这事其实很好办，官讲官话，民讲民话，井水不犯河水。官员讲了那么多空话、大话、套话、假话，老百姓都不太过问。老百姓讲讲真话，官员就要批评，未免太不公平。

我们是否需随身带个本子，开口之前先打草稿？或者，官方增设"说话管理局"，立下详细规款若干，老百姓开口之前先翻书？类似办法，前人是做过的。明代多文字狱，朝廷曾为省事，制定贺表格式，正文统一拟定。逢朝廷有喜事大事需进贺表，各官只要具名落款即可，省得再有"光天之下，天生圣人，为世作则"之类惹得朱元璋动杀机的反语。朝廷这办法简直太人性了，可以因说话正确少砍很多脑袋。然而，前人也只管官员如何说话，老百姓的嘴巴却也不太去管。敝乡民间称呼朱元璋，一直叫他朱光癞子，此习流传至今。

中国虽无感恩节，感恩却是国粹。两百八十多年前，雍正皇帝惩治权臣年羹尧，削其川陕总督之职，补放杭州将军。只因年羹尧未在奏折中谢恩，雍正皇帝便雷霆大怒，谕：年羹尧"只将接任日期具奏，并不谢恩，有悖臣道。着革退杭州将军，授为闲散章京，在杭州效力行走"！周洋同古人相比，应该算是幸运的。不然，周洋的遭遇至少是没收金牌。

也常听有"多灾多难的中华民族"之说，但那都是六十多年前的事。近六十年来，只能是欣欣向荣。中国古代的皇朝，哪怕自命太平盛世，都承认民间有疾苦。有了这种共识，郑板桥的"衙斋卧听萧萧竹，疑是民间疾苦声"便不是反语。周洋大概记错了时代，居然说自己父母没有工作。

当今官员未必都不关心群众生活，那得看什么时候。逢年过节了，官员会下去送温暖。周洋父母若是幸运，街道干部会提前告诉他们：明天有领导来慰问你，想好几句感谢的话吧。第二天，领导会当着电视镜头，塞给周洋父母两百块钱。记者会问：你们有什么感想？周洋父母对着电视镜头，除了千恩万谢还能有什么话说呢？

# 体育明星的富贵路

《体坛周报》约写一篇评论，谈的是体育明星男的多去做官，女的多嫁富豪。沿用旧时说法，无非是说他们爱走两条路，或曰富，或曰贵。求贵的多是男体育明星，他们选择做官，比如熊倪当了湖南省体育局副局长，女排主教练陈忠和成了福建省体育局副局长。女体育明星邓亚萍似乎是个例外，她也选了从政之路，去了团中央。长得漂亮的女体育明星则多嫁有钱大佬，先有伏明霞，再有郭晶晶，后有张怡宁。她们选择的是求富。中国人习惯"富贵"二字连着说，不是纯粹的语言习惯，而是"富"与"贵"息息相通。富即能贵，贵必能富。

我不喜欢多嘴多舌，本想推辞不作评论。凡事都要说几句，很招人厌烦。何况从业择婚两桩事也算正常，本没什么值得说的。人家喜欢当官，还是喜欢经商，外人无须置喙。婚姻更是相情相悦，娶谁嫁谁完全自由。为这些事费口水，岂不是吃饱了撑的！

倘若硬要说，则只能说说官和钱。假如熊倪当了体育老师，下班了跟同事打麻将，肯定没有人说什么坏话。要说，只会说熊倪这人太本色了。假如伏明霞嫁的是普通人张老三，天天跟邻居家媳妇李菊花去逛街，肯定也没有人说什么坏话。要说，只会说伏明霞这人太平民化了。惟独跟官和钱有了干系，七七八八的话都来了。显然，根由不在谁做了官，或谁嫁了富豪，而是这个"官"字和"钱"字出事了。

"官"这个字，1949年之后本已被淘汰，取而代之的则是"干部"。"干部"相比"官"字，似乎多了革命和进步意味。"官"字实则有些趋向贬义，尽管字典里没这么定义。民间用语习惯是最靠得住的词典。人们骂不争气的领导，会说他"当官做老爷"，而不会说他"当干部做老爷"。所以，1949年以后至少在前三十年，正规场合并不使用"官"字。与"官"字相关的"官场"，词典里的词性色彩就明确了：指官吏阶层及其活动范围，贬义，强调其中的虚伪、欺诈、逢迎、倾轧等特点。可最近二三十年，"官"和"官场"这两个贬义词渐成日常用语，等于说人们已把所有进入公权部门的人，以及所有公权部门通通贬义了。

钱是好东西，但中国人对待钱的态度，却是耐人寻味的。近二三十年，中国人对有钱人不断变化着称呼，事实上是不断改变对有钱人的态度。人们称呼他们，最初叫大款，继而叫富人，继而叫富豪，继而叫大鳄。叫大款是80年代初，当时影视片里的大款多肥头大耳，粗俗不堪，说明那时候社会意识层面是鄙视财富的。后来叫有钱人为富人，已把他们划为不同的阶层，但态度总算是平和的；后来又叫他们富豪，他们同普通民众则是云泥之隔了；最终叫他们为大鳄，则多少带有些敌意，因为鳄鱼毕竟是会吃人的。

拜为官不廉者和为富不仁者所赐，人们对官员、官场和有钱人的态度确已如此，这同谁做了官，谁嫁了富豪并无关系。运动员就不能做官，显然是意气之辞；大富豪就不能娶妻，同样是毫无道理。当然，女运动员嫁了富豪是否幸福，或者男运动员能否当好官员，则完全是另一码事。当不好官的人多了去了，同他是不是运动员没关系；富人家婚姻不幸福的也多了去了，不在乎这家主妇是不是女体育明星。

# 头发短长与是非

中国人的头发，从来就是政治。正所谓：头发短短长长，时世是非非。自古身体发肤，受之父母，随意动不得的。而彼时，孝道亦即政治。很多帝王标榜以孝治天下。到了清初，头发竟成关乎人命的大政治。留发不留头，留头不留发！

天地来来去去换了几回，到20世纪50年代，头发同政治的关系，却并非"俱往矣"！论政治是非，还看头发！翻开父母辈的老相册，男人皆所谓西式头，两鬓削得浅浅的，像个马桶盖。女人则一律齐肩短发，西瓜皮一样顶着。我家乡算是天高皇帝远，据说到了1949年爷爷还留着辫子。可因村里天天听人唱着"解放区的天是明朗的天"，这旋律叫老人慌得坐不住，终于剪掉了伴他半辈子的辫子。

我小时，男孩子是要留平头，女孩是要留辫子的。上初中时，有两个女同学剪了短发。她俩不好意思进教室，第一节课上了十几分钟，才红着脸偷偷溜了进来。上课的正好是班主任，立马停下课不上了，劈头盖脸开始骂人。剪短发的女同学就成了资本家小姐，成了旧社会上海滩的交际花。老师并不知道，那时候留短发的恰恰是进步青年。两个女同学站在讲台上垂泪饮泣，头始终没有抬起来。第二天，她俩没有来上学。后来，她俩再也没有来上学。两个花季少女，就因为剪了短发，永远辍学了。

我上大学时，顶上毫末仍是大问题。虽社会风化渐开，老古董们仍看不惯。看不惯新风尚的人，往往是自认有理的。他们的理便是"革命"，便是一本正经。那时，男生开始留长发，女生开始烫卷发。吓坏了学校领导，直指为资产阶级自由化。有男生振振有词：毛泽东是长发，蒋介石是光头。谁革命，谁反动？这话却是没人听的，"革命"的人们看着男生的长发和女生的卷发，真担心红旗能打多久。我们学校有位副校长，从部队回来的副师级干部，硬是"革命"得叫人生畏。他扬言随手带着剪刀，看见谁的头发出格，就要把它剪掉！那位副校长喜欢双手背着，且把手交叉塞进袖管里。五十多岁的中年男人，柔功居然极好。我远远地见了他，真疑心那袖管里藏着剪刀。

90年代至今，似乎风化大开，四面莺歌燕舞。然而头发，仍是关乎政治的。拿学生来说，他们的政治就是守不守纪律。我当年两位初中女同学，因为剪了短发赶出校门，而现在很多中学却只准女生留短发。留长辫子是不允许的，披肩长发或烫成大波更是大逆不道的。近日见新闻报道，某地学校禁止女生留长发，不然就作开除论处。可谓"留发不留校，留校不留发"。同是女生的头发，长长短短之是非，十几年间完全颠倒了。中学的男生仍只准是平头，沿袭我们当年的发型。男生如果削光头，简直应该开除！我外甥中学时讲过一个故事。他有个男同学看不惯班主任的古板，鼓动全班男生同一天全部削了光头。那天早上第一节课，全班男生都戴着帽子，老师没看出异样。然后，起立！敬礼！哗的一声，全班男生同时揭帽，教室里白亮亮的一大片。老师惊呆了，半天说不出话。简直是反了！于是雷霆万钧，一定要查出头子是谁！

　　再说几句闲话。启功先生说清人蓄辫，其实是只留头顶一个盖子，四周是要剃光的，盖子上的头发扎成辫子。只有到人将死的时候，脑后的头发才不剃，讨个吉利话，叫做留后。这也是政治。江山万年，先得后继永续。而今清宫戏里的男人发型却都是"留后"的，启功先生说看着格外别扭，就像一群死人在那里跑来跑去。

# 拍手笑沙鸥

飞机上，邻座问我：先生是干哪行的？我不方便说自己是作家，这行当听着似乎有些可笑，便支吾道：我说不清自己干什么的。那人便说：那您是退休了，随便找点事做，挣点小钱吧？我一笑，说：是的是的。心下却想：我看上去有这么老吗？我知道，只因没有染发，头发斑白了。我的同龄人至少半数以上白发渐生，三分之一以上是我这般成色。染发剂叫他们满头青丝。前几年流行开的"山寨"一词，其义早已大大引申，意思之一便是作假。那么，我们平时看到的成年人，大多是山寨版的。此是玩话，不必当真。

往深处想，头发虽为毫末，却是关乎大端。我的浅识是：中国人的头发，自古就是政治。孔圣人说："身体发肤，受之父母，不敢毁伤，孝之始也。"历朝历代的皇帝们多推崇以孝治天下，头发就是关乎忠诚与否的大事，自然也就是政治。皇帝们相信一个逻辑：大凡孝子都是忠臣。事实上未必，古时多有父母过世而隐瞒未报的官员，为的是怕丁忧而失去到手的好官位；皇帝若有大事，也会把丁忧的官员召回，谓之夺情。该在什么事上讲政治,该在什么时候讲政治,都看皇帝们的需要。官员们守不守孝,也就是讲不讲政治,也看对自己有没有用处。

古之中国是礼仪之邦,礼仪即是政治。士农工商,三公九卿,文武百官,穿什么衣服,建什么房子,留什么发型,都需循礼合制。越礼逾制,轻则有关风化,重则触犯法典。清人入关坐天下,逼令汉族男子剃发蓄辫,留发不留头,留头不留发,则是头发同政治之极端关系。有清一代,为着头发,不知道掉过多少脑袋。傅青主誓不事清,为免杀头之祸,只得披发入山,寄观为道。道人身在槛外,朝廷王法管不着,无需剃发蓄辫。满人入主中原两百六十多年间,头发始终是重大政治问题。归不归顺满人,忠不忠于清朝,首先看头发。晚清太平天国起事,也是拿头发明志。朝廷骂留满头发的太平军是长毛,洪杨骂蓄着辫子的官绅百姓是清妖。一发便可明泾渭,辨敌我。

近六十年的前三十年,头发同政治的关系,再度敏感起来。发式可分别资产阶级和无产阶级,进步和落后,革命和反革命。那时候,男人头发三七开,或平头。若剃光头,则是对社会不满。社会是不允许不满的。古人且说:敢怒而不敢言。古人愤怒都敢,只是不敢说出来。新社会则不行,莫说愤怒,不满都是有罪的。若把不满说出来,罪在诬蔑社会主义。罪犯通通剃光头,那是对他们的惩罚,明辨他们的身份。"文革"期间,被打倒的人剃阴阳头游街,发型成了罪行与耻辱的标志。男人们若老了,则许理光头,算是莫大恩典。当时也有年轻人剃光头的,往往被人侧目,视为二流子。男人的头发也不能长,留长发的男人必定混不好,被领导找去谈话是常有的。头发往后梳得溜光,则必须是高级干部,小干部和老百姓没这个资格。年轻女人则须留长辫子,中年女人可剪齐肩短发。女人头发若弄出太多花样,不是政治思想有问题,就是生活作风有问题。总之,不管男女,头发的长短和样式，都关乎政治成色。当然，所有这些，既无文件规定，也无法律约束。中国近几十年的事情，法律和文件之外的，往往更为可怕。

世界若评染发大国，吾邦必定独占鳌头。人口如此众多之泱泱大国，半数以上成年男人都在染发，不捞个染发大国岂不太冤？染发本无是非可论，头发长在自己头上，想怎么染就怎么染。但国人爱染发，倘要问其究竟，亦有政治原因。20世纪80年代初，讲究干部年轻化。自此，干部不敢老去，改年龄早是官场潜规则。头发自然不敢白，须时刻染着。一个年轻的下级，面对满头青丝的年长上司，总不好意思白着头吧。久而久之，流风成习。

染发虽于今为烈，然亦自古有之，算是国粹。清人吴炽昌《客窗闲话》记载，有个叫广文的学官须发皆白，每向人求乌须药，却不肯出钱。有个生员献药，说："门生之戚宦于东粤，有好乌须药，名透骨丹。初染色红，三复则黑如明漆，泽润有光，真无价之宝也。门生感受师恩，仅分得少许，敬以奉赠。"哪知广文用了此药，须发全成红色，如火神祝融氏。原来这门生恨其性贪，故意捉弄他的。广文为何要用乌须药呢？只因新任学使年少，很不喜欢白胡子的读书人，见了斑白生员就会说："汝已老大，好让后生矣。"李汝珍《镜花缘》里写到有位老妇人缁氏，欲赴朝廷女试，也要染发，说："若愁白发，我有上好乌须药；至面上皱纹，多擦两盒引见胰，再用几匣玉容粉，也能遮掩：这都是赶考的旧套。"如此二例，都因官场需要年轻人。官场从来是主导社会的，自古如此。吴王好剑客，百姓多创瘢；楚王好细腰，宫中多饿死。套用此古话，戏言：官员好黑发，天下多乌鸦。

同为黄肤黑发的亚洲人，日本、新加坡和中国港台的政要们似乎并不爱染发。我们不喜欢小泉纯一郎,肯定不是因为他的灰白头发。李光耀先生皓发萧疏,并不妨碍我们对这位老人的敬仰。古人对待白发,似乎也比今人坦然得多。辛弃疾词云:"人言头上发,总向愁中白。拍手笑沙鸥,一身都是愁。"这位毕生忧患的词人,对白头却十分放达。沙鸥不仅没有愁,它在中国传统文化里恰恰是自由天然的意象。鸥鹭忘机寓言中,鸥鹭便是天真烂漫的象征。康熙皇帝曾在遗诏里说,朕年五十七岁,方有白发数茎,有以乌须药进者,朕笑却之曰:"古来白须皇帝有几,朕若须鬓皓然,岂不为万世之美谈乎?"康熙帝六十九岁崩殂,当是白发皓髯,宛如仙翁。

# 猴子、熊猫和爱国病

　　北京奥运会热热闹闹地开过了，再来说说那只 BBC（英国广播公司）的猴子。英国 BBC 因为购买了奥运会的转播权，他们制作动画宣传片，完全出于商业广告目的，中国人本来无需置喙。可我们有些同胞偏要谩骂。谩骂者或说 BBC 丑化了孙悟空，或说中国办奥运关英国人什么事，或说西方人根本理解不了东方艺术。骂的人多了，我也看了看 BBC 的奥运宣传片。说句肯定会遭骂的话：BBC 的宣传片简直做得太好了。不论动画形象、情节设计还是音乐和歌曲，都非常的好。我十分叹服西方人对中国元素的理解和把握。我稍不满意的是观音菩萨的造型，不似中国人心目中的样子。不过，如果这算个缺点也是可以原谅的。西方人眼里的东方女性，同中国人的感觉大相径庭。譬如某位在国际上大红大紫的中国籍女名模，中国人硬是说她长得实在不敢恭维，但她却是西方人眼里最典型的东方美人。观音菩萨虽无所谓男女，但常以女身现于尘世。如此，西方人自然按他们的东方美女标准，塑造他们心目中的观音菩萨。也有人骂 BBC 就因为孙悟空不好看，不及六小龄童的造型，也比不上京剧里的脸谱。但话说回来，长相歧视在很多国家也是违法的，拿外形评价是非好恶有被指控的危险。幸好这些中国人是在本土搞长相歧视。

恰巧在BBC的猴子遭骂前不久，美国好莱坞的熊猫也招致攻击。儿子推荐我看《功夫熊猫》，他说这是近几年难得看到的好动画片。顽童的眼睛是纯真的，没有被强行塞进什么民族情感之类的东西。他不喜欢的片子，你拿鞭子抽，他也不会看。《功夫熊猫》我看了，实在是好。却不知道这片子又伤到了中国人的哪根神经，居然有人抬出爱国主义的牌子，吆喝着请求官方出面抵制。网上骂声不绝，似乎非灭了美国佬不可。我有时候听着某些人的"爱国"言论，实在是有些可笑。记得"文革"期间，村里有个人说中国的水稻产量太低了，人家美国的谷子有拳头大，剥开谷皮里面就是白花花一窝米粒儿，一颗谷子足足有一碗大米！这个人当天晚上就挨了批斗，罪名是崇洋媚外，美化帝国主义。三十多年过去了，有些国人的爱国情绪似乎没有比当年愤怒的村民进化多少。我草草瞟了几眼网上报道，似乎《功夫熊猫》同国内某位也在熊猫身上做生意的人有利益冲突，反对之声由是而起。如此就是爱国，不但十分可笑，而且毫无道理。不就是武大郎开店，容不得高人吗？

凡事都要扯上爱国主义，已是某些国人的痼疾，姑且称之为"爱国病"。平日只要遇事，有人就要去砸洋人的店铺，结果砸的却是中国的保险公司。此等义举，同当年"义和团"的鲁莽，并没有区别。有区别的是"义和团"多不识字，今天砸洋店铺的人都是读过书的。世界到了今日，尽管仍是人属其国，民归其族，但很多事情同国家、民族之类，已没有多大关系。路透社这几年关于中国的新闻报道老是出错，他们的运气似乎不怎么好。2007年3月，张曼玉出席巴黎某名牌秋冬时装展，路透社错指张大美人为巩俐。虽然路透社三分钟之后就作了更正并郑重道歉，仍招来中国"爱国病"患者骂声一片。说实在的，张曼玉在华人圈里虽是巨星，但在西方世界也许并没有我们眼里那么耀眼，人家看走眼了也实属正常；再说不同肤色的人之间，识别起来确实有困难，我们看西方人也常有弄错的，好比我们看见的麻雀都长得一个样儿。今年北京奥运会上，中国女子体操队刚刚获得团体决赛资格，路透社却报道"中国女子体操队已经无缘决赛"。这回可把中国的"爱国病"患者惹得更加火了，同英国人算账一直算到了鸦片战争。路透社一再更正、解释和致歉，我们的同胞仍是不依不饶。路透社是国际上最大的四大新闻通讯社之一，也是英国历史最悠久的新闻机构，一直是英国官方的喉舌。但它从来就不是英国官办媒体，如今参股的既有澳大利亚企业，也有新西兰企业。路透社的开山始祖还是一位后来才加入英国籍的德国人，我们的"爱国病"患者总不能因为这个理由就把英国人同德国人一起骂了吧？确切地说，今天还说路透社是英国媒体，已经有些不太恰当了。当然，如果说路透社不受英国政府控制谁也不会相信，但要说英国首相会指使它同张曼玉和中国女子体操队过不去那更是天方夜谭。

爱国主义不是狗皮膏药，想往哪里贴就往哪里贴。陈忠和执教的中国女排对垒郎平执教的美国女排，被中国媒体称之为"和平大战"。可从媒体倾向上看，"和平大战"并无和平气象，某报战前大刊中国队和美国队相关新闻，陈忠和的照片高大威武，郎平的袖珍小照屈就报角。这种爱国主义的版式创意，实在不太高明。然而天意弄人，赛事并不如国人所愿。中国人喊了千百年胜败乃兵家常事，临到女排吃了败仗就骂声震天。最为野蛮的粗口，当是骂郎平卖国贼。真是天大的笑话。那么，施拉普纳同志是德国足球教练,为了帮助中国人民的足球事业,不远万里,来到中国,这是什么精神?时到今日,还来讲这种黄口小儿的道理,真是没有意思!

# 一个不要脸的时代

人都像我这么迟钝,"艳照门"炒不起来。2008年的涉陈艳照门,网上流传很久了,偶然听人说起,我才知道。但是,没有兴趣看。最近的"兽兽艳照门",也是编辑约写文章,我才听说的。只为完成作业,上网看了几分钟。两种声音:一说兽兽很无辜,一说兽兽在炒作。同兽兽艳照门相关的,还有个叫张博的男人。上网搜索此人,结果很讽刺:张博,人名,主要见于中国。可见,没几个叫张博的人很出名。再多翻几个网页,才知道同兽兽有关的这个张博,原是国家男篮队员。显然,他目前还不算球星。

不能武断地说,兽兽是在炒作,或者说她同张博一起炒作。我要是乱说了,人家会找我打官司,我不愿意。或者说,人家愿意炒作,我不愿意炒作。但是,炒作丑闻而出名,却是屡见不鲜的。曾有体育明星同女大学生车震,水落石出之后才知道,都是女大学生蓄意策划的。前几年,曾在报纸上看到某女演员同某著名男明星的绯闻报道。这女演员的家人同我熟悉,报纸的编辑我也熟悉,就很为那女演员不平。有回见了那位编辑朋友,就说:

你们报道这种新闻,太不厚道了,都是熟人啊!哪知,编辑朋友一脸无辜,说:那是她自己提供的新闻稿件!

世道已然如此,我真是糊涂了。有一张专炒娱乐界的大嘴,三天两头曝人隐私,言行极是不堪。我辈圈外人看着,有些"是可忍孰不可忍"。也曾有被谤娱乐界人士对媒体表示,一定要把这张臭嘴送上法庭,但终究不见官司打起来。仔细想想才明白,娱乐界是欢迎这种大嘴的。这种大嘴,长沙话叫作"搅屎棍"。屎是越搅越臭的,但娱乐圈孰为臭孰为香,早已很模糊了。细想,这个说法还不准。应该说是越臭越香,就像长沙的臭豆腐。明星们被曝丑闻,也许嘴上愤愤不平,暗自沾沾自喜。据说还有演员塞钱给狗仔队,授意他们恶炒自己。普通老百姓怕臭,娱乐明星们不怕臭。

做人的底限,原是江湖事江湖了,不殃及父母妻儿。所以,我们见娱乐界再怎么炒作,通常只炒作自己的绯闻。但是,也见过使狠招的。前几年,有个男歌手炒作母亲早年出轨,自己原本是个野种,乃父真身竟是名家。饭店里野味价格贵些,歌手也是野种价码高些。据说,炒了母亲出轨,这位歌手出场费立马翻。说句粗野的刻薄话:自己偷人不是新闻,母亲偷人才是新闻。

越臭居然越香,我辈古板人是想不通的。兽兽艳照门曝出,她那帮铁杆粉丝愤怒了。他们以为兽兽承受了很大的压力,吃了很多的苦,纷纷表示声援。但是,却见新闻报道,兽兽正安安逸逸吃土豆。不断地有艳照曝出,她就会越曝越红。早先有报道,兽兽将成导演王晶打造的晶女郎。此消息后来被王晶否认,但到底也算是预热炒作。说不定,此番艳照门之后,兽兽真的就成娱乐界顶尖巨星某女郎了。作为副产品,那位"主要见于中国"的张博,也许会迅速蹿红为球星。

越臭越香这事儿我反正想不通，就不去想了。倒是记起一桩陈年旧事。20世纪80年代中期，中国还没有"裸奔"这个词，我却见识过一场裸奔。两个哥们打赌，谁敢光着身子跑五十米来回，赌二十块钱。一哥们把上衣往头上一掀，脱掉裤子旋风般跑了五十米来回，伸手问另一哥们要钱。输钱的哥们说：你把脸遮住了。赢钱的哥们说：你没说不可以遮脸。我做中人居间调解，裸奔的哥们赢了二十块钱。现在，裸奔早不是稀罕事了。不同的是，那时裸奔还要脸，现在裸奔不要脸了。

一个不要脸的时代，臭的自然会成香的。

# 旁观者言

　　一介无用书生，虽曾厕身官场，并未做过官员。一直是个旁观者。拗不过别人的说服，写了如下迂阔文字。不妨随意浏览，尽可付与笑谈。

　　不可任情使性。人皆有喜怒哀乐，然而倘若入了仕途，自应有别于常人。喜则不知自禁，怒则拍案而起，哀则伤心惨目，乐则不可支颐，通为常人之态，官人不可随之。虽为常情，有伤涵养。御人之人，先行御己。心须沉静，勿躁；口须谨慎，勿聒；身须庄敬，勿慢。居官者宜心井澄明，又不使人一眼见底。城府之说，深浅有度。城府太深，叫人不可向迩；城府洞开，叫人不知敬服。遇人必有好恶，然所好不宜过亲，所恶不可太疏。好恶显形于色，必致无端猜疑。处事定有顺逆，然遇顺当知慎重，遇逆尤须放胆。若顺则轻忽，逆则畏葸，则为不堪其任。人之才能，性情半之。

　　不可恃才逞能。才而不恃，能而不逞，节制谨度，善守之策。居官者，恃才而政事频出，必招众怨；逞能而包揽巨细，必致错谬。山水不显，为事从容，使人难窥堂奥，反有大家气象。

大事有成竹，末节随他去，上下融融乐乐，方显将帅风度。若为下属，举事之轻重，当善为量之。上司能且贤，下属行事可举重若轻，才能自会脱颖于囊；上司庸且愚，下属行事宜举轻若重，不使才能盖于上司。轻重之间，非为机巧，只为策略。居贤能之下，尽其才能而行，必可出人头地；居庸愚之下，则小心慎行，早寻去路为上。

不可埋怨上司无珠。任事用人总有不公，其中曲直不必细说。然而牢骚太甚，于事毫无补益。多有终日浩叹怀才不遇者，倒霉根由正在此处。不如笃实务事，蓄势寻机而起。子曰："不患无位，患所以立。不患莫己知，求为可知也。"凭什么谋取职位，凭什么叫人刮目，这才是最要紧的。上司固然有能庸贤愚之别，却不必寄希望于知遇好上司。凡存此侥幸者，每逢新官到任，必趋身左右，觍颜俯首，媚态毕现。或故作放达，贤隐自居，待沽于衾。若未得逞，则又发不遇之叹，愤言上司有眼无珠。长此以往，俨然清狷高士，实则利蠹小人。

不可责备下属无能。俗话说，五指有长短，缺一难成拳。善使人者，用长而避短，长则愈长，短则愈短。若不善用人之长，则只见人之短处。倘求全责备，则无人可用。为官事必躬亲，绝非勤勉之德，实为琐碎之病。有大格局者，必襟怀宽大，海纳百川。不记下属过违，慎言下属短长。有识诌辨谗之慧眼，有赏贤任直之公心。为官不贪功，居上不诿过。贪功则不得功，诿过则尽是过。倘若吹毛求疵，自命高明，鄙薄下属，必致上下怨怼。上司怨：目无官长！下属怨：长官无目！

不可志得意满。人生之险，尤在春风得意。月盈则亏，水满则溢；天数如此，人亦然之。谤随名高，古之信诫；荣者多辱，世之常理。人于顺境之中，需持临深履薄之心，切勿稍有懈怠，以至忘乎所以。权柄在握，恭维者众，日久易骄。骄则不能自明，日久易昏。昏则不能辨事，日久易庸。聪慧卓越之人，久居高位而致昏庸，覆车之鉴多矣！人颂："大哉孔子！"孔子却说："吾何执，执御乎？执射乎？吾执御矣！"孔圣人谦称自己不过是个好司机。天下凡愚，当效圣人之襟怀。

不可怨天尤人。肩负重任，朝乾夕惕，劳心劳力，理所应当。此为任劳，无悔也易。倘若备尝艰辛，显有功果，却招众怨，则于心难平。众怨不可逆遇，若以怨对怨，则怨上生怨。是谓任劳者易，任怨者难。居官者意气用事，则不但关乎心性，实是才具不逮。遇此境地，必须虚怀若谷，坦然淡定，静以制动。风过双肩，无使挂碍，假以时日，是非自明。纵有途径可为沟通，亦需戒急戒躁，缓为图之为善。

不可钻营投靠。世如棋局，时有变数。今日若有投靠，明朝必定背叛。投靠是背叛的开始，背叛是投靠的终结。不要投靠任何人，也不要相信任何人的投靠。因投靠发迹者固然有之，实则是场赌博，输赢难逃天算。靠搜罗投靠者而乌合营垒的亦有之，实则也是赌博，未必胜券在握。君子不党，实非迂腐之论。鼠目寸光者，只图眼前小利，自可不断投靠，大不了不断背叛。然而欲成大器者，必不朝秦暮楚。常听人宣誓拜认主子：我就是您的人了！但人人生而平等，早是普世价值。当今之世，发誓臣服于人者，不顾脸面和尊严，所言必是假话无疑。这种人最靠不住。

不可流于饶舌之弊。言多必失，似乎世故之诫。逢人只说三分话，不可全抛一片心。这便是庸俗了。但话多终是毛病，招祸在所难免。子曰："君子欲讷于言而敏于行。"又云："先行其言，而后从之。"孔子这些话，说的都是行动比说话重要。言多易生浮相，沉默方为金玉。当言则言，适可而止；不当言则不言，袖手旁观为上。却又无须做老好人，凡事唯唯，呆若木鸡。长此以往，人以为无用。与朋友相处，调笑无忌，全由性情，亦无大碍；与同事相处，插科打诨，油滑轻薄，终非得体；与上司相处，但观眼色，曲意逢迎，弄臣嘴脸，人所不齿。不必在口舌伶俐上下功夫，而应在腹中经纶上多用心。巧言令色幸得一时之利，沉默讷言可为长久之用。

不可跟同事太密。同事以公谊为妥，惟谨慎于私交。同事亦多称兄道弟者，不过逢场作戏，切勿当真去了。哪怕此刻倾心相谈，难保明日不为路人。利害攸关，友情自在云泥。王维有诗云："白首相知犹按剑，朱门先达笑弹冠。"说的便是出入公门的达官贵人，相交白头都在相互提防。世人世事，徒叹奈何。于公而论，同事过从太密，难免蝇营狗苟，沉瀣一气。此风轻则拉帮结派，排除异己，互植私党；重则朋比为奸，窃权谋利，误公害民。同事亦确有肝胆相照者，仍需君子之交淡如水。淡则长久，过密易疏。《论语》有载：澹台灭明非公事不访上司于私室，此为古君子之风，大可引为典范。

不可盛气凌人。居上宜宽，宽则得众。苛刻暴戾，必成独夫。虽可强权压人，终不使人久服。人在屋檐下，低头不得已。他日得意时，视你为仇雠。酷虐必养谄佞，贤能敬而远之。子曰："君子不重则不威。"重为庄重，不是自命贵重；威乃威严，绝非八面威风。然多有人寸权在握，即大耍派头，威风凛凛，招人惧恨。倘为高官，则装点敦厚假门面，盛气凌人于无形。一旦人去，必致骂声塞巷；倘若落井，定会下石如雨。盛气凌人者，未必全为官员，平常之公职，亦有不可一世之流。上司面前装孙子，百姓面前充老爷。成日耀武扬威，嘴脸形同恶奴。这种人，通常充为临阵赤膊，绝不会委以大用。

不可钩心斗角。权力场上，常有争斗。或明或暗，风波不止。得胜者扬眉吐气，失意者切齿生恨。然而，争斗得胜必结仇怨，难保他日不为人算。今日占了上风得意洋洋，说不定明日乾坤颠倒。更何况，权力场上的争斗，未必都有胜负之决，极有可能两败俱伤。世事本难公允，不可较之锱铢。每逢任事用人，总有埋怨人不如己者。子曰："不患人之不己知，患不知人也。"人多看不见别人的长处，也难看见自己的短处。哪怕自己真的才能过人，也未必命该担当大任。不如君子成人之美。和则利公利己，乱则公私俱损。与人厚道相处，不惟在升迁任用之关口，亦在乎平素过从之点滴。人前不必阿谀，人后切勿诋毁。抬人实是抬己，损人自会损己。多扬人善，多积口德，自有福报。然亦不必流于圆滑，逢人只一个"好"字。遇着可与诤言者，则当面畅怀直言。但劝诫只在私室，不宜宣于人前。若遇上司做纳谏状，则需慎之又慎。引蛇之鉴未远，对上不可轻言批评。

不可轻慢傲岸。人需有诚恳虔敬之心，常人当如此，官人更当如此。古人讲究官仪官威，为使百姓怕惧。今天仍想吓唬百姓，实是不识时务。有的人，花纳税人的钱，充纳税人的爷。百姓若有抗拒，竟以刁民辱之。倘若诉诸法律，则被侮为喜讼。抱怨百姓不服管束，既是庸碌无能之论调，又是居高临下之狂语。倘若不以牧民者自居，不以公民为子民，境界必为之一新。古时民智愚钝，遇官战栗。今天再耍官派，民众视之不屑。为官者给别人以尊严，实是给自己以尊严。

不可荒疏本业。读书之人，多有本业。一旦从政为官，多同本业无缘。旷日持久，便把本业丢尽。是为大忌！人无远虑，必有近忧。做官罢官，无非一纸。今日裘马洋洋，明日栖栖惶惶。倘若手头有真功夫，不怕流落到没饭吃。人最靠得住的本事，也许就是童子功。哪怕顺水顺风，不荒本业也大有益处。人有专业背景，且能日新其学，又能推及其余，不成饱学博闻之士，亦会有逾越他人之处。若有福气擢为专业对口之官员，则成专家型领导，上下青眼相看。于公于己，善莫大矣。

不可轻易写书。庙堂之上皆书生，善舞文弄墨者众。但真写得好文章的，实则凤毛麟角。能写几句文章，又卓有创见者，则更是寥若晨星。倘偶有片言付梓，好事者阿言几句，立即云里雾里，俨然文曲下世，实是轻浮。哪怕真是文章锦绣，亦须抱朴守拙。眼红者有之，嫉妒者有之，寻事挑刺者有之。好好做事才是正经，纵然文比司马，亦需存乎于心。文章自有人写，且由他人写去。况且有人不写文章倒罢了，写了文章反知腹内草莽。这种人若有权在手，身边必有点头哈腰的崇拜者，越发让人看笑话。子曰："行有余力，则以学文。"孔子是说为君子者，做好了分内的事，倘有多余的能力，才可以在文字上用些心。千古圣训，应当铭记。且如今时世大变，哪怕做好了分内的事，也不必急急地写文章去。

不可不思退路。勇者善进，智者知退。然天下谋进者多，愿退者少。贪位恋栈，已为常病。须知福祚无边，人有竟年。全福之人少有，好处不可占尽。叫人搬掉椅子，不如自己腾出椅子。风光处谢幕最是明智，黯然时离身难免凄凉。为官艰辛，善始不易，善终尤难。若有隐衷在迩，必埋远因于前。蘋末微澜，大风豫焉。身退须先心退，智莫大于止足。未能止足，心不退而身必不欲退；倘不得已而退，或心有不甘，或不得全身。万花丛中过，一叶不沾身。惟有止足，进亦不险，退亦无忧。

# 发明一种文本

文坛一直时髦着文本探索或创新。我是最没有创意的写作者,总羞于同各路高人谈及文本问题。有心者介绍进来的一些西方流行文本,我也懒得研究。也不是狂妄自大,只是觉得那些洋玩意儿怪怪的,不对我的脾胃。

可我今天忽发奇想,以为自己也可以发明一种很可爱的文本。我是阅报得到的启示。我从前厕身的所在,最大的好处就是报刊多,总有上百种吧。信息量自是极大,政治、经济、科学等乃至各种奇闻轶事,都可尽收眼底。像我作小说的,总是苦于肠枯脑干,现在又不太提倡深入生活了,而自己天天所处的生活又是不太方便写的,总免不了有些自作多情的先生或女士对号入座。但写小说的人最大的毛病就是手痒,不写是不行的,那么最好的办法就是从报刊上猎取素材。什么卖官买官、行贿受贿、杀人越货、坑蒙拐骗,等等等等,天天都见诸报端。不妨就取这活生生的世间百态,移花接木,稍加敷衍,就是绝好的小说了。

有人肯定早哂然笑之了,觉得我这招数并不新鲜。有典可考,司汤达的《红与黑》就是因为一桩凶杀案的报道诱发了灵感。朋友们误会了,其实我这种文本,与司汤达大异其趣。我的文本,基本格式(或叫体例)是:先将报刊上的奇闻趣事原文照录,接着就是本着前面真人真事而虚构的小说情节。摘报用楷体,小说用宋体(若翻译成英文,可考虑用书写体和印刷体相区别)。这样,一本小说,从视觉效果(前卫人士称之为视觉冲击)上看,就是一段楷体,一段宋体,交相映衬,版式也很好看的;从内容上看,真假齐备,虚实兼有。阅读自由度也很大,只想看小说的,跳过楷体字就得了;只想看真实新闻的,那就跳过宋体字;真假虚实都想看的,就一气儿读下来,想必更有意思,那种阅读快感绝对是说不出的好。

  采用这种文本写小说,好处多多。对号入座者只好哑口无言了,知道小说的原型不是他自己。哪怕他同小说的原型再怎么英雄略同,也不好说什么了。其实这也不失为一项善举,可以让有些读小说心神不安的人放心落意睡个好觉,免得影响了革命工作。他们一旦知道某篇小说中的人物不是写他自己,就襟怀坦荡荡,俨然君子状了。他们就可以面无愧色地向上级或朋友推荐一本有益的好小说,而这小说本来足以让他心虚的。他们也就有可能居高临下地夸夸某些作家的责任感和社会良知,本来这些作家应该让他恨之入骨的。

  这种文本的创作,还可给有些看了小说免不了犯傻的体面人启蒙些文学常识,让他们知道写小说原来就是揉面团。揉面团是我的说法,其实这意思是鲁迅先生早就说过了的。他有段很经典的话,可惜我记不全了,似乎是说他笔下的人物,往往眼睛是北京的,鼻子是南京的,耳朵又是上海的。我觉得这就像揉面团一样,没什么了不起的。大凡有权指责小说的人,往往是最相信法定权威的。那么,我的这种文本,不过就是将天南地北的新闻揉在一起,写成小说,符合鲁迅先生的意思,他们又怎么说去呢?

我原以为只有自己看报总是从后面看起，后来发现很多人都有这个习惯。原来更多的读者都爱看些真实的新闻报道，类似焦点访谈风格的。此类报道，多半不会上头版头条的。那么，我自己若是试用这种文本写小说，也许不会摘录头条新闻，多是选择末版文章。写出的小说，可能又不会太全面地反映生活。其实没有人会同我讲道理，真要理论一番，我也有话说。记得当年有句话很流行，就是说百分之九十九以上的干部是好的和比较好的。不知这话今天还算数吗？倘若算数，那么百分之九十九之外的百分之一，为数也不会太小。我国公务员太多了。如此说来，一本小说多写了几个形象不是很高大的官员，又有什么关系呢？而这百分之一，可是成千上万啊！

读书人都知道，虚构是小说创作的灵魂。所以即便是一边摘报，一边编小说，也切记别忘了虚构。报纸披露的贪污腐败案件往往大得吓人，就像我们在身边看到的有些人模人样的官员实际上坏得吓人，但是，写小说却大可不必弄得那么吓人。凡事留有余地好些。我们只把真实的事件当模特儿，然后加入些艺术成分，弄得含蓄些。好的小说是座冰山，深厚的部分潜在水中。这也是现实策略的考虑，不至于让人指责小说写得太过了；恰恰相反，同真实原型比较，小说委婉多了，柔和多了，甚至坏人也比原型好多了。如今总有人替坏人鸣不平，倒也稀罕。

这种文本的小说还有一条好处，就是可以多赚稿费。本来一部二十万字的小说，足足可以扩充到五十多万字。字数多了，定价就高了，码洋自然上去了。这是行业机密，本来不该说的。

## 电脑的幽默

我早已习惯了电脑写作。字词、词组或常用短句都可以飞快地连着敲出来。久而久之，用笔反而不顺手了。可电脑有时也跟我开开玩笑，叫我哭笑不得。

我想连着打"从容"这个词，显示出的竟是"偷窃"。我疑心自己敲错了，可反复多次，仍是"偷窃"。后来软件升了级，显示出的就是两个词了，一是"从容"，二是"偷窃"。不管怎么说，"从容"和"偷窃"成了孪生兄弟。我不禁想起早几年办公室被盗的事。那天我一早打开办公室，发现里面一片狼藉，立即明白昨夜有不速之客光顾了。我马上保护现场，打电话报警。一会儿公安局的人来了，他们看看这场面，就说是惯偷干的。你看，这烟灰一整节一整节掉在地板上、桌子上，说明这贼干得很"从容"，一边叼着烟，一边撬着锁，说不定还哼着小曲哩！的确，如今"偷窃"是越来越"从容"了，小盗"从容"地登堂入室，大盗"从容"地攫取人民血汗。纵是新版软件，"从容"不也排在"偷窃"前面吗？

我想打"毛病"，显示出的竟是"赞美"，风马牛不相及。可细细一想，这中间似乎又有某种耐人寻味的联系。有"毛病"的人受"赞美"的事儿并不鲜见，而真正没"毛病"的人往往得不到"赞美"，甚至还会吃亏。我想设计编码程序的人并没有想这么多，可偏偏无意间提示了生活的某些规律。是不是冥冥之中真有某种怪力乱神在俯视苍生？更可怕的是有些载誉天下的人满身不光是"毛病"，而是"大病"。

我每次打"资本"，都打出个"酱"字。我想"资本"是最常见的词，应该可以连打的，却偏偏打出的总是个"酱"。我不由得想起柏杨先生把中国称作酱缸的比喻。这是很伤中国人面子，却又很贴切的讽刺。再想想这"资本"，真是个好东西，但确实也有"酱缸"的味道。不少同"资本"打交道的人，就像掉进了"酱缸"里，没多久就脏兮兮的了。这些年赚钱最快的就是所谓"资本"运作，空手套白狼，可成大富翁。中国堂堂"资本"市场的所谓股市，可以说是个大大的"酱缸"，黑黑的"酱糊糊"里爬着很多胖乎乎的白蛆。

有时候我想打的词虽然错了，却错得有道理。比方我打"含量"，显示的却是"会计师"。"含量"也许要请"会计师"来计算。又比方我打"生存"，显示的是"自下而上"。软件升级后，也是同时显示两个词，一是"自下而上"，二是"生存"。这也有道理，人们求"生存"的过程，总是"自下而上"的。所谓人往高处走，水往低处流。可有些人"自下而上"的历程却是一个巴结讨好、吹牛拍马、见风使舵……总之是一个令人讨厌的历程。

连着打"告状"，屏幕上出现两个词：一是"街头"，二是"告状"。"街头"居然还排在"告状"前面。无意之间，电脑又破译出了中国的某种传统。照理说，告状古时候是上衙门，新社会是上法院。可是中国的"告状"自古以来就同"街头"有缘。旧时若逢贪官污吏当政，衙门八字开，有理没钱莫进来。老百姓

127

背了冤屈，喊天不应，叫地不灵，只好等着上面来了青天大老爷，上街呼号，跪道拦轿。如今时代不同了，跪道拦轿肯定行不通。官员们的轿车开得飞快，小心轧死你！如果是更大的官员出行，警车呼啸，警察喝道，你哪怕拼着老命想往车上撞都轮不上。可是上法院呢？老百姓心底又不踏实。都怪谁编了顺口溜：法官帽子两头翘，吃了原告吃被告。老百姓最终还是相信政府，于是就总往政府门口去喊冤。哪级政府的门口不成天堵着上访的民众？只怪政府没搬到深山老林里去，总扼守"街头"要津，那里便总是老百姓"告状"的场所。

　　这样的幽默我碰上很多了。最叫人啼笑皆非的是我打"呼声"，眼前出现的竟是"吃亏"；我打"依法"，冒出来的却是"贪污"。结果"群众呼声"就成了"群众吃亏"，"依法行政"就成了"贪污行政"。"群众吃亏"的事是经常发生的，同时那些有勇气反映"群众呼声"的人往往也会"吃亏"。我认识的一些有良知的作家、记者或其他知识分子，他们的境遇多半不太好，总在"吃亏"，就因为他们表达了"群众呼声"。而有些天天喊着"依法行政"的人其实是在"贪污行政"。很多蝇营狗苟的事也多打着法律的旗号，所以"依法"和"贪污"有时的确也让人弄不清谁是谁，云里雾里的。真是不胜枚举，比方"执行"二字连着打，出现的竟是"招待"；后来五笔输入法升了级，连打"执行"时，出现"招待""执行"两个词，"招待"仍在前面。电脑程序无意间又道破了天机：假如法院判了案子，真要"执行"，先得好好"招待"那些老爷们。

# 电脑的幽默（续）

早几年写过一篇游戏文字，叫《电脑的幽默》。天天用电脑写作，天天敲着86版王码，冷不防就碰上好玩的事情。如果留心记下来，可道出很多故事。只惜过于疏懒，差不多都忘记了。有几个词印象深刻，拿来说说。

比方打"谎言"时，出现的词语竟是"诺言"。实在是奇了，"谎言"同"诺言"本身就是双胞胎。轻许的"诺言"最易成为"谎言"，而"谎言"常蒙着"诺言"的面纱。我们有时不太相信有些人的"诺言"，就因为听他讲了太多的"谎言"。我想不通的是电脑怎么知道"谎言"同"诺言"的亲缘关系如此之近呢？

"民意"两个字，应是最常用的，可是连着打不出来，出来的是"民间"二字。似乎又暗道了某种真相："民间"再怎么都是存在的，而"民意"常常无以伸张。我们有广大的"民间"，而"民意"呢？要么集体无意识，要么被漠视，要么被伪民意所取代。你敢说电脑不神奇吗？

"造谣"这个词全世界都有，只是发音和书写不同而已。可是电脑里连续打，打出的是"毛衣"，二者全无关系。可稍加联想，发现"造谣"同"毛衣"还真是暗通神气。因为"造谣"需要编造是非，同织"毛衣"一般道理。有个成语叫"深文周纳"，指的是给人莫须有的定罪，亦有编造罪名害人之意。同"造谣"密切相关的词当然是"谣言"，可是连打"谣言"出现的却是"诼"字。这下更奇了。"诼"字因为不常用，很多人不明其意。这个字的意思就是"谣言"，有个书面词就叫"谣诼"。

　　再想说的是"美女"。我曾开玩笑说，遇着那驾名车的年轻美女，总猜她不是有个好老爸，就是傍了大款。如果那名车的女主人老且不美，她要么自己是个老板，要么便是老板的原配。这话虽招致女同胞的攻讦，可惜这大抵是事实。女人的美貌本身就是资本，可兑换名车、别墅和钞票，你不承认也不行。可是连着打"美女"，跳出的竟是两个毫不相干的词：一是凄惨，二是凄凉。这是否应了"红颜多薄命"的老话？似乎越是驾名车、住别墅的"美女"越容易成为弃妇，同"凄惨""凄凉"有难解之缘。王码程序员绝对没有想到这层意思，似乎就是天意了。不但如此，连续打"美人"，跳出的词却是"病人"。"美人"同"病人"何干？原来很多"美人"日常过的就是"病人"生活，她们今天隆胸明天垫鼻，不是隔三岔五往医院跑吗？"美人"就算天生丽质不用改装，也得用尽各种驻颜佳品，这同"病人"用药又相去多远？还有心态上的美"病人"，担心美人迟暮呀，担心打入冷宫呀，自不消细说了。

# 起个名字叫盖茨

偶尔见电视里有位起名大师高谈阔论：女孩子起个"珊"字，有王旁，大气，王者风范。我闻之一笑。此为玉旁，而非王旁。中国所有文字，都没有王旁，只有玉旁。习惯上，叫它斜玉旁。凡是斜玉旁的字，要么是玉的一种，要么是玉制佩饰或器皿。此为小学低年级的知识。可见，起名大师是大可怀疑的。

起名大师无非是拿名字的笔画、偏旁说事，分什么天格、地格、人格，又附会阴阳五行之说，据此定贵贱、判穷达、卜凶吉。虽说得神乎其神，不过是望文生义，臆测假断。如若此理成立，那么英语国家的人怎么办？他们名字的笔画都是弯弯绕绕，乱成一团。假如按起名大师以形判命的道理，西方人的性格就只有两个字——纠结；他们的命运也是两个字——曲折。

信这鬼把戏的人却说：大师们说得很准呀！其实，不是他们说得准，而是你自己甘愿被忽悠。以姓名判命之法，同各色算命看相术异曲同工。起名大师从你的姓名，说到你聪明、善良、正直、义气之类，你会满心欢喜，直道说得太对了。很简单，人人都会觉得自己身上有很多优良品质。哪怕道上杀人越货之人，也会以义薄云天的豪杰自居。难免又会说到你的不利之处，比如说你做人太直了，要注意防小人之类，你更会惊叹大师为天人。实则是人人都会觉得自己身边有小人，不然早就飞黄腾达了。有顺有逆，有福有祸，有甜有苦，这都是人的共同际遇，或曰人的宿命。顺着这规律说，都会叫人觉得准。何况玩这些把戏的都是老江湖，最善察言观色，又兼巧舌如簧，更能蒙天欺人。

所谓起个好名字，无非是寄予愿望或理想。此为人之常情，自古而然，无可厚非。可如今有些起名大师可不这么看。他们说：姓名决定命运！你的命运好，全靠你的名字起得好；你的运气不佳，都怪你的名字太晦气了。他们必得如此说，才会有生意，才会财源不断。据说有些起名大师，就靠玩文字游戏，便赚得盆满钵满。起名真如此神奇，那些大师倒可凭此绝技报效国家，造福苍生。恭请大师们给全国人民重新起名，就像童话里说的：从此，中国人民过上了幸福生活。如果全国人民都叫比尔·盖茨，那么全世界的财富都会洪水般流向华夏大地。

十年前，拙作《国画》出版后，有个人物曾叫人对号入座，那就是袁小奇。一位大师的弟子四处放言：《国画》里的神功大师袁小奇，就是影射我们师傅！我闻言笑道：请他们师傅在香港或珠海朝我遥发神功，看我是否七窍流血。据说这位大师是有此功夫的，就像有位严姓大师能在四川向大兴安岭发功，排云布雷，呼风唤雨，浇灭森林大火。我在小说里写袁小奇这种人物，无意影射任何大师，只是中国此类大师实在太多了。有意念运物的，有耳朵听字的，有发功治病的，可谓国运昌盛，天纵英才。转眼十年过去了，那位大师寿年不过六十，却已往生瑶池，留我苟活尘世。我并非不厚道之人，实在愿意这位大师永生，那将是天下百姓的福报。

# 伏尔泰和年羹尧

普鲁士国王腓特烈二世是个很有意思的人物。他很风雅，懂音乐，通法语，喜欢写诗，甚至用法语写诗。他是个君主，看上去却很有人情味，甚至不可思议地允许言论自由。他曾经说过："老子爱怎么干就怎么干，老百姓爱说什么由他们说去！"有次他在柏林城的墙上看到一幅讽刺他的漫画，不以为然，只淡然说道："嘀！再挂低些，让人瞧个仔细嘛！"既然有人敢画讽刺国王的漫画，说不定也会流行很多挖苦他的段子。此乃臆测，无从考证。我想纵然民间有很多段子流传，腓特烈二世也不会生气的。老百姓爱说什么就让他们说去，谁又动得了他半根毫毛呢？下道禁令，不准百姓编段子，那才是傻瓜做的事儿。

这位感情丰富的国王做过的最冲动的事，只怕是邀请伏尔泰做客了。当时伏尔泰文名响彻欧洲，而腓特烈二世自命艺术家和诗人，又会讲一口很时髦的法语，自然要同最杰出的文化人做朋友了。于是，他向伏尔泰郑重发出邀请。伏尔泰兴高采烈地来了，称赞腓特烈二世为"北方的所罗门王"。腓特烈二世却很谦虚，说自己最喜欢的称号是"伏尔泰的东道主"。这位好客的东道主封伏尔泰为法官,让他住进豪华的王公宅邸,领取丰厚的薪金。

伏尔泰的访问看上去很愉快。腓特烈二世隔三岔五宴请他,席间的谈论是高雅的,哲学、音乐、法语诗,甚至还有烹饪术。国王还常常请伏尔泰修改他的诗作。麻烦就来了。文化人天真起来就容易忘乎所以。伏尔泰见国王请他修改诗作,就真以老师自居了。腓特烈二世写诗到底只是业余爱好,他的职业是国王。这位国王的诗自然不敢恭维,尽管他的国王当得也许很出色。伏尔泰竟然笑话国王的诗,甚至在很多公开场合引用国王的诗。国王认为伏尔泰这么做别有用心。腓特烈二世毕竟还算有自知之明的,他清楚自己的诗作只能在小圈子里传阅,公开发表怕招人笑话。可伏尔泰的恶作剧等于将国王的诗作公开发表在报纸的头版头条了,而这个版面通常是发表国内外要闻的。腓特烈不高兴了,伏尔泰也不愉快了。伏尔泰只好离去,回到他忍受了几十年的法国。

几乎在同时,中国正处大清帝国康雍乾盛世之雍正年间。雍正的宠臣年羹尧文韬武略,为雍正登上皇帝宝座立下过汗马功劳。雍正好像也很有人情味,曾对年羹尧说:自古君臣之交大多因为公事,私交也是有的;但像我俩交情如此长久,从未有过啊!我俩要做君臣的榜样,让千秋万代之后人称赞,让他们羡慕得流口水!听了这席话,年羹尧真是感激涕零,山呼万岁万岁万万岁,发誓肝脑涂地,死而后已。雍正对年羹尧自然是累降恩泽。

然而伴君如伴虎的道理从来就没有改变过。有一年,天显瑞象,五珠连贯,日月同辉。于是举国沸腾,以为吉兆。文武百官竞相进表,颂扬雍正英明盖世,德化八荒,乾坤朗朗,国富民安,盛世太平。年羹尧当然不敢免俗,也进表皇上,自然是好话连篇。他在上表中用了"夕惕朝乾"之句，称颂雍正晚上反躬自省，白天为国事勤勉操劳。此语出自《易经·乾卦第一》，原话是："君子终日乾乾，夕惕若，厉无咎。"后来化作成语，或说"夕惕朝乾"，或说"朝乾夕惕"，意思完全相同。但人们习惯中多说"朝乾夕惕"。年羹尧的灾祸就出在这地方。他只是把人们说惯了的"朝乾夕惕"说成了"夕惕朝乾"，就惹得雍正龙颜大怒。这位当年发誓要同年羹尧做千古君臣榜样的圣明之君脾气发得令人不可思议：既然年羹尧舍不得把"朝乾夕惕"四个字给我，他立下的那些功劳我也可给可不给！

年羹尧做梦也想不到自己这么容易就把皇帝老子给得罪了。这位中国的大臣远没有同时代西方的伏尔泰那么幸运。伏尔泰也曾被腓特烈二世的爪牙投入监狱，因为他无意间带走了这位国王的法语诗集。这册诗集很可能让腓特烈二世在国际上丢脸。但伏尔泰很快就被放出来了，腓特烈二世还为自己做得过火而内疚。也许因为伏尔泰到底只是国王的客人，而年羹尧却是皇帝的臣子。君要臣死，臣不得不死！年羹尧被认定九十二项罪状，其中三十二项都是问斩的罪。一个被皇帝视如手足的权臣，一夜之间成了十恶不赦的罪臣。鸟之将死，其鸣也哀。年羹尧在狱中给雍正写了封信，言辞凄切，恳求皇上留他这犬马之身，慢慢为主子效力。雍正便大发慈悲，法外开恩，赐这位当年的功臣在狱中自尽。凡是皇上赐予的，不论祸福，都是恩典。年羹尧自尽之前，还得伏地长跪，谢主隆恩。毕竟不必杀头，可留下个全尸，自然算得上皇恩浩荡。中国自古的天条是：朝廷永远不会错，皇上永远是对的。臣民在皇帝和朝廷面前永远只有一个姿势：叩首谢恩！

伏尔泰事后回顾自己的普鲁士之旅，万分感慨：谁若相信自由、多元价值、宽容和同情，谁就无法呼吸极权主义国家的空气！谜底终于揭开了：原来腓特烈二世因为法语诗的事而生气，不过是借口罢了。年羹尧的冤狱呢？更是让人莫名其妙。中国历代皇帝，除去某些出身草莽的开国之君，都受着良好的教育，皆可谓饱读诗书，学养深厚。难道雍正皇帝真的不明白"夕惕朝乾"原本没有错误？他只是想找个碴儿发作而已。只要他是皇帝，就总有龙威大作的理由。

# 仁者·君子·凡人

　　读书是需要人生经验的。我早些年捧着一本《论语》，只觉得古奥难懂。直到在人世间恓恓然走过了一程，再重新读这本书，方才略略参悟了孔门学问的些许玄机。

　　孔门学问的最高境界是仁。众弟子多次问仁，但孔子从未对仁下过一个定义，只是教弟子们怎么去做。勉强换算成现代语汇，就是教弟子们做到真善美。比方说"刚毅木讷，近仁也"。一个人是怎样便是怎样，哪怕呆头呆脑都没关系，如果刻意地表现，就是"巧言令色，鲜矣仁"了。子路是孔子的得意弟子，他穿着粗布衣服，同身着华服的贵人们站在一起，从容不迫，不卑不亢。孔子对此大为赞赏，认为这只有子路才能做得到。我想是他心中有仁，用不着拿外在的东西来文饰。这看似平常，我们大多数人未必做得到。我们在西装革履的阔人面前如果捉襟见肘，多半会露出窘态来。

　　仁的境界不是很容易达到的。孔子弟子三千，贤者七十，他从未说过谁成了仁者。颜回"三月不违仁"，已经很不错了。所以孔子叹道："吾未见好德如好色者也！"千古喟叹，遗憾无限；物欲之弊，于今为烈。人们难以达仁，不在仁的虚无缥缈，而是人们实在很难逾越声色犬马的欲壑。说到底,人总是俗物,很难真正达到仁的境界。世上是否有过真正的仁者,值得怀疑的。但人应常怀仁心,所谓"虽不能至,心向往之"。这便是"为仁由己"的意思,而且"我欲仁,斯仁至矣"!

孔子实在很通达,他知道要求所有人都成仁者,太不现实了。于是他退而求其次,又教人做君子。君子不一定就是仁者,但对仁应念念不忘。所谓"大德不逾闲,小德出入可也",这大概是对君子的道德要求吧。孔子的另一位得道高足子夏说,君子"望之俨然,即之也温,听其言也厉"。这或许就是君子的外在气度:看上去庄敬,叫人不敢轻慢;接近他又很温和,不是拒人千里之外;听他的言论,则严肃认真,使人折服。做到这一点,需要仁的深厚修养,不是我们经常看到的那种装腔作势。所以恪守仁道,自成君子。

孔子的学问不是人们误解的那样刻板,而是很活泛、很练达的。我们凡人学了,也大有裨益。比如同上司相处,孔子讲究平淡为宜。他说:"事君尽礼,人以为谄也。"这里教人谨守臣道,不必过于拘礼。可我又常常拿不准这话是否说得有理。现在那些做上司的,惟恐下面不敬,偏要有意摆出股威风来,你越是唯唯诺诺他越是感觉良好。你想让上司高兴,就不要怕人家背后说你是马屁精。孔子又告诫人们说:"信而后谏,未信,则以为谤己也。"但很多耿直的人并不懂得这个道理,他并没有进入上司身边的小圈子,却自以为无私无畏,就直言不讳,结果成了故意同上司过不去的人。须知如今你想讨得上司的信任,并不在乎你光明磊落,而是"功夫在诗外"。

许多人生道理需得亲历,甚至以一生的苦难为代价才能悟出,往往单靠读书是看不破的。可看破了又未必好,到头来洞明了世事精微,却消磨了英雄气概。

# 说一种历史逻辑

孟子尊为亚圣，后人没有不知晓的。而与孟子同时代的大学问家邹衍就鲜为人知了。还有苏秦，幸好他有勾连六国、合纵拒秦的事功才让后人记起，不然也会默默无闻的。可今人哪里知道，当时吃得开的偏偏是邹衍、苏秦之辈，孟子却是备受冷落。当时诸侯割据，战争频仍，一些学问人便游说诸侯，争相兜售自己的学说，以图济世救民。最风光的当属邹衍。他到梁国，梁惠王亲自到郊外迎接；去赵国，平原君侧着身子伴行，并用自己的衣服把他的座位擦干净；上燕国，燕昭王不仅恭迎到国界，而且亲自替他清扫道路。一个学问人，为何受到如此高的礼遇？原来邹衍谈的是阴阳玄妙之术，各国君主听了觉得高深莫测，几乎把他视若神人。苏秦讲的是攻伐之道，正是诸侯们安邦自保，或图霸天下所需要的。苏秦受到各国诸侯礼待，居然身佩六国相印。中国历史上，像邹衍、苏秦这么神气过的读书人没有几个。

可是孟子就可怜了。那位亲自去郊外迎接邹衍的梁惠王见了孟子，连先生都不愿叫，只叫他"叟"：老头儿，你不远千里到我这里来，不知你有什么办法为我国谋利？孟子得孔门真传，怎么会开口就是利？于是他回答说：为什么要讲利？有仁义就行了。孟子便把仁义之道说了一通，叫梁惠王但行仁义就够了。梁惠王哪里听得进这些东西？便以为孟子迂阔。

好在最后发言的是历史。受到万世尊崇的并不是邹衍，也不是苏秦，而是曾经落寞不堪的孟子。现世浮华与万世尊荣总是绞不到一起去，这似乎是条教人无奈的历史逻辑。现世总是势利的，只能让圣贤们备受苦难，正如唐玄宗感叹的："夫子何为者？栖栖一代中。"

孔子也罢，孟子也罢，他们不论生逢何世，命运永远不会好的。因为现实中的人们永远都是短视的。孔子的弟子子贡懂得经营之道，赚了不少钱，就连孔子晚年的生活也是靠他周济的。于是就有人拍马屁，说子贡的学问比老师的还要好。好在子贡毕竟是孔子高足，太了解自己的老师了，就对人说：你们哪里知道，我好比小门小户的房子，院墙太矮，人们一眼就可以看清里面的家当。所以你们说我了不起。而我的老师，就像一座富丽堂皇的宫殿，宫墙太高，人们不知道里面是如何的豪华高贵，而且你围着宫墙绕一圈，连门都找不到。我怎么可以同我的老师比呢？

有时我恍惚间会觉得自己正身处孟子时代。身边冷不防就会冒出个神人，虽说他们斗大的字认不得几个（更别说有邹衍的学问了），可他们却是风光不让古人。他们能够呼风唤雨、左右逢源，全因为他们有一套再实用不过的谋生手段。但是否也有人全然不顾现实的冷酷，在追求一种他们认为是高尚的东西呢？我想一定是有的。只是这种人不仅没有现世的荣华，还会被自命不凡的庸人看做傻子。

但历史自有它幸运的一面，总会有些人不在乎过眼烟云，他们来到这个世界只是为了天下苍生。譬如宋代大儒张载说的：为天地立心，为生民立命；为往圣继绝学，为万世开太平。人类也因此而总有光明。

# 越写越偏题

忽然想起那年在黄州赤壁见到的东坡老梅石刻,就像着了魔似的。那梅枝亦如东坡书法,用墨极满,很得神韵。也许是哪个月白风清之夜,东坡喝了几口黄酒,畅快淋漓,就画了这老梅。

黄州是东坡贬谪生涯的起点,之后他便越贬越远,直被流放到远离帝都的海南岛。想当初,他高中进士,乐坏了皇帝老子和皇太后,以为得此栋梁,天助大宋。欧阳修料定东坡必成大器,对这位后生极为推崇,还特嘱自己的子侄多同东坡交游,可以长进些。东坡本是写策论之类官样文章的大手笔,可他却手痒,喜欢业余搞点儿文学创作。其实即便是搞点儿创作也无妨,写些什么"东海扬波,皇恩浩荡"之类,朝廷自会高兴。可他却是心里有什么就写什么,被人揪住了小辫子,闹了个谤讪朝廷的"乌台诗案"。官便升不上去了。我景仰东坡,多半是因了他可爱的性情。官不当就不当罢,诗照写,梅照画,酒照喝。其实据我见到的史料,东坡本不擅饮的,只是常在诗文中过过干瘾罢了。喝酒是喝心情,东坡要的也就是酒能赋予的那份豪迈与狂放。读了东坡,便再瞧不起那类哀叹怀才不遇的愤世文字。

传说东坡降世,家山皆童。因为东坡占尽天地灵气,连山上的树都长不起来了。这自然是民间演义。可东坡的确太杰出了。就因他太杰出,便注定他终身颠沛流离,受尽苦难。东坡的主要政敌是王安石。王安石作为北宋著名政治家、改革家早已定论,那么东坡的形象似乎就应打点折扣了。可历史也罢,人生也罢,并不是用如此简单的两分法就能说清楚的。其实东坡不但诗文好,政声同样好。如今人们都还在凭吊他的杭州苏堤哩!他同政敌的过节,不过是政见不同罢了。东坡的所谓不同政见,其实就是主张不同的治国方略,同样都是为了国泰民安。可王安石就是容不下他。"乌台诗案"只是王安石们为整治东坡而蓄意搜罗的口实罢了。不能不说到另一位历史名人沈括,王安石的铁哥们。我真不愿意相信这位令人尊重的科学家,在生活中恰恰是个地道的小人。他曾是东坡的朋友和同事,却设下圈套陷害东坡。东坡任杭州通判时,沈括奉旨前往察访。临行前,神宗皇帝还特意交代他:东坡在杭州任通判,你要好好待他。可沈括对皇上也阳奉阴违。他见了东坡,做出老朋友的样子,喝酒叙旧,称兄道弟,硬要东坡送近作一首,做个纪念。东坡是个真性情的人,哪想那么多?于是欣然命笔,录旧诗一首。沈括回到驿馆,挑灯展卷,甚是快意。因为凭他科学家的聪明脑袋,立即发现苏诗中有讥讽朝政之意。也许他不得不暗自佩服东坡的好诗好字,脸上却阴险地笑着。于是,一个牵连到苏东坡近四十位亲友,一百多首诗的"乌台诗案",因沈括的告密而震惊朝野。东坡便大难临头了,下狱近五个月。幸好仁宗皇太后和神宗皇帝开恩,东坡才捡回了性命。不然,依那帮办案人员的意思,早被问斩了。那些爪牙们搜索枯肠,罗织东坡罪名若干,条条都是死罪。通常恶人只是双手叉腰做横蛮状,而他牵着的那条狗却是要咬人的。走狗看上去往往比它的主人更凶恶,这既是生活常识,也是历史规律。

如果不做严谨的考据，我真怀疑王安石他们真的就把自己的政治抱负看得那么重要。将自己脸上贴上堂皇的政治标签，其实满脑子私心杂念，此类人古今都不鲜见。也许嫉妒或忌讳东坡的才华，才是他们打压东坡的真实原因。东坡一路南流，诗文誉满天下。据野史记载，当时不管文武官员，还是白衣书生，都以能吟苏词为雅事。包括那些生怕东坡回京都做官的重臣们，也乐于收集东坡诗文，只不过他们也许暗地里做着这种令自己难堪的事。当时的文坛巨擘欧阳修，早在东坡刚刚崭露头角时，就坦言自己读东坡文，不觉冒汗。欧阳修是位难得的仁厚长者。但那些位居要津的二流、三流或不入流的文字匠们，越是喜欢苏文，就越是嫉妒苏才，当然不会让他回到皇帝身边了。因为当年东坡兄弟双双中了进士，仁宗皇太后欢喜得不得了，说为子孙找到了两个当宰相的料子。这话真是害死了东坡。暗地里等着想做宰相的人多得很哩，这里却明放着个宰相料子苏东坡，他不被大伙儿齐心拉下来才怪！东坡兄弟谁也做不成宰相，这是自然的了。仁宗皇太后说那样的话，整个儿就是政治上不成熟。他们老赵家重文倒是传统，政治上却总不成熟，不然赵宋天下怎么总是个半壁江山呢？

读书人总会怀念宋朝，因为赵姓皇帝对文人墨客实在太客气了。东坡最终未能得到重用，也不能全怪皇帝。皇帝不是一个人就能当得下的，总得大家帮着才行。皇帝有求于手下的重臣们，于是明知下面人的心思，有时也只好睁只眼闭只眼了。下面的人也看出了皇帝的心思，沈括们才敢告密。皇帝耳朵越软，告密的人就越多。自古就有很多人靠告密荣华富贵，也有很多人因为被人告密而祸从天降。更可叹的是，告密者总会不断告密的，一个卑鄙小人往往会陷害很多忠良。

想起了一个告密未成的例子，可惜是外国的。当年法国作家萨特总是激烈地批评政府当局，有人就私下建议应该把这个狂妄的作家投入监狱。总统戴高乐却说：没有人把伏尔泰投入监狱，萨特也不该进监狱。

其实戴高乐只说对了一半。伏尔泰年轻时因为思想激进，曾被关进巴士底狱。只是后来，他依然故我，却再也没有进监狱，尽管他的一些著作被政府列为禁书。伏尔泰的年代，在中国正好是清康乾年间。那年头文字狱闹得中国天昏地暗。伏尔泰倘若生在中国，只怕早被砍了头，哪能让他成为声名赫赫的哲学家、历史学家和文学家？那年代中国倒是出了个曹雪芹，聊可安慰。但曹雪芹只好用他中国式的智慧，苦心孤诣，在《红楼梦》中"忽南忽北，非秦非汉"地捉迷藏，玩玩"原应叹息""假语村言"的智力游戏，不可能像伏尔泰那样奔走呼号，启迪民众于蒙昧。中国毕竟诞生了曹雪芹，这是我们的幸运；但我们毕竟缺少伏尔泰，这又是我们永远无法弥补的遗憾。

于是中国只能按照中国的逻辑向前走。中国的历史逻辑都包含在浩如烟海的史书里。中国的皇帝是一代比一代聪明，只读过二十三史的皇帝不如读过二十四史的聪明，读了二十五史的皇帝自然又比前朝所有的皇帝都聪明了。想那梁惠王没读过什么史书，就比较幼稚，居然在孟子面前承认自己有个毛病，就是好色。梁惠王明知道孟子是个读书人，就不怕他把自己写进书里去？果然这位国王的好色之德就流芳百世了。我见过一位清朝皇帝选美的诏书，满纸"普选秀女，以广皇嗣"云云，皇帝老子的好色不再是毛病，而是国家大事了。而这个时候的皇帝，孟子也罢，东坡也罢，只怕都容不下了，尽管他们也吟着苏词，孟子仍然被尊作亚圣。

本来只想写写东坡的，却越写越偏题，成了这么一篇四不像的文章。

# 且说感恩节

中国大概是最懂得感恩的国度,虽不皈依基督,却好像天天都在过感恩节。滴水之恩,涌泉相报。投之以桃,报之以李。做个中国人,特别是在古代,一辈子都在感恩:从皇恩、养育之恩到知遇之恩,等等,真是感不尽的恩。似乎中国从来就是天堂,人们一生下来就沐浴在无边的恩泽里,一生一世只用感恩就得了。

皇恩是至高无上的,百姓终生都需感恩戴德。杜甫在安史之乱中饱受颠沛流离之苦,落魄途中却"每饭必思君恩"。老杜这话若不矫情,真的比任何宗教信徒的祈祷或功课都要虔诚。我就想不通,那位夜夜"绣鸾帐里度春宵"的李隆基对他杜某人何恩之有?又不知老杜在写"三吏""三别"时想到的是皇上的恩典,还是"春宵苦短日高起,从此君王不早朝"?白居易作《长恨歌》是多年以后的事了,那么老杜当年想的肯定只是皇帝老儿的好。想必这位郁愤满腹的诗人"闻道杀人汉水上,妇女多在官军中"的时候,愤恨的也只是官军无力抗敌,只知扰民,相信皇上仍是英明的。我倒是很赞赏清人袁枚的高论:"莫唱当年长恨歌,人间亦自有银河。石壕村里夫妻别,泪比长生殿上多。"明眼人一看便知,正是皇帝老儿醉生梦死,荒疏朝政,方才祸生"安史之乱",招致生灵涂炭。同天下千万对夫妻生离死别相比,他李隆基一个人长生殿上的凄惶又算得了什么?简直活该!如此皇帝,恩典何在?

但千百年下来,皇恩自是无所不在。古代那些文臣武将,尽管都知道死并不好玩,可若有幸被皇帝老儿亲口赐死,临死便要谢主隆恩,好像遵皇命而死,简直是几生几世修来的福气。若能让皇上赐给三尺白练或一杯药酒以全尸首,那真真是皇恩齐天了。叫你去死你都得感恩,天底下还有什么不是恩典呢?所以那些幸福地被皇上赐死的人,临死前讲的话总是千篇一律:来生来世,当牛做马,肝脑涂地!难怪嵇康被司马氏杀了,他的儿子嵇绍却忠心耿耿做着司马氏封的官,而且最终为皇帝护驾丧了性命,尽了人臣之大忠。想那嵇绍也许很得意自己的父亲是被皇帝老儿杀掉的,皇恩何其浩荡,哪有不尽忠的道理?那岳飞在风波亭前慷慨赴死,痛恨的也许只是秦桧之流,而对大宋天子也应该是感恩不尽的吧!叹只叹此生君臣缘尽,更待后世报效皇上吧!

从什么时候起,中国人只知道感恩了?想天下混沌初开,蒙昧未启,人与人谁也不欠谁的,可谓众生平等,当然也用不着老想着去感谢别人的恩典。可突然有一天,某个最强悍的人变得凶神恶煞,用屠刀征服了芸芸众生,将天下万物包括所有人的性命都记在他个人名下,据为己有。所谓"打天下""坐江山",真的说破了历代强人的霸道。中国从来没有不是打出来的天下;既然天下是那些强人打出来的,强人也就可以把江山放在屁股下面坐着了。不管如何改朝换代,无非是天下或者江山被人抢来抢去,无非是百姓头上的屁股换来换去。年月久了,被强人坐在屁股下面的人,将本属于自己的东西全部忘记了,甚至连性命都忘了是自己的了。这大概就是捷克作家米兰·昆德拉说的所谓群体遗忘吧!

人们早就忘记了自己,就只记得感恩了。老百姓的一切远在祖先的祖先那里就被人没收了,现在人家高兴了就给你一点,否则就不给,说不定还会把给了你的又收回去。你不知道被人家收回去的原本是你自己的,便不懂得生气;不知道现在获得的原本就是你自己的,便感恩不尽。譬如,偶尔有位皇上敞开言路,甚至恩准百姓可以上奏万民折,大家就感激得不得了,欣喜生逢盛世,天下归心,非要上个歌功颂德的奏章不可。却不知自己长着一张嘴巴,本来就是应该讲话的。更可叹的是些读书人,见皇帝老儿允许自己说话了,就忘乎所以起来,却不知世上没有不杀人的皇帝,结果误了卿卿性命。书生们枉送了性命之后,在阴间里或许还会因为自己"文死谏"而趾高气扬,从骨子里瞧不起那些"武死战"的,似乎书生比武夫死得体面,因而更蒙皇恩。再比方,哪位皇帝轻徭薄赋,人们更是欢天喜地,非齐声山呼万岁不可,其实这无非就是多榨少榨你的血汗而已。恰恰最没记性的是皇帝老儿,没准哪天他想起库银是否丰盈,又会一道圣旨下来收这收那,反正普天之下莫非王土。天下是皇帝老儿自家的菜园子,人家高兴扯葱就扯葱,高兴扯蒜就扯蒜。老百姓不必多管,但知感念皇恩就行了。

总听人感叹人心不古,可我见感恩美德却一如古风。有人自是快慰,我却讨厌。我并不是叫人们都去做白眼狼。知恩图报,不可谓不善。只是有些所谓的恩,分明是没来由的。一旦有谁坏了游戏规则,不但恩人再不待见你,只怕也不会再有别的人提携你,因为你忘恩负义,且不管你负的是义还是不义。当然,如今再没人公然标榜自己是某公门生,但谁是谁的人,大家心知肚明。如果谁真的以为自己的权力是人民给的,那是很迂腐可笑的。当然真要堂而皇之起来，还得把人民抬出来。我头上的领导是人民选举的，我这官位是人民选举的领导给的，那么我的权力当然也是人民给的。我管这类理论叫报纸理论，圆也圆得，扁也扁得。

官官感恩，自有道理。毕竟官员之间互利互惠，今天你感谢我，明天我感谢你。可是老百姓从来都是自己养活自己，却偏偏一直莫名其妙地要去感谢别人！看电视新闻，感觉就是天天在过中国式的感恩节。只要看见群众在官员面前作揖打拱不迭，我就反胃。此类新闻是怎么操作出来的我并不陌生，本不值得当真计较。奇怪的是在那些导演出来的新闻场景里，官员们那么心安理得、处之泰然，似乎他们真的以为自己就是广布福音的救世主。他们好像全然不知自己恰恰是百姓养活的，百姓才是恩人。

我知道自己这番言论是见不得大方的，衮衮诸公一定不快。饱学之士都说人和动物的根本区别在于人会使用工具，而动物只有本能；我却固执地认为人和动物的根本区别在于人的嘴巴除了用来吃饭还要说话，而动物的嘴巴除了用来觅食只会鸣叫。

# 君子与圣训

孔夫子郁郁乎文哉，满口君子小人云云。于是漫漫两千多年，国人大多争做君子，或者冒充君子；鄙薄别人为小人，或诬陷别人为小人。一部民族史，似乎便由众多君子和小人纠缠着向前演进。尽管小人从未绝种，君子却一直是这个民族猎猎作响的人文旗帜。千年古国也因为这面旗帜而增添些鲜亮的色彩。试问如果没有孔子，如果孔子不动辄君子小人如何，今天会是怎样一番景象？真的会像朱熹说的那样，"天不生仲尼，万古如长夜"吗？

然而仲尼毕竟诞生过了，而且自孔子以降，圣贤们谁都要捻着胡须说一通，就有了许多关于君子或小人的训诫。自古君子们又是最信奉圣贤之言的。比方"君子坦荡荡，小人长戚戚"，那些想当君子的人就去虚怀若谷，襟怀坦白；比方"君子生于忧患，死于安乐"，便引出些想当君子的人去苦其心志，劳其筋骨，先天下之忧而忧，后天下之乐而乐；比方"君子喻于义，小人喻于利"，就有许多愣头愣脑的人去一身正气，两袖清风；比方"君子修身立德，不因困穷而改节"，又惹得些瘦骨伶仃的读书人去穷且益坚,不坠青云之志。

君子们出尽了风头,终于有些人不自在了。这些人或许官至极品,权倾天下;或许怀才不遇,郁愤满腹;或许落草为寇,打家劫舍。但他们有一点是共通的:都觉得堂堂正正做君子太难受,却又怕被别人指为小人。好在他们都读过几句书,便遍翻圣贤之言,看看有无一字半句是替他们这些不想当君子的人说的。可是圣贤们在世时虽尊不及王侯,贵不及将相,说话却是金口玉牙,为小人撑腰的话居然半个字也没说。他们正发着圣贤的脾气,忽然有个人眼睛一亮,不知在哪本书上读到一句话:"无度不丈夫,量小非君子。"此人肯定很有学问,一口咬定那个"度"字应是讹传,原本是个"毒"字!于是他们相视而笑,连连称是。"无毒不丈夫,量小非君子"就这么成了圣训。虽然从来没有去考证这是哪位圣人说的,却被许多做腻了君子的大丈夫遵从着。理一直,气便壮。所以,欺骗更加无情,阴谋更加凶险,杀戮更加血腥。难怪古人发明了个很有意思的成语:心安理得。凡要做事,先得寻着个理儿;且不管这理是正是歪,只要让人心安就行。于是,征伐讲究师出有名,万一没有名可以凭空捏造;盗窃讲究盗亦有道,万一没有道可以强词夺理;做小人则要看上去像君子,万一缺乏遮眼术就假托圣人之言,大家心照不宣。

有一种协约,叫君子协定。那是体面的君子们不用在书面上共同签字,只需凭口头承诺而订立的协定。这种协定全赖君子们的高尚人格做担保,当然最靠得住了。可惜世界上最脆弱的协定便是君子协定。撕毁书面协定还得动动手,废弃君子协定只需变化一下口型就成了。朱元璋九五至尊,不可谓不体面,单是个君子之名加在他头上倒还辱没他了。朱元璋的幸臣解缙官居翰林学士,才高八斗,大忠大义,自然是个君子。他们君臣之间就有过君子协定。协定是朱元璋提出的:"朕与你义为君臣,恩犹父子,朕有什么不周之处,你一定要知无不言,言无不尽才是啊!朕将有则改之,无则加勉!"解缙感念皇恩浩荡,信守君子协定,恭恭敬敬地上了万言书,直言朱元璋政令多变,滥杀无辜;小人趋媚,贤者远避;贪者得升,廉者受刑;吏部无贤否之分,刑部无枉直之判,等等。朱元璋自然不舒服了,一直想发作,却碍着自己倡议的君子协定。终于读到了《孟子》上的一句话:"士诚小人也。"这原是齐人尹士愧言自己是小人的话,却被朱元璋断章取义了。于是解缙就大祸临头了。这话可有两种曲解:一是读书人诚实可靠就是小人;一是读书人确实是小人。不论依哪一说,解缙都是有罪的。偏偏有位更加聪明的读书人正给朱元璋讲《孟子》,把此话解释成:"读书人诚实可靠就是小人。"解缙又是读书人,又诚实可靠,就百分之百是小人了。语出《孟子》,亚圣之言,还有错的道理?本来朱元璋不太喜欢孟子的,因为这老头儿说过"民为贵,社稷次之,君为轻"的混账话。但"士诚小人也",不管这话怎么悖情悖理,这位皇帝老子还是信了。于是,解缙被罢了官。解缙毕竟才华卓越,在朱元璋之后他又侍奉过两代皇上。但他仍然执迷不悟地做着君子,所以屡被罢官,终于招致牢狱之灾,被活活冻死了。

不论哪一位皇帝,打天下的也好,坐江山的也好,他们同文臣武将也许都有过各种各样的君子协定。但皇帝们一个比一个聪明,因为越到后来他们越能集历代帝王术之大成;君子们却一直那么傻下去,因为他们一例地效法圣贤之道。所以朱元璋就比李世民聪明,解缙却比魏徵蠢。君子们多是斯文人,没有"武死战"的福分,就慨然宣言要"文死谏"。一代一代的君子就像飞蛾扑火般义无反顾。

可是如今,君子已经不君子,小人不怕做小人了。十多年前,有些腋下夹着公文包的体面人私下传阅着一本书,有时还凑在一起叽里咕噜，神秘兮兮。"真是一本好书啊，人在官场，不可不读！"原来那是李宗吾先生的《厚黑学》。这就叫人奇怪了。李宗吾先生如果知道自己的著作居然成了人们学习厚黑的百科全书，只怕会气得从棺材里爬起来。《厚黑学》先是被人暗地里谈论，后来一会儿公开出版，一会儿又被禁了。后来就放开了。这真是个知识爆炸的时代，一夜之间书摊上便满是什么《商场厚黑学》《交际厚黑学》《情场厚黑学》，好像中国留一个人不厚黑就不心甘似的。不知厚黑者们还有兴趣玩君子这个古老的游戏吗？如果还有此雅兴的话，那么"无毒不丈夫，量小非君子"便成了很有意思的方程式："无"字后面可视其需要，随意代入"厚""黑""贪""假"等变量。运用之妙，存乎一心。

君子既如此，小人看得明白，便不再脸红，不再胆虚，不再费心思为自己找什么圣训。他们偶尔也看见身边有真正的君子，就同几个意气相投者凑在一起，掩嘴而笑：让他做君子去吧。

盗贼们作奸犯科，从来不去想什么君子小人的大道理。他们常常深夜里撬门入室，在劫人钱财的时候，也伏在人家屋梁上顺便看到了许多人间闹剧，自然也看到了君子们黑夜里的做派。他们见识多了，发现天下不少君子同自己原是一类。这群人便欣欣然接受了"梁上君子"的雅称。

# 告别英雄

从来都说时势造英雄。时势者何？乱世也！英雄辈出，必然血雨腥风。相反，英雄无用武之地，实是苍生享太平之日。又所谓成也英雄，败也英雄；更所谓成者为王，败者为寇。那么，王也英雄，寇也英雄。

秦始皇扫六合而吞八荒，可谓顶天立地的大英雄。他的头是怎么顶到天上去的呢？原来他脚下垫着数百万生灵的头颅。史载，秦国破韩，斩首二十四万人；灭魏，斩首十三万人；败赵，斩首四十五万人；而杀人十万以下忽略不计，史家算账真是阔绰！须知当时华夏大地人口并不多，几万几十万地砍头，经不得几下砍的。难怪百姓古来自称草民！其命如草，割了又长！庆幸中国百姓命贱，不然早被英雄们砍光了。

成功了的英雄，哪怕成就了霸业，仍然还要杀人的。秦始皇活埋儒士三百多人，这不是简单的杀人，而是搞文化事业。历代开国皇帝，登基后要做的头等大事，就是大杀功臣。不管是否帝制，只要是专制，概莫能外。哪怕治平之世，杀人仍是家常便饭。比方要开疆辟土，比方要削藩平乱，比方要搞文字狱。君王们需有这些文治武功,才配得上英主尊号。此等成者英雄,被正史、野史和民间传说渲染千百年之后,神武直追天人,叫野心家效法,让老百姓敬畏。也许最敬畏这类英雄的,反倒是皇帝们最爱杀的文化人。康熙、雍正、乾隆很重视文化建设,他们的重大举措首推砍文化人脑袋,杀戮之酷更甚于秦始皇。但是现在的文化人或许同当年被杀的文化人没有血缘关系,才把这三位皇帝捧为千古难寻的圣明之君,单说他们是英雄还嫌大不敬。我们只要打开电视机,就会看见康雍乾们龙行虎步,威风凛凛,爱戴之情,油然而生。

败了的英雄,远古如蚩尤、夏桀、商纣,晚近如李闯王、洪天王。远者古渺难考,近者如洪天王,史料汗牛充栋。洪秀全本想认真考个功名,做做官的。可是他资质太差,多次科考都名落孙山之后,最终精神失常,幻想自己是上帝之子,理应君临天下。于是装神弄鬼,纠合些愚顽无赖之徒,横行天下,打家劫舍。但凡洪秀全的所谓义军到过的地方,无不流血漂橹,哀鸿遍野。洪天王和他的太平天国英雄了十四年,而死于英雄伟业的百姓当以百万计算。仅石达开兵败大渡河,就有十万喽啰灰飞烟灭。不管死掉的是"天兵"或是"清妖",无非是张大娘的儿子杀死了隔壁李大娘的儿子。此类同抢龙椅有关的战争,成与败,正与邪,都只是所谓英雄们的事,百姓们只有流血的份儿。

汤因比眼中,英雄无异于野蛮。他说:蛮族驰骋在前一个文明的破碎山河之间,享受了一个短暂的"英雄时代",但是这种时代没有开辟文明史的新篇章;尽管蛮族的神话和诗歌热情赞颂这种英雄业绩,几乎使后人无法弄清历史真相。汤因比作为历史学家,他的目光是冷峻的。他承认蛮族从历史舞台上清扫了僵死文明的碎片,但他作为英雄存在的任务仅仅是破坏。困扰中国历代王朝的五胡乱华,匈奴人席卷罗马帝国,蒙古人马踏欧亚大陆,等等,都让野蛮人拥有过昙花一现的"英雄时代"。而野蛮的"英雄时代",则是文明社会拱手奉上的。倘若文明社会自己没出问题,蛮族是不大有可能趁势而入的。倭寇之患,明清为盛,就因为古老帝国自己渐渐露出了可欺负的地方。这里似乎走了题。我不管哪种文明优劣与否,只是排斥涂炭生灵的英雄们。

或许拉登们也正在创造着英雄时代?不管汤因比是否将英雄时代打上引号,我关心的只是流血。我怀疑一切嗜血如狂的所谓英雄。某种意义上讲,21世纪是以邪恶的方式开辟纪元的。战争作为人类最残酷的游戏,原本仍是有规则的。而拉登和他的"9·11"事件把这种罪恶游戏之中残存的一点点儿人性的东西都破坏了。本该神圣的宗教被亵渎,虔诚的教民被蛊惑,不论老人、妇女和儿童,都被送到了枪口之下。充当人肉炸弹残害无辜的宗教狂徒们,竟被拉登和萨达姆们赞赏为英雄。

老百姓不需要冷血杀人的英雄,他们只想过太平日子。文明理性的社会,只有芸芸众生,只有安静平和,只有爱和自由,只有对勤勉无私的国家管理者的尊重,没有英雄和对英雄的崇拜。

# 钱水说

我在拙作《国画》里有段关于钱和水的议论，先抄录于兹：

荆都人把钱叫做水真是耐人寻味，因为钱同水的共通之处还真不少。你活在世上缺不得水，也缺不得钱；如今钞票贬值得厉害，大家都说钱成了水；钱多的人花起钱来就像流水，钱少的人把钱捏在手里也能捏出水来；有手段的人赚起钱来，钱就像水一样往他口袋里流；没门路的想挣口吃饭的钱，就像走在沙漠里的人很难喝上一口水；你的钱太少了同水太少了一回事，不是渴死就是饿死；你的钱太多了，钱也可能像洪水一样给你带来灭顶之灾。

其实把钱叫做水，不是我的虚构。我的老家，但凡感觉潇洒的一类人，通常口不言钱，言必称水。而且钱的计量单位也被替换了，百千万就是担杆方，百元以下的票子是忽略不计的，十块的票子被称作兵，颇有不屑之意。这只是近十几年才冒出的新词条。对钱如此不当回事，似乎是人们都富得流油了？倒也不是。

但总有些人富了，对钱的潇洒感受，先是来自这类人。就像广东人这些年富了，广东话也就成了时髦，我老家也就有越来越多的人跟着富了的人学，也管钱叫水。

中国人对钱总显得有些害羞。比如读书人硬要把稿酬叫做润笔；吃了别人的，满嘴油光光，但就是不肯说让你花钱了，偏要说让你破费了。尽量避着那个"钱"字，就显得风度了。是否中国人就不喜欢钱呢？显然不是，只是不太愿意放在嘴上说而已。其实不太愿意说钱的，多半是在尴尬场合，比如给有些官人送钱的时候，或是有些官人张口问别人要钱的时候。

有位圣明之君说过，水能载舟，亦能覆舟。但时下有人偏忘了这话，只记住那句水涨船高的俗话了。这句俗话在他们那里其实是句隐语：钱多就能做大官。多次见报纸披露，某些地方的官位是明码标价的。当然，当大官也就能赚大钱。君不见，腐败排行榜，刷新再刷新。但终究，水涨和船高都有限度，弄不好就会樯倾楫摧，船沉汪洋，万劫不复。

猛然记起明清白话里的一个词：人事。那会儿，人们把行贿赂、通关节送给官人的银子叫做人事，真有意思。古人是否早就料到，几百年后，他们的后人会把专司用人的工作叫做人事呢？祖先们真是幽默。

# 几个真实故事

北方农民想象毛主席的日常生活是这样的：毛主席天天坐在天安门城楼上晒太阳，江青就在城楼上架了纺车纺棉花。毛主席抽屉里的麻花糖一年四季不断，江青每天纺的棉花比农村妇女多远了。人家手艺好，不然毛主席看得上？我这是从别人书里看到的。

我自小长在南方乡下，耳闻目睹很多好玩的故事。都是真实的，都有南方特色。稍加梳理，忍俊不禁；静而思之，大义存焉。

"土改"时，驻村工作队都是北方人。北方话南方人听不明白，很多话又是从没听说过的官话，故而误会多多。敝乡称北方干部讲的话为解放话，而这解放话又被引申为空话、大话、套话。这都是后话。单说"土改"时，有回开会，工作队长操着北方话，字正腔圆：大家回去都要找差距，明天准备发言。"差距"和"发言"，老百姓就是闻所未闻的。只知那纺车上纺锤中间那根生铁做的轴，叫车株，南方话读作"差距"。这就不明白了，明天开会要带车株去干什么？"发言"大家都听成了"发盐"，那会儿盐正紧缺。共产党说自己是来帮穷人闹翻身的，一点儿不假，开会还要发盐。次日，去开会的农民手里都拿着两样东西，一根车株，一个钵子。

抗美援朝，中国人民志愿军雄赳赳气昂昂，跨过鸭绿江。志愿军，老百姓大多以为是支援军。顾名思义，去支援朝鲜人民嘛。粗通文字的，理解力自然强些，就说"志愿"与"支援"是同义词。有人还作了考证：毛主席为刘胡兰题词，"生的伟大，死的光荣"。这里面"的"字，就是"得"的意思。他老人家学问好，就喜欢用同义词。干部作抗美援朝动员，大讲美国总统杜鲁门之坏。有回会上提问，谁知道杜鲁门是什么东西吗？贫下中农大眼瞪小眼，半天没人接腔。有人终于壮了胆，答道：我知道，杜鲁门是个乌脑壳鸭公。干部哭笑不得，问：怎么说呢？这人回答说：我儿子是初中生，他知道的东西多。我家养了十几只鸭，只有那只乌脑壳鸭公讨厌些，喜欢乱跑。我儿子老是拿土坨打它，边打边骂，你这个杜鲁门！你这个杜鲁门！

老百姓的政治觉悟越来越高。有年，县里一位干部被打成"右倾机会主义分子"，下放我村劳动改造。老百姓根本不知道他犯了什么错误，只知道他是坏人，就仇恨他。某日，大队开会，集体开餐。不知什么原因，直等到大家饭都吃完了，那位"右倾机会主义分子"才去食堂。一食堂打饭村妇，义愤填膺，破口大骂：你这个鸡窝鸡窝分子，这个时候才来，哪有饭你吃？这鸡窝鸡窝分子笑笑，只好夹着饭钵子往回走。

有些年月，老是忆苦思甜。生产队晚上开会，人未到齐，大家就一遍一遍唱："天上布满星，月亮亮晶晶。生产队里开大会，受苦人把冤申。"拿现在的话说，这歌很是煽情，有人真的就唱得眼泪汪汪。大队支部书记正好是我们生产队的，我们队的政治活动自然丰富多彩些，群众觉悟当然也高些。支部书记有个女儿,喜欢唱歌,很有觉悟。有回,她同别人发生了争论。人家说那句歌词是"止不住的辛酸泪",她硬说是"支部书记分三类"。有人问她:你爸爸是哪一类呢?她说:我爸爸当然是最好的一类。

言必称语录,亦有好玩的故事。一日生产队分谷,某户分得很少,同队长吵了起来。队长说,毛主席教导我们说,按劳分配,多劳多得。那人回道,毛主席说,吃饭是第一件大事。我家不能没有饭吃。队长说,毛主席说,要克服懒汉懦夫思想。按工分计算,你家只有那么多谷。那人说,毛主席讲,你要吃饭,我也要吃饭。队长说,毛主席讲,你偷懒,就饿死你。争来争去,两人吵架的话全成了毛主席语录。又有某日,大队护林员抓了个偷砍树木的,要处罚他。两人争执起来。正好公社书记来了,严厉喝道:毛主席说的,不准乱砍滥伐。不料那护林员听了,脸色通红,支吾半天说:书记,他先乱砍,我才乱罚。我是最听毛主席话的。

"批林批孔"期间,有个经典段子,家喻户晓:林彪披着马克思的大衣,带着一群臭老婆,偷了毛主席三只鸡,跑到蒙古吃早饭。怕年久失考,解释如下:林彪披着马克思主义外衣,带着叶群臭老婆,偷乘三叉戟飞机出逃,摔死在蒙古温都尔汗。这个段子明显是群众口头创作的,太过精致。我亲自见识一个故事,异曲同工。某日晚,大队召开群众大会,主题说是要剥开林彪的三张画皮。哪三张画皮,我当时年纪虽小,却记得十分清楚;时过境迁,现在一张都记不得了。但有位村妇的发言,我字字铭记在心。那村妇因家务太忙,饭都没来得及吃,怕扣工分,端着饭就跑到会场来了。台上坐的是县里来的干部,正讲得起劲,忽见下面有人居然端着碗饭听他讲话,大为感动。立即指着这位村妇说:像这位社员同志,觉悟很高,我们请她发个言,批驳林彪的三张画皮！那村妇哪敢上台！大队干部硬是把她推了上去。她凑到话筒前，忽然愤慨起来：我没文化，话讲得丑。我说林彪，人心不得足，卵毛不得直。他就一儿一女，要那么多被子干什么？还偷了毛主席三床花被。我家去年大儿子结婚，才置了一床花被，红缎子的。

正是"批林批孔"那几年，公社组织全体共产党员去韶山瞻仰。一个老党员，"土改"根子，作风很过硬，党性特别强。他在火车上小解，不会开厕所门，把自己关在厕所里老半天。列车员发现了，才把他放了出来。一路上，党员们都拿这事开玩笑。这位老党员总是憨厚地笑。回村后，党员们就忘了这事儿。有天，一位党员忽然想了起来，就说了这个笑话。不料那老党员勃然大怒：党内的事情，到外面乱说！

同样是"批林批孔"那几年，广播和报纸上经常见到两句话：四体不勤，五谷不分。这两句话是专说孔子的，他老人家只知道读死书，不参加劳动。有回生产队分谷子，一懒汉工分少，分的谷子自然就少。他找队长论理，说：毛主席说了，吃饭是第一件大事。你不给我口粮，就是反对毛主席。队长说：毛主席说了，要克服懦夫懒汉思想。你四体不勤，我就五谷不分！队长按照这个理由，就是不多分谷子给那个懒汉。

我能记住的年代最近的此类故事，是关于反击右倾翻案风的。生产队长去公社开了一天会议，当晚就召集全体社员传达。事情重大，过不得夜。队长脸色铁青，说起话来嘴皮子不停地颤。可见他气坏了：社员同志们，那个邓小平，掀起了右倾翻案风，胡说什么金不如锡。这不是把我贫下中农当个卵在弄吗？金子和锡哪个值钱，未必我们都不知道了吗？他硬要混淆是非，颠倒黑白，把日头讲成月亮，把黄牛讲成驴子，说金不如锡。社员同志们，我们一千个不答应，一万个不答应。我不知当时有没有人清楚,"金不如锡"其实是"今不如昔"。反正会场气氛严肃,没人吭声。

多年没在乡下待了,不知有新的故事诞生吗?这些年城里倒是不断有新段子问世,荤素兼备,雅俗皆具。这些段子尽管很具原创性,但斧凿痕迹太重。不如那些乡下故事,就发生在生活里,不是现编的。

# 禁止女人养公狗

男人坏了，总赖女人。贾宝玉明明自己是个花痴，从小落下个爱吃胭脂的毛病，尤其爱吃妹妹们嘴上的。可他老娘偏要怪他身边的女孩子：好好儿一个宝玉，就叫你们给调唆坏了！金钏儿白白地死了，就因宝玉舔了她嘴上的胭脂。女人被男人调戏了，便是有罪，自然该死。苍蝇不叮无缝的蛋，真是天经地义。道理很简单：金钏儿嘴上要是没涂着胭脂，宝玉怎么会去舔呢？该死的当然是金钏儿。

我不知道杨贵妃到底做过多少恶，但单单她是女人，偏偏长得倾国倾城，恰恰独霸"三千宠爱"，她就活该缢死马嵬坡。就因"六军不发无奈何"，她就只好"宛转蛾眉马前死"了。我想纵然是现代信息社会，很多神秘女人同神秘男人的故事都是云遮雾罩，古人对宫禁之内闺阁之事何以知晓得那么详细呢？其实古人不用知道太多，他们只要听说一个皇帝宠着一个女人，那么，这个皇帝几类商纣，美人无非妲己。别的道理都不用多说，历史绝对如此写了。

中国毕竟进步了，女人不再是祸水。新闻秀才们从来都很具语言天才的，他们曾经创造过"铁姑娘"之类极具后现代美感的名词，近年又创造了个"廉内助"，由此派生的便有"廉嫂""廉母"之类。但凡雌性，前面加个"廉"字，便能熏陶出大批廉洁的雄性物种。前几年，华夏大地，廉嫂辈出。母性伟大，足可见证。可是母性们还来不及飘飘然，逻辑毛病出来了：未必男人变贪了，便是女人调唆的？退万步讲，也是女人没教好他们啊！原来，绕了个美丽的弯子，仍是把女人当祸水！

女人抱怨人类至今没有走出男权社会，好心的男人也帮着女人如此吆喝。既然仍是男权社会，天下大事，首当其冲，便是男人。何以出了麻烦，就拿女人抵罪呢？恰如一棵树，叶子黄了，或因水涝，或因干旱，或因病虫，此类真实原因不找，偏拿叶子出气。如此，这棵树只有死路一条。幸好没人糊涂到"廉嫂治国"的地步，不然廉嫂也要年年讲、月月讲、天天讲了。说到天下大事，自是痼疾甚多，病根当然不在男女之辩。

鲁迅时代，北京当局禁止妇女养公狗，据说有伤风化，极不健康，应坚决取缔之。可见女人之祸水，不仅荼毒男人，还会殃及公狗。先生闻之，大为恶心，著文讥讽。不知北京当局是否就允许女人养公狗了，未可详考。十分准确的证据是：现在中国妇女养狗早没有雄雌限制了。可见历史真是进步了。但是，想起十几年前，有的地方曾经颁发文件，禁止男性领导干部配备女秘书、女司机，有些滑稽。此份好玩的文件，考虑的仍是公母问题，却不见有母性据此状告有关方面剥夺了她们的就业权，而且侮辱了她们的集体人格。我自愧不如先生，闻之只敢莞尔。

# 假装无耻

我一听别人骂朱熹心里就特别高兴。对于这个终生倡导"存天理而灭人欲",实际却是"存自己的天理而灭他人人欲"的人,我心里是颇有些不恭的。所谓"是儒生也,是道学也。儒生道学,是伪者也"。朱老先生名气太大,他的伪君子风范,自古叫人赞好。

朱熹的事,除了他是理学大师,主张正心诚意,克己复礼之外,隐约还知道些其他。比如,当年他在提举浙东刑狱任上,眼馋那位美貌有才的营妓严蕊。可是人家严蕊名花有主,爱的却是老先生的同事,台州知州唐仲友。严蕊虽是个妓女,却颇忠实自己的感情,坚决不从。朱老先生一怒之下,向皇帝赵扩递上奏章,弹劾唐仲友。又以有伤风化罪将严蕊关进大牢,严刑拷打。大有"我摸不得,谁敢去摸"之气概。又比如,他要别人摒弃一切私欲,自己却照样寻欢作乐游戏人生。他那"须酩酊,莫相违,人生如寄,何事辛苦怨斜晖"之句,真是直抒胸臆。又比如,他六十多岁时还娶了个小妾,心中不胜得意受用,大写"不淫不艳"的香艳词。你老头子只要身子骨受得住,再多娶几房小妾别人都没话说,可你别满口天理人欲之论呀!

我喜欢看金庸武侠小说。《笑傲江湖》里的岳不群,我以为写得很好。岳不群这个人是伪君子里登峰造极版,其伪善本领令人叹为观止。他不像朱熹那样多少有好有坏。以我私下之见,朱熹实在是坏多于好。但他多少还做了一点文化学术工作。岳不群却是恶到极致的大坏蛋。他除了伪善,还集邪恶、阴险、冷酷、凶残于一身。可他又无时无刻不以百分之百的大好人面目出现,就连他使的剑法都叫"君子剑"。我因为痛恨岳不群,连带张纪中版的电视剧《笑傲江湖》里演岳不群的那个演员都不喜欢,看见他就讨厌。真是殃及池鱼。

我常识里,大多无耻的人都要费尽心机假装出不无耻。假装不无耻还不够,还得费尽心机假装高尚。因为无耻毕竟被人类的正面情感排斥,引为非类。昭白自己无耻,无异自绝于正人君子者流,也不方便继续无耻下去。这些人无耻,但至少知道无耻是耻,所以要"伪"成君子。因为是君子才好混下去,才更容易升官发财。

一日朋友来访,我俩不免清风明月之下,煮水烹茶。朋友是世中高人,属于"大隐隐于市"之类。茶兴好,谈兴亦好,于是说起时下新闻。说到新派武侠小说大师,七十七岁的金庸老先生,不日将上南岳,发起一个真正的"五岳联盟"。我与朋友年轻时曾围炉夜话,拿金庸笔下的武功比武过招。后来知道金庸并不懂武功,小说里那些招数纯属杜撰,不胜伤心之至。我们于是乘兴乱谈,说让这个人当盟主,那个人当盟主。我说,不管谁当盟主,只要不是伪君子岳不群就行。说起往日少年心性,我同朋友大笑不已。

从前之所以人人争当君子或伪君子,只因为头上顶着块君子招牌,不但人模人样,而且荣华富贵。你不要荣华富贵都不行,躲都躲不掉。你逃到深山老林里,皇帝老子还要放火烧山逼你出来，硬要把高官厚禄给你。朱熹这位大君子，历事高宗、孝宗、光宗、宁宗四朝，最高的官做到焕章阁待制兼侍读。老先生死后还被追为太师，谥信国公。他如果不当君子，何来这些好事？朱熹者流刺激得人人争当君子，当不了真君子就当伪君子。一旦有了君子名，坏事做绝都没有关系了。

世上是否有真君子，或者君子是否真的可爱，我不想多说。我看到的事实是，现在连伪君子都找不到了。何也？君子这块招牌不吃香了！现在要成大事，不无耻还真不行！所谓"真小人，大丈夫"是也。做什么伪君子？多累呀，还得装。我就是小人，我就是无耻，少来那些扭扭捏捏，装腔作势。我本色，我真率，我直截了当，一发中的。我以我之无耻横扫世界，喝令三山五岳开道，我无耻着来了。你看，多酷啊！我想金庸老先生这回上南岳搞"五岳联盟"，盟主应是任我行。任我行承认自己是坏人、混蛋，谁奈他何？

侯宝林先生有句话很实在：这世上毕竟坏人占少数，好人也不多，不好不坏的占多数。

尴尬的正是这不好不坏的多数，君子做不了，伪君子不想做，全然无耻更没那勇气，怎么办呢？只好假装无耻。

君子曾经吃香，伪君子便大行其道；无耻成了品牌，假装无耻风行天下。假装无耻也有各式各类，不能一概而论。有的想靠假装无耻出名发财，比方有的作家，硬要把自己说成妓女或嫖客，他们赌咒发誓，证明他们写的就是自己的生活，那才是真人性，才是文学的本质。他们真敢这么无耻吗？我不相信！不是他们不会无耻，不想无耻，而是他们根本就没有胆量这般无耻。真让他们无耻看看，说不定就是个银样镴枪头。可是多数人的假装无耻，却是迫于无奈。他们内心其实非常敏感和自尊，却处处碰壁，处处被嘲笑。只好也一脸漠然，假装无耻起来。

# 直面人生

我少年时颇以鲁迅先生的话自许。鲁迅先生说,真的猛士,敢于直面惨淡的人生,敢于正视淋漓的鲜血。我并非锦衣玉食中长大,饥饿和磨难司空见惯,早已默认了这就是人生,除了硬着头皮去直面,又能怎样?

大学时曾和男女同学一起出游。走在闹市街头,常常遇见衣衫褴褛、形状奇异的乞丐,女同学往往大呼小叫,捂眼搥胸,惊吓之余颇有悲伤之情。我负责帮她们把钱币丢进乞丐钵。这些淑女们有怜悯而无胆量,不敢也不忍走近这些浑身臭烘烘的乞丐。

有一回也在闹市,春和景明的四月天,阳光普照,熙来攘往。我在街头漫步,想着自己一肚皮的心事,忽见一小男孩,五六岁年纪,蓬头垢面,细弱的脖子上顶着一个大脑袋。他突然把胳膊伸到我面前,呻吟着说:打发点子啰。我一看,那男孩子黑黄的小手腕上生生插着一把刀,四五寸长,伤口红肿化脓,真是惨不忍睹。我顿时面目青黑,心里只有满腔怒火,恨不得这个世界刹那间轰然毁灭。

四十岁后，少年时自许的直面人生的勇气反倒越来越少。初生牛犊不怕虎。不谙世事的少年凭着一腔血气直面人间苦难也许并不难。可人间的辛酸是醋，时间久了，多硬的心肠也会被泡软。那天看中央电视台的节目《艺术人生》，采访的嘉宾是王姬。谈到她的儿子，王姬几次泪流满面。王姬说，我老了，真的，所以我现在总是爱哭。可是我要像过去一样，把眼泪逼回去。

我佩服王姬的坚强。直面人生外在的苦难需要勇气。直面自己内心深处那一点不可告人的浓黑阴暗，不回避，不讳饰，在静穆与沉默中不调转头去，也许需要更大勇气。普天之下，我真不知有几人能真正做到。卢梭的《忏悔录》实在坦诚大胆，但还是被揭发有许多劣迹没有交代。我真正佩服的只有鲁迅。他那把解剖刀不仅无情地解剖着古老中国麻木愚昧的灵魂，更是毫不留情地解剖着自己，袒露出内心的绝望、颓败、彷徨、狭獈、猜疑和阴暗。涓生的自私冷漠，吕纬甫的沉沦颓唐，《人力车夫》中"我"身上的"小"，哪一个不可以看做鲁迅的自我剖析？人心内在的惨淡和淋漓鲜血更令人触目惊心。坦率地说，我没有鲁迅的勇气。面对自己的内心，总有一些角落我是不敢看、不忍看也不能看的。我有时真的无法面对真实的自己，实在无可逃避，只好闭着眼睛硬着头皮说一声：我没看见，我不是这样的。

我想人生再怎么直面，怎么铁面无私，总有苟且的时候吧，不然怎么活下去呢？有一句话说"英雄到老皆皈佛"，这话就有苟且的意思。已经杀人如麻了，到老皈佛又有什么意义？无非是给自己无可逃避的内心找一条退路罢了。2003年9月，曾下令暗杀埃及前总统萨达特的恐怖组织创始人祖赫迪被释放了。祖赫迪五十一岁，已在狱中服刑二十二年。据说他在狱中大彻大悟，忏悔不已。他神情凝重地说："萨达特总统是烈士"，"杀害无辜的人是不允许的"。我当然不想怀疑祖赫迪的诚意,可是我并不会因此就忘记了使萨达特成为烈士的就是他,现在仍然令人恐怖的本·拉登就是他的徒孙。

# 仁勇与忧惧

近日突然特别想读周作人的诗。以前是读过的，读过便忘了。那时还年轻，对他那一套"人生一饱原难事"，"且到寒斋吃苦茶"的话并不懂，也不耐烦去想，觉得滋味寡淡得很。近来这两句诗倒时常浮现在脑海里。我有很长一段时间对周作人颇不屑。我崇拜鲁迅。鲁迅对他的两个弟弟，尤其对周作人的爱护近于妇人心肠。周作人对鲁迅却很不够意思。兄弟失和是鲁迅心里的隐痛。而伤害鲁迅是我所不能容忍的事。何况他写的那些谈茶喝酒的文章在当时的我看来都是失了血性，更何况他后来还当了汉奸。我全然忘了周作人在五四前后也曾经是"凌厉浮躁"的一员猛将。

周作人的《五十自寿诗》共有两首。其二曰：半是儒家半释家，光头更不着袈裟。中年意趣窗前草，外道生涯洞里蛇。徒羡低头咬大蒜，未妨拍桌拾芝麻。谈狐说鬼寻常事，只欠功夫吃讲茶。

谈狐说鬼，坐道论佛总应该是老年人的事。老年对世事已经看透，看破，已经放弃，绝望，故而只对非人世的东西感兴趣，借以消遣时日，以度残年。周作人却在四十岁时就写出以"清""冷"为底色的《雨天的书》，走到"冲淡平和"的路上去。他写《五十自寿诗》时，正是1934年1月。再过三年，抗日战争就要爆发。国难当头民族丧乱，他置于眼前而不顾，却津津有味地羡慕咬大蒜拾芝麻，难怪一时责难鹊起，成为众矢之的。只有林语堂出来为他辩护，说他是"寄沉痛于悠闲"。林语堂此说并非虚妄。周作人自己就说过，忧惧的分子在他的诗文里由来已久，所谓"忧生悯乱"是也。知弟莫如兄。鲁迅也在给曹聚仁的信中说，周作人的自寿诗，诚有讽世之意，然此种微词，已为今之青年所不憭，于是成为众矢之的。

文人美女，历来负有亡国之责。美女亡国已是共识，且为人神所共愤。妲己褒姒杨玉环是也。文人因为一首诗，一首词，一部小说而成为乱世罪羊的，不光古时如此，现在也未见得不是这样。区区几个文人美女，就得担当起救国或者亡国的重任，我等泱泱大国里的十几亿子民，自然只须袖手以观。无怪中国自古以来有那么多麻木的看客。

周作人所说的忧惧，我颇有同感。人生诸种情感中，我觉得忧惧是最为深沉真切的两种，与生俱来，挥之不去。对人生爱之愈深，忧惧之心愈切。而且，不仅是为过去已经发生过的历史忧惧，更为现在与未来而忧惧。说句危言耸听的话，我真后悔有了孩子。不为别的，只因为我，我们，不但不能给他们创造一个美好的未来，甚至将世界保持现状都不能。我们的孩子们，也许将不得不在一个没有清新空气，没有绿色森林，没有纯洁水源的地球上生活，更不说生存竞争的惨烈，战争和未知的疾病。我们既不能为孩子们的未来负责，只有眼睁睁地看他们挣扎，而我们的心里除了忧惧以外，还能有什么？

孔子说，仁者不忧，勇者不惧。鲁迅便是这样的仁勇之人吧。虽然他对国人世事一样的绝望，但他始终能有韧性地战斗，这正是他的伟大之处。周作人的绝望就只有逃避和自嘲了。这自然是弱者之为，但也算是一种人之常情吧。

# 在路上

这几日,我无端地对自己惯常的生活状态产生了怀疑。每日忙忙碌碌,不是在键盘上飞快打字,就是在餐桌上觥筹交错。很多时候,朋友打来电话,问我在哪里,我多数的回答是:在路上。

我总在路上。去开会,去赴宴,去赶飞机,去赶火车。风尘仆仆,步履匆匆。我在尽最大努力想做好每一件事。

可是,我这几天突然问自己:我如此如此,最终目的在哪里?这种忙碌和疲惫难道就是我真正需要的生活?

不知道别人怎么看堂吉诃德的,我其实很佩服他。一个瘦骨嶙峋的半老头子,穿一副破烂盔甲,拿一根生锈长矛,骑一匹劣马"驽辛难得",带一个又矮又胖饶舌愚笨的仆人桑丘,凭着几本中世纪骑士小说做精神养料,便义无反顾冲向了广阔的原野,与风车巨人作战,与酒囊魔鬼搏斗,抢囚犯,上魔船,还真心实意沉浸在一段浪漫热烈的爱情中,为那位想象中的公主杜尔西内娅小姐相思得"肝肠撑断"。堂吉诃德毫不犹豫地为自己创造了一个充满冒险和传奇的世界。旁观者看来,他的世界虚幻可笑。

可是对于堂吉诃德，他的世界却实实在在。如此理解堂吉诃德，这位自以为神勇无比却十分荒唐可笑的浪漫骑士就不愧为一位伟大的现实主义者。他主宰了自己的命运，他以最荒诞的方式给自己的生命赋予了意义。

堂吉诃德以一种虚构的方式创造了自己的现实世界，实现了他的梦想。他不仅知道自己内心真正需要什么，而且知道应该怎样去做。世俗的价值观对他毫不起作用。一次又一次的头破血流恰好成了骑士精神的有力证明，成了这条冒险经历的必由之路。正是荒诞和失败造就了这位英雄，成就了他的光荣和骄傲。

博尔赫斯说过，如果虚构作品中的人物能成为读者或观众，反过来说，作为读者和观众的我们就有可能成为虚构的人物。这种假设一旦成立，那么，现实世界和虚构世界就完全可以互换，犹如一个人能在镜子的两面随意出入。堂吉诃德轻而易举进入镜子的另一面。他清楚地知道镜子的另一面意味着什么。他果决地进去了，勇敢而又浪漫地拯救了自己，于是成为堂吉诃德。当然，他本可以有另一种命运：老老实实规规矩矩待在家里，陪神父和理发师聊天，挠自己脚板心的痒痒，安安心心地做他的"善心人"阿隆索·吉哈诺。然而如此，他不过是一个百无聊赖，坐等老死的糟老头而已。

我早已从镜子的一面走到另一面了。我再也不是原先的自己，因而有人说我有些堂吉诃德的意思。我不在意这是赞赏还是揶揄。尽管有时迷茫，但我知道自己只能走在自己的路上。我没想过重新回到镜子的另一面，再去虚构一次别样人生。

# 奢侈的失恋

歌曰：爱情是场感冒，烧退了就好了。年轻人哼着这首歌，有些油腔滑调，有些心不在焉，有些玩世不恭，有些下意识或无意识。他们好像不再用脑子思维，只用五官和手足；或者干脆就蔑视思维，感官刺激比思维更加撇脱和实惠。时下行为艺术多是笑料，他们便都是前卫的行为艺术家。这个种群好像有个时髦的称谓：哈韩族。他们通体韩服肥大得恐怖，双肩包当单肩包斜挎着，在大街上摇头晃脑，簇拥而过。我望之头皮发麻，侧身避让。我明白，自己真的老了。

有旅日学者回国，同我说到村上春树。她说日本仍有很多严肃作家，认真从事着纯文学写作。他们靠出版文学作品根本没法生存，但他们令人敬重。而那些通俗文学作家，往往被人看成低俗者流。村上春树例外，他既是位通俗文学作家，又是位颇负声望的思想家。他的书好销，人也不掉格。我闻之神往：效法村上春树多好，腰包弄得鼓鼓的，羽毛又梳得光光的。村上春树的青春小说，少男少女少妇和少爷气的成年男人都爱看。据说他的每本书在日本都要印到几百万册以上，在中国也要印几十万册。中国作家同每位同胞一样，实在穷怕了，顶顶重要的是先把肚子塞饱。谁以为中国作家计较稿费就有辱斯文，我便恨不得扇他个斯文的嘴巴。他们自己捞起钱来可以六亲不认，却要老子去斯文。呸！这个"呸"字是跟鲁迅先生学的，还嫌斯文了些。依老子脾气，就得用上国骂。

想学村上春树，却苦于自己青春不再；贩卖往日青春，又怕没有市场。夫人在高校从教，便求助于她。她说，青春嘛，无非是爱情和忧愁。可是现在的大学生，没有爱情，也没有忧愁。

怎么可能呢？记得在《参考消息》上看到一则报道：俄罗斯有个成年男子让一名十一岁的女孩怀孕了，警察当局要追究那男子的法律责任。不料小丫头挺身而出，说，不！这一切都是爱情的结果！我看罢忍俊不禁。可眼下说中国大学生已没有爱情了，我不敢相信。人家俄罗斯乳臭未干的小女孩都懂爱情，中国人怎么了？难道男女之事都有个中国国情？夫人笑曰：现在年轻人，谁说失恋了，会被讥为老土。他们没有失恋，无非是换个人做爱而已。失恋，已经是种很奢侈的事情了。

可我仍是懵懂。没法躲避的激素、加了添加剂的食品及带激素特质的影视文化，催得孩子们早熟。幼儿园的小朋友已学会了争风吃醋，小学的调皮男生背地里给男女同学配对儿，大学校园的情侣们按日韩电视剧的经典姿势热烈拥抱，如此如此，怎么就没了爱情呢？

然而说起早熟，年轻人又有意见了。祖先们不更加早熟？往远了不说，单说光绪皇帝大婚，册立一后二妃，他最宠爱的珍妃才十三岁。依现行法律，这位皇帝要以强奸罪论处。再说那皇后，小小年纪，就得母仪天下，真神人也。那么中学生、大学生就不可以拉拉手，搭搭肩，做做爱？怎么就是早熟了？

看来，他们仍是有爱情的。然而，他们的爱情只是感冒。感冒本来有多种体征，有的咳嗽，有的头痛，有的喷嚏，有的畏寒，有的发烧。而据说他们这种感冒，通通只是发烧。有种特效药，患者自备，注射几次，烧就退了，病就好了。这让我想起一个真实的故事。当年我们村有个女知青，长了满脸青春痘，问怎样才能消掉。生产队长说，往脖子下面三卡的地方，打针西林油，就好了。有两处需做训诂："卡"是本地方言，大拇指和食指用力叉开为一卡；西林油是20世纪70年代通用的注射液，白色黏稠如牛奶，患爱情感冒症的这代人没见过。没想那女知青是个傻大姐，真的就收腹挺胸，卡将起来。才卡到两卡，发现上当了，哇地红了脸，大骂队长流氓。如此说来，那位生产队长原来很前卫的。

爱情本来就是种稀有元素，人类开采了几千年，早已所剩无几了。据说在中年男女那里，还有些许储存。但也不是富矿，就像乱开滥采的小煤窑，百孔千疮。中年女人的爱情会遭何种境遇，我没法臆测；中年男人，冷不防就会碰上尴尬。有回在饭桌上听某女说，她向一个四十多岁的男人发了个暧昧的手机短信，本是玩笑，他却当真了，弄得很不好意思。她的结论是，别同四十多岁的男人开感情玩笑，他们会信以为真的。我听罢自嘲：男到中年，就得让小丫头片子当猴耍了。

正写着这篇文章，听说一位朋友最近又失恋了。我这朋友，说他风流倜傥，义薄云天，并不溢美。因为事业成功，自然老是恋爱。我曾经同他开玩笑：一个人谈点恋爱并不难，难的是一辈子谈恋爱。他听罢诡谲而笑。他最近这次恋爱，始末我都见证了。他爱得像模像样，并不只是年轻人的感冒，简直是病入膏肓。所以他就真真实实地失恋了。真是奢侈，他居然抛开朋友，独自去了个遥远僻静的所在，面对崇山瘦水，玩他的失恋去了。这时节，那朋友去的地方，应该开满了杜鹃花。他应知道杜鹃啼血的典故，真该换个地方去凭吊爱情。

世界上怕就怕"认真"二字，中年男人就最讲认真。我的又一位兄弟，说他前几年读《廊桥遗梦》，居然嚎啕大哭，状同京剧票友吊嗓子。我听着虽是大笑不止，心里却淡淡的酸楚。谁让我们都进入中年了呢？却又想起某女奚落她的男友：你就看什么《廊桥遗梦》了，早着呢！看看那对男女，我竟有些不屑，你们中年之后，只怕什么梦也遗不了！

有人编了本书，好像叫《正在消失的词语》，很有意思。我想若干若干年后，汉语如果还有幸存活着，也许会收录这么一个词条：失恋，不常用词，指古人类具有的一种特殊心理现象，即男女交媾一段后不再往来，一方或双方感觉头昏、失眠、厌食、精神萎靡，少数人伴有自杀反应（见不常用词"殉情"）。人类这种心理现象同爱情、友谊、真诚等在大致相同的历史时期逐渐消亡。

# 被平均的大多数

王小波先生有篇文章叫《沉默的大多数》,流布很广,文章标题似乎已成流行概念,具备了某种社会学意义。我一直琢磨着一个问题,经济学意义上的,可我又不懂经济,不知该怎么表达,猛然想到王小波先生的妙文,便把这个问题用"被平均的大多数"以概括之。

我说自己不懂经济,原话是想说自己不是经济学家;但怕经济学家说我不自量,便改口说自己不懂经济。经济学家,我是敬而畏之的。我认为当经济学家,首先只怕数学要好,而我在小学时代数学是吃过零分的。我说自己不懂经济,总不至于招来攻讦吧?不懂却不装懂,在中国多少还算是美德:知之为知之,不知之为不知,是为知之。

绕口令似的闹了半天,我还没有说出自己琢磨的是个什么问题。不是故弄玄虚,而是我有些胆怯。这牵涉到命题或定义,又是我不能面对的难事儿。什么叫做"被平均的大多数"呢?我不善于用学理性语言来抽象出某种概念,只好用文学性语言来形象地描述。比方说,当我们说中国人均绿化面积达到了多少时,东南部的中国人在葱茏的树荫下惬意地纳凉，西北部的中国人照例只能在沙漠和戈壁里艰难地生存。假如决策者满意了这样的平均数，觉得中国的植被比撒哈拉大沙漠好多了，绿化工作不要搞了，要腾出手来干更重要的事情，那么，西北部的中国人就是"被平均的大多数"，因为从版图上看，中国植被恶劣的地方远远多于植被良好的地方。

我的所谓"被平均的大多数"，只是为了表述起来不至于太拗口，其实要使概念周延些，还应加上些修饰："被平均概念忽略和损害的大多数。"我前面举出绿化的例子，仅仅只是为了描述概念时不流于干巴。事实上，中国的大多数人，他们生活的方方面面，包括经济收入、存款、住房、汽车、粮食，等等，都被各种公报、统计、讲话、学术文章"平均"着。大多数人被"平均"了，他们就幸福了，就美好了，就离小康社会不远了，就哑巴吃黄连有苦难言了。谁敢说出苦来，退回去二十年，罪为诉社会主义苦；现在说是可以说，说了也白说。也许平均的概念，在经济学上有大义存焉，但对于被平均的大多数，毫无意义。倘若有意义，我们何不跳出狭隘的爱国主义圈子，进入国际主义大家庭呢？放眼世界，我们就可以把比尔·盖茨的财富也拿来平均，均摊在我们头上，我们不更幸福了？有资料表明，世界上二百二十五位首富的财产加起来，几乎等于全球五十亿穷人年收入总和的一半。这五十亿穷人，中国占多少？我没法弄清楚。我可以断定的是把这些富人的财富都拿来平均，中国人均财富必然高出一大截。如此如此，中国的大多数更幸福了。

中国农民应是被平均的大多数中的大多数。中国权威的经济学家、政治家和所有文化层次高的体面人士都会指出，农民身上的致命弱点就是平均主义。我不知道这种说法的理论源泉在哪里，却可以明确地正告这类人：你们在胡说八道！农民们的很多诉求，其实只是最低限度地要求公平与公正，却被扣上平均主义的帽子，翻身不得。我们这个社会几乎形成一种恶俗而市侩的思维定式：但凡说到农民，就贬之以农民意识，具体来说就是平均主义。无非是农民贫穷，而穷人往往是说不起话的。他们同时又是王小波所谓沉默的大多数。农民如果动动脑筋，肯定愤愤不平：指责他们平均主义的人，正是拿平均概念向他们描绘海市蜃楼的人。如此对待农民，几乎有些阴险了。近些年，不料先进的工人兄弟也遭遇了农民同样的命运，他们嫌自己工资低了，而企业老板动辄席卷国有资产，工人兄弟便告状、检举、上访，因此也成了可耻的平均主义者。

谁说社会财富没有增加，肯定是造谣；谁说被平均的大多数非常幸福，肯定是撒谎。大多数人并没有因为社会财富被平均了，就摊到他们头上去了，他们就拥有了。那么被平均掉的财富哪里去了呢？被代表了。1949年以后，除去阶级敌人不算，中国人只有两类：人民和代表人民的人。如今据说阶级敌人在总体上已被消灭了，中国人就只有纯粹的两类了：大多数人和代表大多数的人。

所有概念都是代表人民的人或代表大多数的人发明的，人民或大多数人就只有无所适从的份儿。比如某位人民去官府办事，遇着代表人民的人态度不好，便质问：你不是为人民服务的吗？代表人民的人便会义正词严：难道你个人就是人民吗？这位人民只好认输：我不能代表人民！于是似乎成了这样的逻辑：代表人民的人只为代表人民的人服务。这种时候，人民是抽象的，代表人民的人是具体的。需要人民的时候，人民就具体了。当是时也，必有宏文昭告天下，动员全体人民群众积极行动起来，云云，平时比方抗洪，战时比如御敌。

有个最虚伪的礼仪，全球通行的国际惯例：为某某干杯！酒

183

都进了干杯者肚子,同某某有什么关系呢?假如某某在场,毕竟也喝了口酒,多少有些醉意,见这么多人为自己干杯,好不得意!最冤的很多时候某某并不在场或者已经作古,人们却举酒为他干杯。举杯的人酒足饭饱,同某某是没有半点关系的。

# 比尔·盖茨内疚了

中国有个传统,不知有没有道理:只要说到富人,就想到为富不仁。这个词的意思,不知是说富者因不仁而富,还是说为富之后就不仁,或者两者兼而有之。反正是贬义。比如石崇,西晋时候最有名的大富人,居然胆敢与皇帝舅舅比富,把皇帝舅舅比得灰溜溜地下不了台。此翁何以成为富人的?成语说巧取豪夺,石崇却是只任豪夺,连巧取的脑筋都懒得动。当年他任荆州刺史时,公然劫掠往来客商。做官做到石崇的胆量,真叫人服了。他巨富之后怎样呢?修一座富丽堂皇的金谷园,宴客时用美人劝酒,客人不饮则诛杀美人,居然可以做到连斩六人而不眨眼。

富人既为富不仁,仇富的心理也就油然而生。你凭什么富?你富得没有道理!你没有权利富!所以中国历史上,农民起义大多以"均贫富,等贵贱"为口号。乡里则把吃大户看做理所当然。侠客们最大的美德就是劫富济贫。不光中国如此,连阿拉伯人都说了,富人死后要进天堂,比一匹骆驼要穿过针眼还难。

可人心就是这样奇怪:富人名声如此不好,却是人人都千方百计想富起来,甚至可以不择手段。当然也有富人想改变自己的形象。俄罗斯曾有托尔斯泰伯爵,好端端地突然要把土地分给农奴,弄得好些农奴不知所措。美国钢铁大亨卡内基的座右铭是:富人在道义上有义务把他们的一部分财产分给穷人。最有意思的是当今世界首富比尔·盖茨,据说他的资产已有四百三十亿美元。在过去四年里,他捐献给慈善事业的财产达到二百三十五亿美元,相当于他现有净资产的百分之六十。

可是,比尔·盖茨却并未因此就树立起一个美好的富人形象。相反,可怜的他动辄得咎。他捐一亿美元给印度人做抗艾滋病研究,有人说他只是为了获得免税权。他给学校捐献电脑和个人电话,有人说是在变相做广告,向下一代推销自己的产品。舆论的威力真是不可思议,众口铄金,积毁销骨。比尔·盖茨被各种说法弄糊涂了,他在回答哥伦比亚广播公司记者的采访时说:确实,我对于自己拥有如此巨额的财产,多少感到内疚。

比尔·盖茨将自己财产捐出百分之六十之后,居然内疚了。也许这正是经济学家们说的财产伦理在作怪吧。但是,这种财产伦理可能只对比尔·盖茨这样的人有制约力,中国的富人们才不管那么多哩。有资料表明,中国百万美元以上的富人已超过二十三万人,富人之多在亚洲仅次于日本。富人自是越多越好,但中国有些富人是怎样富起来的,虽属商业秘密,公众还是能够窥知一二。只不过话语权是跟着财富跑的,普通老百姓知晓再多内幕也只能在茶余饭后发发牢骚。当然,同富豪们发财内幕相比,普通老百姓看到更多的还是这些人的阔绰。比如,位于北京国际饭店旁的"贡院六号"房产,每平方米售价六万人民币,普通老百姓听了不敢相信,却被富人们一抢而空。现在正在强势宣传的北京观唐别墅,平均售价是每平方米二千五百美元,都懒得用人民币计价了。比如,目前世界上最大的豪华轿车销售市场不是美国或日本,而是中国。宾利轿车最低价八百多万人民币,在中国供不应求。又比如,北京某饭店最低消费两万元人民币,每日门庭若市,不事先订座还吃不着饭。

我们无权批评富人们的奢侈。人家钱是自己赚的,他们想怎么花就怎么花。哪怕他的钱不干净,只要没有东窗事发,我们还得向人家学习致敬哩!当然,所谓学习致敬,只是上头号召的。但是否应该向胸口别着红花的富人学习致敬,没有人征求我们意见。要我们学习致敬可以啊,可他们总得有值得我们学习致敬的地方啊!说个简单的事实:2003年非典期间,中华慈善总会共收到捐款七百七十多万,其中只有一个富人以个人名义捐了二百万人民币。如此泱泱大国,富人财产如此之巨,当国家面临那么严峻的灾难,收到的捐款竟然只有可怜的七百多万元,富人捐款仅一人而已!

# 别拿学问吓唬人

我看见有些官员递上的名片，上面署有博士、硕士、教授之类的头衔，总是不以为然。不光政客们喜欢拿学术头衔装门面，企业老板们也颇好此风。曾有位公司老总给我递上名片，上面竟有博士、硕士头衔五六个，差不多抵得上胡适先生了。

历史上做官又做学问的人，真实动机也许并不是"代圣人立言"之类，而是装点门面，好让自己的官越做越大。当然，如果真的既能做官，又能做好学问，自然是好事。可惜这样的例子很少见。

孔子说"仕而优则学，学而优则仕"，后人望文生义，理解成学问做得好的人就去做官，做官做得好就须不断学习。这完全是误解了。这句话说的"优"字，并不是优秀的意思，而是多余、富余的意思。优者，渥也，裕也。孔子的本意是说，做官做得好，如果有多余的能力，可以做做学问；读书读好了，如果有多余的能力，就去做官。

可是，中国自古做官的人，既想当官享受现世的尊荣，又要立言梦想千秋万代。其实，真正做学问有成就的，都是专心只做学问的。鱼与熊掌很难兼得。清代做学问的官员不少，而真正在学术史上留下遗产的，无非就是清初顾炎武、黄宗羲、王夫之、万斯同等不肯效忠清廷而潜心学问的人。就说万斯同，他不肯做清廷的官，既不应试科举，也不应试博学鸿词。后来，因为清朝要修明史，万斯同由于故国情怀，才答应入清廷明史馆。但他拒受任何官禄，以布衣之身撰修明史。他编著有《明史稿》五百卷。但是，当时的明史馆总裁王鸿绪却命人将万斯同的著作重新抄录，署上自己的名字，上呈康熙皇帝。一个不学无术的官僚，靠偷书就成了大学问家。当时还有个学界大师级人物叫徐乾学，官也做得很大。但是，他的《读礼通考》，也是万斯同捉刀而成的。李光地这个人物，因为在电视剧《康熙王朝》中颇费笔墨，很多人都知道。他也是当时十分显赫的学问家，号称理学名臣。望文生义便可明白，所谓理学名臣，既是学问家，又是大官儿。但是，李光地的学说完全承袭宋明旧说，老调重弹，全无建树。李光地死后，雍正却称他为一代完人。雍正并不蠢，李光地是何许人也，他肯定也看得明明白白。可皇帝老子为什么要睁着眼睛说瞎话呢？都是御人之道的需要。帝王需要按照自己的标准和想象塑造模范大臣形象。

有句老话：百无一用是书生。如今的官员们曾经都是书生，至少大学毕业，硕士、博士也不少。他们原本并非"百无一用"，而是学有专长；可一旦在政府机关打磨些时日，大脑内存就只剩几句官话了。久而久之，百无一用。一海归博士自京师来，相约叙话。饭局间，博士每每说自己是学者，而非官员。常人说自己是学者，有骄狂之嫌；官员说自己是学者，则是谦虚了。暗中有个逻辑：官员谦虚，便成学者。可见，官员到底比学者高级。席间难免论及有关人事，但凡说到某某官员，博士必说这个人是我的好朋友，我们吃过饭。其实，我觉得此君更愿意我们把他看做官员。于是想起一位前辈的调皮话，套用之：此博士必定在官人面前作学者状，在学人面前摆官员谱。此类书生，纵使出身哈佛、牛津，也枉然了。

# 不知道又如何？

早几年，媒体拿李玟不识岳飞说事儿，无非是说明星文化素质太差云云。最近，因为央视《同一首歌·走进雷锋故乡》在长沙开唱，有媒体采访台湾第一美女萧蔷，据说又闹了笑话。原来萧蔷说她"好像认识这个人"，结果再次招来有关明星素质的非议。

如果硬要将这类笑话往明星素质上扯，自然说得出千万条理由，这些理由我只怕也是很同意的。但是，纵使我们对李玟、萧蔷们的所谓素质表示再多的不屑，又有什么意义呢？仍是中国那句老话，一方水土养一方人，港台欧美就生产李玟和萧蔷，谁奈之何？那些地方并没有因为生产出了李玟和萧蔷，经济就萧条了，社会就混乱了，人心就不古了。一个美国人不知道岳飞，一个中国台湾人不了解雷锋，太正常不过了。反过来说，一个中国人想不知道麦当娜和施瓦辛格，想不知道华盛顿和林肯，还真的很困难。你去街上拦两个人，一个中国人，一个美国人，考考他们，肯定那个中国人知道美国的事儿多，那个美国人知道中国的事儿少。我们可以凭此依据给这个中国人和这个美国人的素质下结论吗？

这话题往深处说，的确很伤国人面子。可这是事实。离开民族自强，文化自恋或自大，都是徒劳的。谁也没有理由笑话别人不知道自己，而应想想别人为什么不知道自己。我碰巧从电视里知道，中亚某国脱离苏联以后，因其石油储量丰富，百姓生活比过去好了许多，该国总统先生就觉得自己很伟大了。他撰写了一部著作，全面阐述该国民族、历史、宗教、政治、文化各个领域，发行逾百万册。据称这部巨著已被当做该国的精神宪法，就连公民考驾照都要学习。该国曾发射了一颗人造地球卫星，但这项壮举既不为军事目的，也没有经济目的，只是为了把总统的光辉著作带入九天作太空旅行。也许在这位总统的臆想中，他的著作不光是人类最优秀的文化，而且应该让宇宙人都知道。可是很遗憾，这位总统和他的国家，包括他的著作，在外鲜为人知。我只是很偶然地听说了这个国家和这位总统，而且全当笑谈。但是，如果依照我们对待李玟、萧蔷的态度，全世界人民的素质都成问题了。

　　退一万步讲，某些人物再伟大，某些文化再先进，我们也有不知道的自由。比方李玟和萧蔷，她们是艺人，倘若她们不知道唱歌，不知道跳舞，不知道演戏，那才应该脸红。分外的人和事，她们可以不知道。谁有权强迫别人必须知道什么呢？只有那位中亚某国总统之类的人，他们事实上是在推行文化专制和话语霸权。正像说话是我们的权利，不说话也是我们的权利；那么知道是我们的权利，不知道也是我们的权利。

　　曾经有过一段历史，我们不仅被剥夺了说话的权利，也被剥夺了不说话的权利；我们不仅被剥夺了知道的权利，也被剥夺了不知道的权利。当年背不出"语录"的人，就得接受惩罚，岂不是连不知道的权利都被剥夺了吗？也许，我们争取不知道的权利比争取知道的权利更有意义。因为我们如果真的被剥夺了不知道的权利，谁都会沦为罪人。史鉴不远，绝非危言。

# 从女娲到女祸

中国最早的神应是女娲,《山海经》里说,女娲长得人面蛇身,日夜七十变。《说文》十二云:"女娲,古之神圣女,化万物者也。"可见,女娲最大的功绩是抟黄土造人,创建各种文化业绩,比如炼五彩石补天,置神媒,制笙簧等等。女娲之功德可说是上达九天,下至地府。

女娲那神圣光芒所照耀的便是辉煌灿烂的母系时代。若干若干年后,子虚乌有的未庄有位绝对真实的阿 Q 先生,他的崇高理想是要什么有什么,喜欢谁就是谁。可是在女娲之神庇佑的母系时代,女人们早就实现了阿 Q 式的男人们从未遂愿的理想。那时的女人们,拥有绝对的财产控制权、婚姻自主权、家庭分工权。真的是"要什么有什么,喜欢谁就是谁"。

不知是哪天,女娲时代就变成了"女祸时代"。一切似乎来得太仓促,女人还没来得及在历史上留下自己的声音,就无影无踪了。我们现在所知道的有限几个女人,只有害得商朝亡国的妲己,害得周幽王丢失社稷的褒姒,害得陈国覆亡的张丽华,害得唐玄宗仓皇西逃的杨玉环。

孔子时代，大概女人已经很坏事了，老夫子摇头叹息说：唯女子与小人为难养也。"女人祸水"这话不知是谁发明的，流布甚广，几成公理。认同这话的，不光男人，更包括绝大多数女人，尤其是儿子讨了媳妇的年长女人。几乎所有妈妈教育自己的儿子都会说：远离漂亮的女人，那种女人是狐狸精、美女蛇，轻则害人，重则误国。不知功高盖世的女娲，为何偏偏要长得人面蛇身。或许正是神的先知先觉，她早已预见了自己若干世之后生必然演变成害人误国的美女蛇吧。中国的传统便是国破家亡，美女抵罪。男人们的勇武所在，就是为了天下苍生而把女人勒死，譬如唐明皇。男人们成就自己丰功伟绩的通常伎俩就是让祸水女人们去死，尽管他们慷慨地赐予女人们节妇烈女的名分。

神威无比的女娲到哪去了呢？北岛有诗说："人民在古老的壁画上默默地死去，默默地永生。"用这话来描述女娲时代的消亡倒也很恰切。但即便是绘在壁画里永生的女人，也是被扭曲了的。西方曾有学者写过一本震撼了历史界的书，叫《中世纪前没有儿童》，说在中世纪前，没人意识到儿童原来是个独立存在的特殊群体。我们同样可以说，中世纪以前的西方也没有女人，因为"she"这个词直到12世纪才发明。中国女人就更悲哀了，"她"字直到1920年才被刘半农先生在《教我如何不想她》这首诗里发明出来，比西方晚了七百年。

据说有些目光敏锐的人士已经看到，女祸时代悄然结束，女娲时代卷土重来。国际上亦有类似女娲时代的说法，谓之"她时代"。上个世纪末，美国方言协会作过一个调查，评出21世纪最重要的一个字，就是"she"。又据说，有位台湾的男性研究专家宣称，上海已进入"准母系社会"，并为之击节称快。他们发现，现在的女人，主持家政的是她们，驰骋江湖的也是她们。倘若真是如此，我想今后书写历史的也必然是"她们"。我没法想象，在"她们"书写的历史里，男人又会是个什么面目呢？

# 浮世与浮想

我曾说过我无法优雅。生在 20 世纪 60 年代的乱世，于饥饿贫困中长大，青年时代又颇有点济世匡民的想法，虽屡屡受挫，也慢慢认识到自己的确虚妄可笑，但心里最关注的仍然是现实，有时不免瞋目发指，那时我就更加优雅不起来了。

我却很向往清明平和的境界。我以为优雅是一种外在的姿态风度，可以由环境熏陶和后天训练而得，无关乎内在灵魂。戈培尔下达杀人命令时正优雅地欣赏着巴赫的音乐。而清明平和则是一种理性智慧的人生态度。这种境界颇有禅意，说到底就是能放弃，在滚滚红尘中毅然抽身而退。这几天我读夏目漱石的散文随笔集《梦十夜》，从他病中所作的杂感《浮想录》，领略到的也是这个意思。

夏目漱石曾是极端愤世嫉俗的作家，他的长篇处女作小说《我是猫》对人世的病态丑恶极尽讽刺，笔调辛辣，真叫"猫眼看人低"。他本名夏目金之助，笔名漱石，取《世说新语》中孙楚"漱石枕流"之语。这本是很清雅的，他的性格却阴郁、愤懑、神经质。年逾不惑之后，他得一场大病，从此一改往日性情，慢慢变得平和清明起来，这倒有点符合"漱石"的本意了。

《浮想录》其实就是病中日记。他这样说到在病中写俳句和汉诗时的心境："我平日迫于事务，连简便的俳句都不作，至于汉诗，因为太烦难，就更无从着手了。惟有像这般远远地打量着现实世界，杳渺的心底不见半点滓碍时，俳句才会自然而然地涌出，诗也乘兴以种种形式浮现。这样，回顾起来，那段日子实在是我平生最为幸福的一段时期。"

夏目漱石的俳句和汉诗写得怎样我无从评价，因为我于这实在是外行。我所能领悟到的却是他病中所写那些俳句和汉诗中蕴含的意境。像"谛听蟋蟀声，想来已数夜"，"日日山中事，朝朝见碧山"，"伫听风声骤，落叶孰先凋"这样的诗句，便只有一个"静"字在里头。这样的浮世，人能够真正静下来实在谈何容易，风鸣虫唱也许声声在耳，心里却听不见。他的另一首诗"秋风鸣万木，山雨撼高楼。病骨棱如剑，一灯青欲愁"我很喜欢。钱穆曾论王维诗"雨中山果落，灯下草虫鸣"两句，称此中有诗情画意，深入禅理者，是作者的冥心妙悟，达于无我而有我的化境。夏目漱石这首诗却是物我各各分明，又各各相安。外面世界自然风稠雨骤，我也是病骨嶙峋，但内心并无焦虑恐惧抱怨。此时青灯之下那种愁，是一种淡淡的，清如水的愁。所谓平和清明的人生态度，其实就是一种"灯下青欲愁"的态度吧。

人生的得失真不知该怎样定论。夏目漱石的大病何尝不是上天送给他的礼物。上天使他在病中解脱了一直纠缠着他精神心灵的痛苦，离开浮世的挣扎奋斗，以放弃而获得内心的清明平和，身心俱清。我以前想，青壮年言放弃，不是矫情，就是未老先衰。只有老人才能如此，才应该如此，才有权利如此。而今我正当壮年，倒颇羡慕起这种境界了。虽不能至，心向往之。

然而作为批判现实主义小说家的夏目漱石，我又不知他这种平和清明的态度，是幸还是不幸了。

# 关于屁股

如果文雅些，应该把屁股说成臀部。可是，我敢打赌，大多数人想到这个部位的时候，脑子里浮现出的词肯定是屁股，而不是臀部。同样是碳水化合物，肉长在不同的地方，竟分出高下贵贱来。可见人的虚伪或市侩无处不在，乃至不能公平地对待自己身上的每一块肉。既然如此，要让人公平地对待别人，当然不太容易了。

屁股便由精神到肉体彻底地被歧视。腹中浊恶，喷薄而出，本与屁股无关，偏要诬赖其为屁。于是，屁股便莫名其妙地有了臭与脏的精神形象。言人不堪，则说："算个屁！"话不中听，则是"放狗屁"！事不关己，则"关我屁事"！如此种种，乃是对屁股的精神虐待。欲责罚人，则打屁股。自古至今最日常的责人之法都是打屁股，而古时候打屁股还是正儿八经的刑罚。屁股只要存在着，总有被打的危险。屁股所承受的肉体折磨，不知何时是个终了。

自然法则是用进废退，物竞天择。怎么就不见屁股争口气，稍稍进化些，长出犄角或坚甲，挨打的时候也许好受些；或者干脆长出两个拳头，也去打打别人，以雪千万年羞耻。然而，屁股竟是这般无用，肥嘟嘟呆板板沉默不语，哪怕忍不住放屁，也是惟恐有人听见，尽量遮掩着。真可谓哀其不幸，怒其不争！

但是，我突然明白屁股缘何甘愿为屁股了。原来天下诸多好事，终究是要屁股来受用的。屁股最原始的功能，就是坐。而坐，很多时候不但是享受，而且是待遇、身份、地位。与尊者相对，尊者坐，贱者立。尊者让你坐下，你就欣欣然，陶陶然。你去做客，主人首先就是请你坐下。如果主人只让你站着，几句话就打发走人，你会很没有面子。那等堂而皇之的场面，坐就更有讲究了。坐主席台上还是坐主席台下，坐前排还是坐后排，坐左边还是坐右边，坐中间还是坐角落，位置不同，天壤之别。很多人就为着屁股能往哪块地儿上放，费尽心机，使尽伎俩，甚至连小命都搭上。他们终其一生的奋斗，都是为着屁股。看人贵贱，明里看脸面，实是看屁股。屁股有无专役之物，人则分出尊卑贵贱。尊者贵者，座位便是宝座，别人不敢觊觎；车马便是座车坐骑，专供一人独享，别人不得眼红。屁股之尊，直逼九五。千古英雄纷争，狼烟不断，干戈铿锵，血流成河，白骨如山，无非是有的人想把自己的屁股往龙椅上贴！

人欲作无为之状，竟然也靠屁股发言。比方坐山观虎斗：不充英雄，袖手旁观，总没错吧？但是，一屁股坐在那里看别人杀得昏天黑地的，绝非良善之辈。他们看上去深藏不露，韬光养晦，其实是静候良机，蓄势待发。而其所谓的发，照样是靠屁股说话：坐收渔利，坐享其成，坐地分赃，直至坐江山。

人往高处走，水往低处流。人到最高处，又是屁股出来威风，此所谓坐大。凡坐大者，若是流氓，则出入招摇，马仔喝道，杀伐无忌，自称义士；若是教主，则旌幡扬扬，装神弄鬼，满口谎话，竟为教义；若是政客，则金口玉牙，蛮不讲理，狂语梦呓，亦成圣旨。

199

# 皇帝其实都知道

　　康熙讲究所谓以宽治天下，曾对大学士们说过一番话，大意是说，治国宜宽，宽则得众。若吹毛求疵，天下岂有完人？康熙还举例说，赵申乔任湖南巡抚的时候，大小官员都被他参劾过，难道全省没有一个好官？官之清廉只可论其大方面者。张鹏翮居官很清廉，但他在山东兖州做官时，也曾收过人家的规例钱。张伯行居官也清廉，但他刻了那么多书，而刻一部书非花千金不可。这些钱哪里来的？只是朕不追究而已。两淮盐差官员送人礼物，朕不是不知道，只是不想追究！

　　读了康熙这番话，方知官员清廉与否，皇帝其实都是知道的。似乎康熙也并不在乎官员是否真的清廉，只要大方面说得过去就行了。康熙提到的几位官员，在历史上都有清名，而最清廉的是赵申乔。偏是这个赵申乔，康熙好像并不怎么喜欢。有回，康熙又同大臣们说起赵申乔的清廉，这位英明天子并不以为然，说道，朕相信赵申乔是个清官，但作为封疆大吏，要说他一清二白，朕未必相信！倒是对明知其多少有些贪行的张鹏翮、张伯行，康熙宽宏多了。就我所读到的清史资料，康熙对这两位"张清官"颇多赞赏。

康熙朝被史学界称誉较多,但并不妨碍它出产贪官。贪官并不一定都会倒霉的。索额图和明珠都贪,前者死于监牢,后者得享天年。徐乾学和高士奇也都贪,徐被皇上罢斥永不叙用,高告老还乡仍被召回。赵申乔的儿子赵凤诏因贪污被参劾,论罪处斩了。原来康熙说,赵申乔确实清廉,但他养的这个儿子太贪了,应按律处斩!不能臆断康熙杀赵凤诏的真实动机,但他并不喜欢赵申乔这个清官,应是事实。康熙曾责怪赵申乔教子不严,赵便上疏,称自己"不能教子,求赐罢斥"!康熙看了他的折子,龙颜大怒:"今阅赵申乔所奏,其词意愤激,殊非大臣之体。"这时的赵申乔是户部尚书,因失大臣之体,挨了处分,戴罪留用。

赵申乔是否真的清廉,不必再去辩护。况且清官多酷,也有不是之处。就说赵申乔,他在湖南巡抚任上,把所有官员都参了,实在有些过分。奇怪的是康熙对官员之好恶,同他们官品之优劣,并没有多大关系。说桩公案,便知康熙如何英明了。李光地和陈梦雷是福建同乡,又是同科进士。康熙十二年,耿精忠在福建造反,当时李、陈二人正在老家告假,成了事实上的附逆之人。李、陈二人密约,上"蜡丸书"给清廷,告知耿精忠造反详状。可李光地是个夺情卖友之人,上"蜡丸书"时独自具名落款。平叛之后,陈梦雷便成了附逆罪臣,逮捕下狱,贬成奉天。李光地却扶摇直上,官至文渊阁大学士。李光地非但不救陈梦雷,反而落井下石。陈梦雷很是愤恨,屡屡上告,终无结果。多年之后,闹得康熙都知道了,就在巡视关外时,召见了陈梦雷。康熙却并不想昭雪冤情,而是挑唆陈梦雷说出李光地的不忠之状。陈梦雷倒是个君子,任康熙如何暗示、胁迫,他只说:"李某负奴才千般万般,要说他负皇上却没有,奴才怎敢妄说?"康熙若是常人,即使不为陈梦雷的厚道而感动,也应为李光地的忠诚而欣慰。可康熙恰恰不是常人,他是皇帝,非常失望,而且气愤。他斥退陈梦雷,怒道:"你是个罪人,如何见得朕?你今日有话不说,自此后终无见朕之日矣!"原来,这时的康熙想整李光地了,只是治罪无凭。皇帝想治别人的罪,本可不用理由,但若能有些把柄,毕竟方便些。可见,皇帝用人整人,不太关乎官员们的奸忠贪廉,也不关乎国法纲纪。

# 机场革命

我把这件事戏称为机场革命。有次，我从成都坐飞机去兰州，晚上八点多的飞机，结果延误到了深夜两点多。等待过程中，乘客们越来越激愤，要向民航方面索赔。机场方面先是不停地道歉，后来推说这是航空公司原因，同机场没有关系。乘客当中有两位是某电视台的记者，扛着摄像机录像，说要报道这件事情。

机场方面怕媒体曝光，态度马上缓和起来，但没有任何实质性答复。乘客对机场值班的说，你如果没有权力解决问题，就马上向上头请示！值班的说，现在这么晚了，领导都睡觉了。乘客们听了这话，可气坏了，说我们这么多人深更半夜被滞留在机场，你居然说领导睡了就不敢打电话了！

那两位电视台的记者表现最是积极，充当了乘客的利益代表。他们高声嘱咐乘客们，一定要索赔！这时，机场值班人员答应写张条子，说乘客在兰州下飞机后，即可去某航空公司索赔。乘客们拿着机场出具的条子一看，都说这个没用，只是证明误机多少时间，并没有承诺赔偿。大家更愤怒了，指责机场在愚弄乘客。

争论了个把小时，飞机到了。机场广播，请大家登机。两位记者呼吁大家不要登机。这时，有个乘客出来说话，说他刚坐过某航空公司的飞机，也是延误时间了，机场出了证明，大家一下飞机，每人领了三百块钱的赔偿金。这个人说着，还拿出个印有某航空公司字样的信封，说里面三百块钱，他都还没动过。

记者告诫大家不要上当，上了飞机就说不起话了。你在飞机上乱说乱动，人家可以用危害公共安全的罪名把你抓起来！

时间已经很晚了，乘客们开始分化，有的坚持，有的动摇，有的观望，有的妥协。这时，我突然发现刚才嗓门最大的两位记者不见了。

没过多久，两位记者不知从哪里又冒出来了。他俩提上箱包说，我们上去再说！

有人提出登机，乘客们马上垂头丧气，纷纷骂骂咧咧地登机了。

登上飞机，没人再提索赔的事。这时，有人从座位口袋里翻出张报纸，上面正好有这家航空公司因延误起飞时间同乘客争执的报道。那是几天前的事情。有乘客议论这件事，想再次引起大家的共鸣。但是已没有人响应。

我回头看看坐在我左边后排的两位记者，他们正把太阳帽罩在脸上打瞌睡。我怀疑这两位记者被机场收买了，而在机场证明航空公司肯定会赔偿的那个人说不定就是假冒乘客的托儿。收买两个头人只需一两千块钱就够了，不然真像那个托儿说的人均赔偿三百元，就要花十几万！

机场革命就这么失败了。

# 贾府失盗之后

贾母死了，贾府上下都去了铁槛寺，只留惜春、贾芸并几个家人守园子。凤姐正害着病。结果，奴才周瑞的干儿子何三纠集盗贼进园行窃。贾政接报，头一句便问："失单怎么开的？"知道家里还没有向官府开失单，贾政方才放了心："还好。咱们动过家的，若开出好的来，反担罪名。"

读着《红楼梦》里这节故事，最耐人寻味的是贾府上下都知道如何报失单是件大事。贾府才被抄过家，再有好东西被偷了，麻烦就大了。因而，不管文武衙门的人如何催促，贾府的家人都推说被偷的是老太太的东西，掌管这些东西的鸳鸯又随老太太去了，只有等回了老爷们才好报去。原来像贾府这等府第，连奴才们都知道要恪守主子的财产机密。

贾府有贪墨之罪，似乎是肯定的，不然何以招抄家之祸？但贪墨并不妨碍贾府门庭之荣耀，道德之优越。贾府乃功勋之后，世袭爵禄，往来于王侯，酬对于官宦，言必家国大事，抑或浩荡皇恩。俨然清白世家，仁德诗书相传。那贾政更是庄敬方正，同僚膺服，士子仰慕。贾政作为朝廷高级干部，课子极是严厉，宝

205

玉只需听得老爷叫他,两腿就会打颤。这等尊贵门第的男女,正眼不看人的。他们比别人高贵,遇着下人偶有小错,便打他一顿,撵出园子了事。

拿迂阔的眼光看,贾府既是贪墨之家,便不是什么好人,有何面目人模人样呢?古有株连之法,自是过于苛严了些。但如要向贪墨之家开罪,株连还真有些道理。家中有人做官,贪污钱财,自是全家老小都知道的。却不见谁检举自家老子或丈夫、妻子、儿女私吞公帑,索人贿赂,反而是全家窝在一起,心安理得花着肮脏钱,其乐陶陶。我不明白,贪墨之家,老少都是坏人,居然可以相敬相爱,活得那么自在。相比之下,贾府里那些下人,无非只是上夜时吃个酒,或背后说过主子几句话,屁股便要挨板子,真是冤枉。他们其实比老爷太太们干净得多了。

坏人们可以好好地做一家人,这笔账只怕要算在孔子头上。《论语》有载:叶公对孔子说,我们那地方有个人很正直,他父亲偷人家的羊,这个人向官府证明他父亲的确偷了。孔子听了却不以为然,说:我们那地方所谓正直同你说的标准不同,父亲替儿子隐瞒罪过,儿子替父亲隐瞒罪过,这样做才是正直。也许孔圣人的哲学太深奥了?枉直可以颠倒?世人自然听孔子的,而不会听叶公的。中国人未必人人都读过《论语》,却都自觉遵循着孔子圣训:"父为子隐,子为父隐,直在其中矣。"

我真佩服曹雪芹的功夫,他写贾政这位朝廷高级干部,并无半字贬损,甚至还让人觉得溢美,但只一句话:"失单怎么开的?""假正"的嘴脸便出来了。

想起了令人敬重的克拉克夫人。20世纪初,德国化学家哈伯因为研究出合成氨和硝酸技术而享誉世界。德国因为拥有这两项技术,一方面粮食大量增产,一方面可以制造出更多的炸药。恰恰因了这两项技术,德国在第一次世界大战中更加穷凶极恶,为欧洲人民增添了苦难。哈伯得到德皇的赞赏，便又研究出了毒气弹氯气罐，直接替战争效力。哈伯的妻子克拉克夫人因为丈夫的罪过而深深地痛苦，极力劝阻他放弃不人道的研究。哈伯不听，又去研究新的毒气芥子气。克拉克夫人终于在 1915 年自杀了，想用自己的死来唤起哈伯的良知。哈伯依然我行我素，还是研究出了芥子气。克拉克夫人那高贵的灵魂永远不会原谅哈伯的，尽管他后来在 1918 年获得了诺贝尔化学奖。

如果贾政是哈伯，王夫人是克拉克夫人，王夫人不会自杀的。她会一边吃斋念佛，一边替丈夫骄傲：毕竟是获诺贝尔化学奖啊！

# 官话

　　天下最不可信的就是官话。官场上的事,自古就是说的一套做的一套。比方古代县衙里都立有所谓戒石,上勒四句圣谕:"尔俸尔禄,民膏民脂。下民易虐,上天难欺。"戒石立在大堂之外仪门之内,县令升座办案,抬眼就可望见。据考证,戒石源起商周,起先是刻于官员几案之上的"座右铭",迄今已有两千多年历史。有清以前,不管朝代如何更替,县衙门里的戒石总是有的,不同的只是上头的圣谕或有个别字词之易。但戒石屹立千秋,冤案何止千万!晚清余杭县衙里头肯定也有这么一块戒石,但这并没有阻止县令刘锡彤罗织杨乃武与小白菜的冤狱。杨乃武总算捡回一条性命,只因他是举人,冤案引起天下读书人的愤慨,终于闹得慈禧太后都知道了。此桩公案世人皆知,自不必细说。

　　依照清代制度,朝廷明令京官到地方去,或上司到下面去,地方官员或下级不得宴请、馈赠。也就是说,不论多大的官,出差费用自理,不得给下面添麻烦。但实际上完全是两回事。地方官员费时费钱最多的就是接待过往官员,包括依礼恭迎、安排住宿、酒席款待、看戏冶游、馈赠盘缠、送客上马登舟。清朝京官如果只拿俸禄就会很穷，放外任或者出京办差正是他们捞钱的好机会。倘若都按朝廷的规矩办，京官只有穷死。明令官员不准到下面捞钱，而到下面捞钱恰恰是官员发财的正途。

地方官和下级不光日常接待得花钱，还得对京官和上级有长年孝敬。曹雪芹的祖父曹寅曾经给康熙皇帝上折子说，"察访两淮浮费甚多，其名目开列于后：一、院费，盐差衙门旧例有寿礼、灯节、代笔、后司、家人等各项浮费，共八万六千一百两。二、省费，系江苏督抚司道各衙门规礼，共三万四千五百两。三、司费，系运道衙门陋规，共二万四千六百两。四、杂费，系两淮杂用交际，除别敬、过往士夫两款外，尚有六万二千五百两。以上四款，皆派之众商，朝廷正项钱粮未完，此费先已入己"。有意思的是康熙在第二项之后朱批："此一款去不得，必深得罪于督抚，银钱无多，何苦积害。"原来皇帝老子对此都是睁只眼闭只眼的。再看曹寅所列第四项，所谓"除别敬、过往士夫两款外"，意思就是说这两项也是理该要的。"过往士夫"就是上面讲到的接待费用，"别敬"是指京官被皇帝放了外任，临别之前要给有关京官送银子，托他们日后好好关照，为的是朝中有人好做官。这两项钱，也是皇帝默许的。

官场遵守的是"海洋法则"：大鱼吃小鱼，小鱼吃虾米，虾米扒沙子。底层的官员就只有鱼肉百姓、盘剥更下级的皂吏了。县衙那块戒石原有两面，朝里的是前头说到的四句圣谕，是给县令看的；朝外的是"公生明"三字，是给百姓看的。百姓进门就看见这堂皇三字，再往大堂上一跪，看到的是"明镜高悬"或"清慎勤"的牌匾。这又往往是哄人的。曾有县令快过生日了，十分廉洁地出了告示：某日就是本老爷的生日，任何人都不得送礼！这种官话，更是信不得了。

# 康雍乾

　　康熙皇帝曾经有道圣旨颁行天下，类同教谕臣民的乡规民约，简单扼要，一百一十二个字，叫做《圣谕十六条》。每逢月吉，各地官员必须集合当地乡绅、学子、黎民等宣讲康熙这些语录。康熙御极六十一年，几无中断。据说康熙年间，天下归心，乾坤朗朗，康熙《圣谕十六条》功莫大矣。
　　雍正临朝，宣讲康熙语录的声势就更是浩大了。雍正不孝不悌有史可证，但他必须堂而皇之把康熙放在神龛上供着。康熙有子三十五人，他们在父皇驾崩之前过的日子可谓血雨腥风。皇子们疯的疯癫，关的关押，为着立储之事，不知掉了多少脑袋。康熙到了晚年，几乎听不得大臣们提及储君之事，谁胆敢说到立太子，重则杀头，轻则罢官。康熙衰老之际，十四阿哥胤禵军功最大，授抚远大将军，世人多以为他会承继大统。没想到，康熙看中的偏偏是皇四子胤禛。胤禛不仅没什么功业，甚至还有些蹈高临虚的姿态，多年同世外之人相与为伍，谈佛论道。皇子们争来斗去，几乎忽略了还有个四阿哥会同他们争天下。可是，正是这位看上去与世无争的四阿哥最后做了皇帝。

四阿哥做皇帝，凭的仅仅是康熙一句话。康熙六十一年十月某日凌晨，帝召众皇子并亲近大臣到榻前，谕曰："皇四子胤禛人品贵重，深肖朕躬，必能克承大统，着继朕登基，即皇帝位！"此时，军功赫赫的十四阿哥却在西藏平叛。中国人认皇帝，讲究的是正统。雍正承父皇之位，正统自是无疑。反对正统，大逆之罪。十四阿哥心里暗自不服，却也只好打落门牙往肚里吞。他奉召回京，还得问清楚先去吊唁先皇，还是先去恭贺新皇。其他的阿哥们自然更是无话可说。野史记载，雍正还把自己的两个亲弟弟八阿哥、九阿哥改了名，一曰阿其那，一曰塞思黑，意思是满语的猪和狗，用意在于震慑别的阿哥们。

　　高明的皇帝都知道，光是大开杀戒不足以治天下。有清一代，推崇"敬天法祖"。雍正正好利用这条祖宗传下来的老规矩，号称"以圣祖之心为心，以圣祖之政为政"，把康熙的《圣谕十六条》详加阐发，竟成洋洋万言，重新颁行，勒石天下。这就是所谓《圣谕广训》。于是，各地随处可见刻有雍正《圣谕广训》的龙碑。各地官员又得在每月吉日召集百姓宣讲圣谕，累年不辍。但是，如果说康熙那十数条圣旨言简意赅，那么雍正的阐述则是王妈妈的裹脚布。可惜雍正享国之日太短，在金銮殿上只坐了十三载，寿年不过五十七岁。假如他真如乃父，坐朝六十一年，终有一天会偷梁换柱，不用再拿康熙去吓唬人。

　　雍正短命，便宜了乾隆。乾隆觉得让全国官民年年月月读那雍正的洋洋万言，太繁琐了，而且多年下来，早已流于形式，有名无实了。于是，着令废止。至此，延续了七十多年的学习皇帝圣旨运动宣告结束。但是，雍正同乾隆，做法不同，目的却是相同的。康熙能够被称为"圣"祖，其神圣之处是不可动摇的，雍正只有借其光芒方能照耀天下；而雍正终究未能至圣，只被称作"世"宗，平淡地承继一"世"而已，乾隆改改他的做法，反而又显得高明了。于是乾隆庙号便有个"高"字,叫高宗。我如此解释皇帝庙号,严肃的史学家们肯定会笑话我了。笑他们的吧。

# 你的石头砸向谁?

《圣经》里有个故事经常被人引用:有妇人犯通奸罪,依照摩西的法律当乱石砸死。法利赛人把这桩公案交给耶稣裁决。耶稣说,你们中间谁是没有罪的,谁就可以先拿石头砸她。人们听了这话,从老到少一个一个都离去了。结果,没有一个人敢把手中的石头砸向这位妇人。

但是,假如那人群之中掺杂着一个中国人呢?这妇人肯定就遭殃了,准有一块石头击中她的命门,叫她一命呜呼。中国武功本来就厉害,飞叶伤人,何况石头!那位中国人为了证明自己是无罪的,下手必是既稳又准且狠。好在耶稣时代交通不太便利,中国人还没法远游西域。不然,《圣经》里关于罪恶的这条教义将是另外一番模样:个别人是没有罪的。

教义变了,整个教化就不同了。因为"个别人是没有罪的",那么谁都想充当无罪的"个别人"。要证明自己没罪,最直接的办法是诬陷别人有罪,攻讦便成平常之事。人既分有罪无罪两种,仇恨就是天然的了,争斗亦是无可厚非。如此如此,天下便愈发罪孽深重。最终有一个人会让天下人知道他是最清白、最高尚的,此人就是皇帝。所以自古皇帝加尊号,可以用上十几个最好的词藻,不嫌累赘和拗口。此等教化之下,普通百姓无自我检讨之心,九五至尊以自我神化为乐。

我毫无诋毁同胞的意思,只是历史为我们提供了太多难堪的例证。在中国,大凡全民族的灵魂面临严峻考验的时候,人性的丑陋、凶恶和残忍便洪水猛兽般集体爆发。往远了不说,单是"文革"十年,我们脚下这块土地上演出过多少告密、陷害、残杀的丑剧!只要有人政治上倒霉了,旁人最人道的做法是同他划清界限,很多人还会添油加醋揭发出新的罪证。有的人仅仅为了表现自己的清白、进步和革命,就不惜无中生有置人于死地。同样一块石头,在《圣经》里是检验人皆有罪的试金石,在中国却进入了一个很不光彩的成语:落井下石。

一块石头,为何被基督徒丢在了地上,中国人却拿它砸向落井受难的人?其中必有宗教、文化和传统诸多原因,难尽尺牍之间。但从中国人本能的生存智慧上看,劣根似乎是先天的。譬如放屁一事,落作白纸黑字虽是不雅,却可见中国人的天性。中国小孩子在一起玩,忽闻臭屁,都会掩鼻而环顾左右。他们掩鼻与其说是怕臭,不如说是显示这屁不是自己放的。而放屁者往往最先作掩鼻皱眉状。可见,中国人从小便知道证明自己是清白的,哪怕他就是放屁的人。这些从小放屁不认账的人,长大就成了有罪无悔意的人。

有罪者非但不自觉有罪,而且在谆谆劝诫别人不要犯罪,在义正辞严斥责别人犯罪,在铁面无私惩治别人犯罪。只不过谆谆劝诫是言不由衷,义正词严是装腔作势,铁面无私恰恰因为铁面有私。所谓贼喊捉贼,西方有无很贴切的对译词?拟或是我邦独有之国粹?

法利赛人想陷害耶稣,故意把犯了通奸罪的妇人交给他来处理，企图抓住可以控告他的把柄。因为上帝是不宽恕淫乱的，耶稣面临的就是两难选择：他既不能纵容通奸妇人的不贞，又不能违背上帝的仁慈而杀人。所谓最大的人道，就是不要把人性推向必须接受考验的悬崖。法利赛人的行为就是最不人道的，他的阴谋让耶稣在内的所有人的人性都面临考验。推而论之，凡是容易为人性之恶从魔瓶里爬出来提供机会的社会，无论暴政庸政，都是不人道的。

# 神性女人

有一个心理测试题说，你和你的旅伴：大象、老虎、孔雀、猴子和狗，穿过一片险象环生的森林，你必须逐一放弃你的旅伴，最后你只能与这些旅伴中的一个从森林里走出。你会选择谁？

我和周围的亲朋好友做这道题，答案五花八门，大象、孔雀、老虎和狗都会被人选中，就是没有人选择猴子。后来我终于遇到了一位选择猴子的人。她是我的母亲。我问母亲为什么选择猴子？母亲一脸的柔情和快乐，说：只有猴子需要照顾，而且猴子很可爱啊！

母亲脸上的光辉让我有些动容：这就是我的母亲了。

据说在这道心理测试题里，大象象征父母，老虎象征配偶，孔雀象征情人，狗象征朋友，而猴子象征孩子。母亲选择了孩子，我怎能不为她的回答动容呢？

我冒昧地把人类的世俗生活简化为感性、理性、神性三位一体，又大胆地断言纯粹女性的精神里充盈的是神性，而纯粹男性的精神里贯注的是理性。但无论是女人还是男人，都不会是纯粹的。人性是有局限的，无所不在的局限性使天下男女悲喜交困。

最近，一位少年时代的女同学频繁给我打电话，诉说她不惑之年的困惑。近二十年的婚姻生活，她相夫教子，无怨无悔，充实快乐，几乎从来没有想到过自己。今年，儿子上了大学，丈夫的公司越做越大，忙得回不了家。她突然觉得心里空落起来。她还没来得及整理内心没来由的空虚，突然发现丈夫还有了外遇。她屡屡苦劝，丈夫却口是心非，同她玩起斗智斗勇的游戏。可是她为了丈夫在儿子面前的形象，为了丈夫在社会上的地位，为了家庭的和睦美满，她保持沉默。她说，她等待丈夫有一天会幡然醒悟。

我不敢确信她的丈夫会回头，也并不同意她的处事方法，但我为她身上那种女性的宽厚与仁慈而感动。这是一种纯粹女性的精神，具有某种宗教意义的神性。

女性身上的神性是伟大的，但她们毕竟还是人。真实的人性美轮美奂，同时也千疮百孔。就说我这位女同学，她和所有的女人一样，在世俗生活中散发着神性的光辉，同时也用眼泪和沉默诉说着女人的脆弱和伤痛。

人间真实的神话是这样的：万木丛生的大地上，男人和女人繁衍着子孙。男人仰慕女人的神性，女人仰慕男人的理性。他们无法停止爱对方，他们无法停止伤害对方。他们总能相互宽恕，使爱和伤害继续下去，丰茂的大地提供他们无穷无尽的养料。

歌德的《浮士德》是这么终结全篇的：伟大的女性，引领我们上升！

# 四十犹惑

我已过四十，却未能不惑。四十岁前惑未能解，四十岁后惑仍生生不已。我并不着急，做不出一副"朝闻道，夕死可矣"上下求索的样子，倒是把它当做眼角新生的皱纹，或是鬓边多出的白发，也曾对着镜子仔细打量，试着用指尖把皱纹抹平，把白发扯掉，但到底随它去了。

据说释迦牟尼三十七岁在菩提树下悟道，那么他三十七岁后肯定无惑，这我不敢怀疑，因为他是神。孔子四十不惑，我却不大相信。孔子曾说未知生，焉知死，是他六十八岁再设讲席之年，可见他仍未参透生死，焉能无惑？一个活到老，学到老，思想到老的人，无惑才怪。

但我对孔子却极其佩服羡慕。我这样理解孔子的那几句名言：三十而立，是说自己三十岁就立了志向，知道此生要做什么，追求的应该是什么，并非指三十就要事业有成。四十不惑，是说四十岁后，对自己追求的理想信念更为坚定，不论遭遇多少挫折都不会怀疑动摇。五十知天命，是说五十岁后更确认自己一生担当的乃是天降于斯的使命，不逃避，也无法逃避，虽然四处碰壁，却无怨无悔，更加执着。

孔子何其幸也。一生过得明明白白，有目标，有理由，有动力。不是对世界不惑，而是对自己担当的使命不惑。他活着的意义早从心里确认了，所以任何时候都安心，只管坦然地走下去。他没有我们人生中最大的惑：人为什么而活着？生命到底有什么意义？须知这一大惑不解，轻则使人一生都要彷彷徨徨得像个没路野鬼，重则让人干脆看破红尘放弃生命。如果人生并无意义，无非一个臭皮囊而已，弃之有何可惜？

我倒也常听周围朋友说他们真的四十不惑了，看破了，即使一日之内官升三级眼睛也不会眨一下了，再有美眉软玉温香在耳边吹气如兰海誓山盟也不会脑部充血啦等等，当然他们又补充道：这是不可能的。四十之后，确实许多事情可以看淡。说财气酒色是身外之物，也许并不完全是矫情。名缰利索羁绊得不那么紧，儿女情长沉溺得不那么深。对自己明白了应该这样，只能这样，所以现实的一切就能够忍耐和担当下去。对别人明白为什么这样，只能这样，所以能理解，有宽容。周作人说四十岁后只求不出丑，平平实实地活下去。明白这一点，确实是一个大大的不惑了。

四十后惑，是肯定的。我不怕，又怕。不怕者，人既是能思考的动物，则活一天，必然怀疑一天，惑一天，何怕之有？所言怕者，乃想到人生确已过半，我勤勤恳恳劳作，努力不去想为什么，有没有意义这样的惑。可万一哪一天，大限之日已到，突然这一惑又涌上心头，我又不能给出肯定的回答，那这一生，岂不白过了？

# 素材与灵感

我不是个做学问的人，读书仅为写作，真是惭愧。近日便读《清史稿》《清史编年》之类，想从史书中寻得蛛丝马迹，看能否变出几个文学形象来。毕竟手头正做的活计同历史有关，我不想完全弄得空穴来风。不承想，还真有些意思。

比方，有个叫佛伦的人，就让我很感兴趣。史载："康熙二十九年六月十六日，山东巡抚佛伦疏言，该省累民之事，首在赋役不均，凡绅衿贡监户下均免杂役，富豪之家田连阡陌而不出差徭，以致全由百姓负担。请以后绅衿等与民人一样，按田亩赋役照例当差，不免役。有旨准其所请，并命其他各省督抚确议具奏。"

我想这位佛伦真是位替民做主的好官，不妨记下他的名字，看他还有其他善举与否。倘若更有作为，便可树为清官形象。

可是再看此人后面的疏报，我就皱眉头了。"康熙二十九年九月初六日，从山东巡抚佛伦疏奏，该省今年正赋豁免，秋成丰收，绅衿人民愿于每亩收获一石者捐出三合，以备积贮，计全省可得二十五万余石。"

我想象不出佛伦是如何知道丰收了的老百姓愿意捐粮给官府的，而且老百姓意见很统一，每亩收获一石者都肯捐出三合。那时候又没有电话，官员下乡也没有汽车坐，怎么就把全省老百姓的爱国热忱摸得那么准确？我想，佛伦此举大为可疑。

再往下看，佛伦已擢升川陕总督。"康熙三十二年七月十一日，川陕总督佛伦疏报，陕西麦豆丰收，秋禾茂盛，流民回籍者已二十余万。"因为前面已对佛伦质疑了，此处又见他报喜，感觉总不是味道。再回头看看，原来康熙三十年陕西大旱，官府赈济不力，且隐情谎报，总督和巡抚都革了职。我没法查阅当年的气象资料，不知道康熙三十二年陕西是否就风调雨顺了。但是按照古今惯行的官场逻辑，既然前任没有把事情干好，上面重新任用能人，工作就应有新的起色才是。如此推断，佛伦走马上任，陕西即获丰收，应在情理之中。只是不知道陕西丰收了，老百姓是否又踊跃向国家捐献余粮？"受灾自有朝廷关怀，丰收不忘朝廷困难"，也在情理之中。

不过，这回佛伦的主意变了。"康熙三十二年七月二十三日，从川陕总督佛伦疏请，动用正项钱银，贱价收买本年秋粮三十万石，以备西安旗标兵明岁一年军需。"贱价收购余粮，百姓是否自愿，我没能力考证，只好悬想而已。而从事收购勾当的人，大可从中渔利，似乎是肯定的。这并非我的官场成见作怪，《清史编年》中有类似案例记载。

又，"康熙三十三年正月二十七日，川陕总督佛伦疏言，奉旨查阅三边，墙垣历年久远，坍坏已多，请于每年渐次修补"。修建军事工程，投资自是不小，油水旺得很啊！好在康熙脑子还算清白，他对修长城并不热心。康熙说自秦始皇以来，长城历代整修不迭，却从未有御敌之功，贵在人民团结，众志成城。

阅读到这些材料，佛伦在我眼里就大打折扣了。我怕自己犯

221

胡乱臆想的毛病，便去查看《佛伦列传》。一看，方知此人的确不是什么好鸟。有个叫郭琇的人曾经参劾佛伦为明珠朋党，佛伦因此获罪罢官。佛伦复出后，到了山东巡抚任上，便挟私报复，参劾郭琇做吴江县令时私吞公帑，而且说郭父乃明朝御史黄宗昌家奴。拿今天的话说，郭琇既是现行贪污犯，又是历史反革命了。多年之后，郭琇得到机会进觐康熙，替父亲申冤。当面对质，佛伦不得不承认当年指控不实。康熙震怒，欲罢他的官，最终还是赦免他了。也许因为他毕竟是正黄旗官员吧。

有了这些材料，佛伦该是个什么样的文学形象，我心里有谱了。

# 我的成人礼

汉族人似乎没有成人礼。我的家乡,男孩子被父母默许喝酒吸烟了,就被看做成人了。我老家的习惯,小孩子喝酒,大人不怎么管。做父亲的,自己喝着酒,总喜欢拿筷子往酒杯里蘸蘸,塞进儿子嘴里去。那儿子通常只有两三岁。说是父亲不让儿子学会喝酒,自己老了就没有酒喝了。烟就不同了,小男孩得偷着抽。偷学抽烟的孩子,被大人发现几回,打骂几回,就不再多说了。这时候,一个成年的乡下男儿就吧着烟,在村头村尾转悠了。

我还没被允许抽烟的时候,叫一种盒子印着鱼儿图案的香烟蛊惑着。有人给我表姑介绍了一个对象,供销社的职工。一个农村姑娘,找个吃国家粮的,应是前世修来的好福分了。可我表姑硬是嫌人家长得不好,满脸络腮胡子,脖子下面露着长长的胸毛。那时候并不流行浑身长毛的男人。

有天晚上,那位供销社职工提了些糖果跑到我家里,掏出那种盒子印有鱼儿的香烟,递给我父亲。当时我父亲早已是遣回乡下改造的右派。父亲抽了几口,只说这烟好。供销社职工说,这烟难得买到手，要票。他说下次想办法弄条来，送给我父亲。供销社职工走后，父亲对母亲说，这人不错。没过多久，供销社职工就成我表姑父了。

那人终于做了我的表姑父，多半是搭帮鱼儿香烟。他口袋里揣着那包烟，走访了表姑的所有亲戚。亲戚们都说这年轻人很好，表姑就没话说了。但是，从来没有哪家亲戚收到过年轻人答应送的鱼儿香烟。我长大些才知道，那叫常德牌香烟。

但我抽的第一口烟，却是父亲自种的老旱烟，喇叭筒。

那年暑假，我参加生产队劳动。社员们忙过一会儿，就有男人打喊，呷烟呷烟！于是偃旗息鼓，男人们坐在田头抽烟，蘸着口水卷成的喇叭筒。女人们就在一旁说笑，你们男人真懒，功夫不见做多少，喊着要呷烟了。男人们说，女人又不呷烟，坐着干什么呢？做事去！女人又说，修个男身就是好，不光有烟呷，还有酒喝，喝酒还要大口大口呷菜！

我很高兴自己是个男人，回家找了块白塑料纸，拿铁丝当烙铁，烫了个烟袋。第二天，我把父亲切好的烟丝偷了一把，装进烟袋里，还摸走了灶台上的火柴。我不知男人们为什么要系腰带，也跟着样儿学了。家里没有多余的腰带，我只能找条浴巾，捆在腰间。那个烟袋，就别在腰带里。

出工时，没有人在意我捆了腰带。我只等着有人喊呷烟。终于有人喊呷烟了，我从腰间掏出了烟袋。不料男人女人们都笑开了：人没有卵子大，卵子没有香棍大，学着抽烟了！

别人再怎么说，我才不管哩！我只望着父亲。父亲也正望着我，张开大嘴，笑得只见满口白牙。我的父亲很黑。

我抽了平生第一口烟，辣得喉头像卡了鱼刺，咳得眼冒金星。大人们笑得更欢了。我偏要充男子汉，刚缓过气来，又抽上了。仍是咳嗽，天昏地暗。

父亲拍拍我的头说，你不是抽旱烟的料，长大了抽鱼儿牌吧！

那个暑假，我一直学着抽烟，父亲没有骂我。也许是劳动给了我做大男人的权利。可是，一到开学，我抽烟的权利就被剥夺了。

我就这么断断续续学会抽烟了，父亲后来干脆就不说我了。我开始变成真正的男人。

父亲年纪大了，烟就戒了。老人家偶尔来了兴头，也会接过我递上的芙蓉王，吸它几口。老父亲吸上两三口烟，只要开口说话，我猜他准会问：鱼儿牌烟，现在还有吗？

# 我想远行

手头总有做不完的事，可我最想做的事，就是无所事事，独自远行。我夜里多梦，而且绝少美梦。有回梦见自己找不着回家的路了，问了很多路人，没人理我。就从梦里急醒了。醒过之后却想，为何不在梦里远行呢？干吗急着回去！醒着不由人，梦里也不由人！

前几年，见媒体报道，有位中年男子在长沙街头徘徊，警察上前询问，原来那男子不知道自己是谁了，也不知道自己从哪里来，要到哪里去。我很羡慕那男子，居然患上这种很哲学的病。只可惜这病用医学术语一说，就索然无味了，叫暂时性失忆症。此病极易治疗，甚至不治自愈，只需让他置身熟悉的环境，记忆很快就恢复了。

有回晚上起来，朝卫生间里的镜子望着自己，很陌生。心中窃喜，可能要患失忆症了。可是，脑子马上清晰起来，尘事种种，历历在目。还有回，某高校约请我去讲学，我却找错了地方。那地方我本来很熟悉的，几个月前还去过。我又想，自己可能真的要患失忆症了。可是，我仍然清楚地知道自己是谁！

我曾经把一个真实事情写进了小说。有个疯子，每天坐在街头，望着对面高楼大厦微笑。那高楼大厦，正是我谋生的所在。不管刮风下雨，他都坐在老地方，幸福地微笑。那些时日，我很彷徨，不明白自己去路何方。我就老琢磨那疯子，羡慕他的自在。他面前车水马龙，人声鼎沸，他浑然不觉。他眼里只有对街的高楼，那里面也许黄金如山，美女如云，都属于他独自所有。可我马上发现自己也许亵渎了疯子的纯粹。疯子脑子里只有快乐，地地道道的快乐。

近些年，我只做过一回美梦。我梦见很多很多飞机，多得像夏日雨前的蜻蜓，低低地贴着田野飞。天边霞光万道。没多时，我自己也驾着飞机，擦着田垄飞翔。我把飞机停在了水田里，飞机也像蜻蜓一样，翅膀上下摆动着，悠游自在。我穿得浑身素白，皮鞋都是白的，跷着二郎腿，嘴里叼着烟。醒过好久，我仍恋恋不舍梦里那蜻蜓一样的飞机。盼着再做回这样的好梦，却总不遂意。

那么，去远行吧。耐着性子做好手头的事情，然后独自上路。也不用周密筹划，也不去风景名胜，就像行脚僧人，载行载止，了无牵挂。

# 家乡人的血性

　　我们溆浦曾是屈原的流放地，乡人颇以此自豪。屈原在溆浦住过八年，写下《涉江》《山鬼》《橘颂》这样的名篇。诗里总有股不屈不挠，至死不回的倔劲。屈原是烈性人，与我们溆浦那些吃油糊辣子长大的乡人，脾性甚是投合。

　　溆浦民风崇尚勇武，"终刚强而不可凌"，说话也直来直去不会绕弯，发音多为唇齿间的爆破，像夏间的阵雨打在甘蔗叶上，短而急促。再温柔的女儿说起溆浦话来，都难得有软腻温婉的媚态。中原人把我们叫做南蛮，溆浦人是当得起这个"蛮"字的。蛮并不是不讲道理，旧县志里记载，溆浦人"喜讼"，这在古时候，似乎是不甚淳厚的民风，如今还有官员拿这话说事儿哩。诉讼不过就是百姓到官府讲道理，怎么"喜讼"就成刁民了呢？历来庸官们都是从来不检点自己是否治理无状，只是不喜欢百姓打官司。好像只要压着百姓不找官府申冤，天下就太平了。

　　这蛮其实就是一股血性，一种冲动，每临大事，便是抛头颅洒热血也在所不惜，大有虽千万人吾往矣的气势。词典里解释血性，是"刚强正直的气质"，我以为这解释并不准确。血性里除了刚强正直，百折不挠，还有一种峻急狂躁的意思，如油烹烈火，那样的轰然快意，那样的等不得，也等不起，只有把满腔沸血一倾而出，倒得干干净净了，心于是安，于是平静。

我总固执地把蚩尤、夸父、后羿、精卫认作我们溆浦人的祖先，虽然道理上实在讲不通。他们确是我心目中的真正英雄。蚩尤敢于反抗正统，且不论师出有没有名，就呼风唤雨与黄帝干将起来，最后在涿鹿被黄帝杀死，身首异处。夸父一时性起，要与太阳竞走，一争输赢。结果走到太阳里面，没有水喝渴死了。若问夸父平白无故好好儿的，为什么要与太阳去竞走？岂不是个疯子？其实很简单，血性发作而已。

这血性至今流淌于溆浦乡人的血液里。我们溆浦有个很怪的乡俗，端午节不在农历五月初五过，是五月十五。这并非不肯对屈原表示敬意，只因明朝时候，溆浦乡下有一处地方，乡民揭竿而起，与官军打起来。乡民守住一个山寨，很是倔强。眼看端午节到了，官军强令百姓，等打下山寨才能过节。正好五月十五这天官军攻破山寨，于是这日便被定为端午节。溆浦端午节的粽子，不仅为了烈火一样赴水而死的屈原，也为了重蹈着蚩尤命运的血性后人。

我很反感中国文化里的哀而不怨，温柔敦厚。我自己是有一点峻急风格的，想改都改不了。一冲动起来，不免像夸父追日跑到了太阳里，甚是焦渴，有时恨不得饮自己的血才好。现在一谈中国传统文化，好像非孔孟不能言。我却以为，真正代表中国民众最古老精神的东西，只怕还得往《山海经》里去找。从孔子开始，中国人却是血性一天天少，奴性反倒一天天多起来了。

# 羊毛出在猪身上

我不信任中国股市,就像不信任传销。早几年传销正热的时候,有位老乡天天找我摇唇鼓舌,发誓赌咒要让我不出三月就成为百万富翁。我甚是客气,说:欢迎你每天来玩,好茶好饭侍候,但这百万富翁我是不做的。老乡不相信我的定力,果然天天来。她顽强地跑了不下三十趟,见我仍是只顾客气地招待她,可就是不肯买她的摇摆机,她再也不来了。其实我当时对传销内幕并不知晓,只是相信一句老话:天上不会掉馅饼。

我对中国股市有两句谬论:一曰平头百姓炒股是投资变成高消费,二曰股市赚钱法则是羊毛出在猪身上。

这两句话颇受朋友们称许,尤其是那些在股市赔钱的朋友听了苦笑称是。我身边有很多熟识的人炒股,惟有我岿然不动。我并不了解中国股市太多内幕,只是凭着常识判断,就知道那不是我等捡便宜的地方。我熟识的人也不全是草根阶层,除了平头百姓,也有些不大不小的官员。但是说起炒股,没有任何人说赚了。我相信他们讲的是实话。曾经有过几位股运极好的熟人,每每都说赚了,可是到头来也都赔了。近来又见很多证券交易场所要么勉强维持，要么关门大吉，可见我并没有太胡说。

炒股本是投资行为，可是到了绝大多数股民那里，投资变成了消费，而且是高消费。投资希望，收获失望。消费是要享受的，而这场炒股高消费中，股民们享受了什么呢？享受梦想、期待和痛苦，甚至破产。媒体经常报道些股市黑幕，比如上市公司违规违法、黑庄家、老鼠仓等等，我都不太关注。倒是前些年政府大肆提倡的"借壳上市""包装上市"，我听了不以为然。政府极力鼓吹什么开发利用"壳资源"的时候，我是冷笑的。股市所谓"借壳""包装"，据说是国际惯例，还说美国早在20世纪30年代就搞"借壳上市了"。但凭我个人见识，再好的国际经验，一旦引进中国，便成淮北之橘，大谬不然。先来说"壳"。一只大闸蟹在酒店里售价四十八块，我们花钱买的是壳里面的蟹黄，而不是壳。蟹黄被吃掉了，壳就一文不值了。中国股市上很多借来的壳，不过就是没了蟹黄的蟹壳，徒有其表，毫无价值。中国股民其实就是冲着一堆没了蟹黄的空蟹壳去投资，结果就可想而知了。再说"包装"。近些年中国人最大的创造力和想象力，应该表现在对企业空壳的包装上。这只大闸蟹空壳，到了资本运作大师手里，就神乎其神了。首先它不是空的，而是满载蟹黄，肥得流油；其次它不是死的，而是活的，每时每刻都在生长，可以长到海龟那么大；最重要的是它并非一只凡蟹，它来自东海龙王府，实是统领百万虾兵蟹将的大蟹将军。于是，股民们看到的就是一只传说中的蟹，一个神话。为着这个神话，股民们倾其所有而不悔。

我不懂经济定律，就算按物质不灭定律来推测，也应该是这个道理：有人亏了，肯定就有人赚了。早两年看过香港某学术机构关于中国股市的研究报告，里面说到，真正消息灵通、手段高明的大炒家、大庄家早从股市抽逃，把钱转移到更安全、更暴利的行业发财去了，如今还身陷股市的是来不及抽逃的大机构股、成天在股民面前夸夸其谈的股评家、梦想一夜暴富的小散户。这些人被那些抽逃成功的投机者嘲笑为"大傻""小傻"。这些"大傻"和"小傻"，就是"被剪掉羊毛的猪"。钱被人昧掉了，还要让人嘲笑成傻瓜和猪，实在叫人沮丧。如果说英国曾经历过一场羊吃人的"圈地运动"，那么中国正在经历着一场壳吃人的"圈钱运动"。

　　老话是说：羊毛出在羊身上。但中国股市赚钱，却是羊毛出在猪身上。我并无诋毁同胞的意思，而是我们事实上已经被人当成任意宰割的猪了。

# 权杖与华表

普希金时代的俄国，有贵族提议，让全国的农奴统一制服，为的是方便管理。因为居然有农奴见了贵族没有行礼，而贵族们有时候单从衣着上又不能明确断定谁是农奴。这让贵族们不能容忍。但是，这个提议最终被沙皇否决了。沙皇担心，一旦让全国农奴都穿上统一的制服，农奴们就会知道自己的同胞原来如此之多，他们的势力原来很强大。

俄国的沙皇到底不如中国的皇帝智慧。中国古代士农工商四民，早在服饰、住房等方面相区别了，而且不可随便混同，弄不好就是逾制大罪。怎么就不见中国老百姓因为知道自己人多势众就闹事呢？中国自古当然也多有百姓闹事者，轻则蜂起为盗，杀人越货，重则揭竿称王，动摇社稷。但没有哪次百姓起事是因为他们知道布衣者众，而是别的原因。原来，中国皇帝们并不怕百姓人多势众，他们还往往拿人丁兴旺夸耀自己的尧舜之治哩！中国自古有"马上得天下，马下治天下"之训，这是历代皇帝都信奉的。俄国沙皇肯定不明白这个道理。俄国沙皇本来就是游牧血统，他们也许过于留恋马背吧，君临天下之后仍然太迷信马鞭、弓箭和大刀。他们便害怕穿着统一制服的农奴都拿起了马鞭、弓箭和大刀，麻烦就大了。

中国除去远古传说里的禅让，历代天下也都是好汉们骑在马背上打下来的。但是，中国的好汉做了皇帝，就懂得从马背上溜下来，斯斯文文地治天下。同泱泱大中国相比，沙皇俄国毕竟资历太浅。一个草原游牧民族，他们手中的马鞭直接就变成了沙皇手中的权杖。这根由马鞭而来的权杖，怎么能同中国的华表相比？中国皇权象征的华表，汉白玉雕刻的，游龙飞云，威武壮观，庄严肃穆。沙皇俄国的历史不过几百年，而尧帝门前的诽谤木演化成华表，则历时数千年！当华表还是诽谤木的时候，百姓可以随意把自己的想法刻在上面，上达君王。华表既成华表，别说它石质坚硬，哪怕是豆腐做的，也没人去上面刻字了。不得不叫人佩服皇帝们的脑袋聪明。自秦始皇开始，两千多年间中国在位的皇帝不过四百二十几个，就是这四百二十几个脑袋，竟然把中国亿兆百姓的嘴调教得无话可说！华表终于成了屹立千古的风景。

顺便扯几句题外话。如今就连诽谤木的"诽谤"二字，味儿也早变了。诽谤木之诽谤，拿今天的话说，大概就是提意见。而今天的诽谤，词典里的正宗解释是：无中生有，说人坏话，毁人名誉。我敢打赌，今天说的提意见，过不了多久，也会转化为贬义词，恐怕会朝着造谣、中伤、诬蔑等意思演化。今天"提意见"三字，词典上还没有新的解释，现实中的贬义倾向却早显端倪。语言是活的，词典是死的。谁听说有人给他提意见了，肯定满心不高兴。这个被提了意见的人，若是领导，嘴上会说一定谦虚谨慎，有则改之，无则加勉，背地里就会给提意见的人穿小鞋；这人若是鲁莽群众，马上就跳起来了，非要找那提意见的人对质明白不可。

言归正传：治人之道，首在治心。心已乖顺，嘴便无言。嘴既无言，天下大治。这是自古皇帝们都心领神会的浅显道理，哪里用得着担心百姓人数多寡？其实，这个道理，街头流氓都明白。常有二三流氓当街作恶，而过往群众袖手旁观。流氓为何不怕群众人多势众？他们知道好人怕流氓。原来好人怕流氓，也是多年流氓作恶作出来的结果。流氓们知道好人多有怯弱之心，再多的好人他们都不怕了。皇帝眼里百姓是乖顺的，流氓眼里百姓是怯弱的，都好对付！

# 袁世凯的稻草龙椅

　　袁世凯是颇有些新派姿态的。他提倡新闻自由，他的儿子便办了张报纸，只发行一份，供袁大总统独个儿阅读。他不搞个人崇拜，允许把自己的图像铸在钱币上，老百姓谁都可在他的头上摸来摸去；他哪怕是后来禁不住天下人劝进，奉天承运做了洪宪皇帝，也要把龙椅改革改革。人类已进入 20 世纪，太和殿里那张坐过明清两代皇帝的雕龙鎏金大龙椅，实在不合时宜了。西学东渐，科学昌明，国际交流远胜往昔，天下万物生机勃勃。洪宪皇帝的龙椅，也得同国际接轨，才不会被西方人耻笑。于是，袁大总统摇身变成洪宪皇帝时，登基坐的龙椅，就是张中西合璧的沙发。但毕竟不是纯正的西式沙发，它是金銮宝座。高高的靠背上，有个大大的帝国国徽。最值得说说的就是这个国徽了：圆形，径约两尺，白色缎面做底，上面用彩色丝线绣了古代十二章图案。

　　沙发欲柔软舒适，里面要么用弹簧，要么须有填充物，或许还有更高级的技术。袁世凯坐着那龙椅是否舒服自在，别人不知道。那龙椅虽然有些非驴非马，但在当时朝贺的洪宪大臣们眼中，实在是威武无比的。谁又料想这张龙椅只有八十三天的寿命呢？最叫人们料想不到的是天长日久之后，洪宪帝国国徽上的白色缎面渐渐断裂，里面露出的填充物竟然是稻草！有位供职故宫博物院数十年的老专家在著作里写到了这则掌故，应该不是讹传。

故宫博物院为了修复那张雕龙髹金大龙椅，耗时近千个工日，可见龙椅制作技术之精，工序之繁。谁有这么大的胆子，敢往洪宪皇帝的龙椅里塞稻草呢？如果把那人想象成预言家或革命家，知道袁世凯倒行逆施，日子长不了，只怕也抬举了。真是这样的好汉，他就早如蔡锷揭竿而起护法去了，绝对到不了袁世凯麾下去的。督造龙椅又是天大的事情，非几个工匠就能成事，必有相当于内务府总管以上的官员天天盯着。但督造龙椅的官员，不论官阶高低，谁敢如此胆大包天？或许某个工匠是位觉悟很高的劳动人民，看透了封建社会的腐朽，便背着督造官员，故意把稻草塞进袁世凯的龙椅里。不过这种想象，只可能在三十年前的革命小说里出现，显然是天真可笑的。

那么，只有一种可能：官场上弄得无比正经的事情，其实大家心里都明白那是儿戏。官场中人谙熟此道，再大的荒唐都会出现。当年追随袁世凯的人，很多都是久历宦海的官场混混，从晚清混到民国，又想把民国变成洪宪帝国。他们最能从庄严肃穆的官场把戏中看出幽默、笑话、无聊、虚假、游戏等等，因而就学会了整套欺上瞒下的好手艺。既然大家都知道官场门径多为游戏，为什么还玩得那么认真呢？又不是黄口顽童！原来大家都明白，皇帝虽然喜欢杀人，但只要哄得他老人家高兴，赏赐也是丰厚的。管他游戏不游戏，玩吧！玩得转了，不论赏下个什么官儿做做，便可锦衣玉食，富贵千秋。

替袁世凯造龙椅的人早算计过了：要等到这龙椅露出稻草

来，须得百年工夫。有着这百年时光，他们想做的什么事情早都做成了。督造龙椅的官员，早已福荫三代，赐公封侯了。那些抡斧拉锯的工匠，倘若运气不错，也早已由奴才变成主子，他们的后人只怕也做上总督或巡抚了。这个时候，如果稻草露出来了，混得有头有脸的后人，大可替显祖辩白。总得有个人抵罪，倒霉的大概是某位混得最不好的后人。也不一定真会出事，皇帝表示宽厚仁德也是常有的。如果后来真有袁二世或袁三世，他兴许会说：这都是猴年马月的事了，朕不予追究。只是各位臣工往后要仔细当差，否则朕决不轻饶！

倘若袁世凯当时就知道自己坐着稻草龙椅呢？我想他也不会龙颜大怒，只把这口气往肚里吞了算啦！宰相肚里尚且撑得船哩，何况人家是皇帝！袁世凯心里很清楚，如果离开身边这帮成天哄骗他的人，他是连稻草龙椅都坐不成的，他得坐冷板凳！

# 枕头记

我自小睡眠不好，八九岁的时候就因为失眠去看医生。记得医生还逗我说，你才多大就有心事了？我身材伟岸不起来，只怕就是小时候睡得太少。也因为睡不好，就养成了胡思乱想的毛病。倘若有种技术，能够把我失眠时的古怪想法记录下来，说不定还有文学价值。意识流或许就是这么回事？

睡不好终究是件恼人的事。我常常同枕头搏斗通宵，而枕头是永远不称心的，不是硬了就是软了，不是高了就是矮了。有段时间，我突然爱上五星级酒店的大枕头，它能让我安然入睡。我遂跑到商店，一模一样地买了一个。初睡上去，感觉甚好。可是不到半个小时，发现这枕头仍不叫我舒服。琢磨半日，原来是这枕头太有弹性，它同我的脑袋时刻僵持着，很叫人吃力。

突然知道有种药枕，枕芯里灌满各色中药材，据说安神健脑，治失眠最是见效。我立即跑去买了一个。当晚，我闻着淡淡的药香，很快就庄周梦蝶了。我相信自己从此过上了幸福生活。可是不到半个月，夜里又是辗转反侧了。我疑心药枕是有期限的，用久了就会失效，便又去买了一个。果然，初用几日，睡得安稳，过不多久又失眠了。如此换了三四个药枕之后，再也感觉不到它的催眠效果。于是，药枕又让我舍弃。

我开始怀念小时候用过的荞壳枕头。家乡老式的荞壳枕头，枕衣是青色土布缝的，两端用料多是红缎面或织锦。不用枕芯，荞壳直接灌进枕衣里。那枕头不似现在流行的扁平状，而像一小段圆柱子，长约两尺。睡这种荞壳枕头，大可以由着自己喜好，随意调整它的形状或高低。你想叫它是什么样子，它就是什么样子。

可是，我的家乡早已没人用这种枕头了。我在一本叫《我不懂味》的书里，写到了自己对荞壳枕头的怀念。不料我的爸爸妈妈看了我的书，真当回事了，满村子去找荞壳。家乡已经没人种荞子，荞壳自然罕见。有乡亲就把多年前用过的荞壳找出来，送到我家里。收罗了好几户人家的荞壳，也只有两三升的样子。这些荞壳都是无意间留下来的，不是生虫就是发霉了。难得乡亲们的好意，妈妈便把这些荞壳洗干净，再一碗一碗地放进微波炉里消毒。老人家预先并没有告诉我这些故事，我只是有天突然就收到了家里寄来的荞壳枕头。那天黄昏，我坐在阳台上陪家人聊天，怀里抱着这个荞壳枕头不肯放下。

睡上荞壳枕头，我真的不再失眠了。可是枕头的故事却继续发生着。有天，我收到来自西安的包裹，打开一看，原来是一对荞壳枕头。枕头是用特快专递寄来的，复写上去的地址和姓名都很模糊，辨认不清。我很想见见这位朋友，可是至今未识庐山。一位旅居北京的湖南朋友打来电话，说其实荞壳枕头在长沙就有卖的，他细细告诉我在哪家商店，哪个货柜。真是有心人。有位开茶馆的朋友专门给我做了个枕头，枕芯用的是铁观音的梗子。她相信茶叶能够安神，便忽发此等奇想。我枕着一大袋铁观音睡觉，实在太奢侈了。我后来细细一问，方知那袋铁观音梗子，来得实在太不容易。原来,她需将铁观音的叶子一片片扯掉,非常的费时费力。

感谢这些朋友,我真是个幸福的人。我舍不得荞壳枕头,也舍不得铁观音枕头,便索性二者各取若干,再掺些薰衣草和玫瑰花,做了个"五湖四海如意枕"。我不得不说出一个秘密:这枕头真的棒!

# 做人要厚道

我对媒体的朋友有个建议：做人要厚道。有的记者天天跟着领导跑，平时最爱吹的牛皮就是同某某领导吃过饭。抢拍了领导的好镜头就沾沾自喜，如果发表出来了就等着领导表扬。这些都没有什么值得评论的，无非职业而已，况且记者各有各的性格，领导各有各的爱好。但是，记者如果把领导身上的名牌服装、名牌皮带、名牌皮鞋等都拍得纤毫毕露，那就不厚道了。

历史教训应当记取。东北有位慕姓高官，他在落马之前，香港媒体有记者对他浑身名牌质疑。香港记者不怕领导找他们谈话，他们自己谈起话来也就没什么顾忌了，说这位官员身上各种行头价值数万，内地市长是没有这个消费能力的。没过多久，这位像名牌模特儿的市长身陷囹圄，那位香港记者的报道成了媒体争说的热点。事情虽然只过去几年，却也算得上历史，而且教训是深刻的。

当那位香港记者的报道被媒体炒作之际，内地官员身上的行头是否朴素过一些日子，我没有留心观察。但从现在的情况看，有的官员依然像时装模特儿。他们要么就是记性不好，要么就是根本不怕。我在网上看到一则关于某领导深入基层的报道，配发了这位领导的半身特写照片。我出于好奇，点开下面的评论。不料，网友们对报道本身根本不感兴趣，集中火力评论领导身上的名牌。网友们火眼金睛，不光认出了领导外衣的牌子，就连里面羊毛衫的牌子都看清楚了。有的网友幽默，叫大家猜猜领导的裤子、皮带、皮鞋、袜子是什么牌子。因为照片上看不到。网友们瞎猜，估计这位领导浑身披挂至少价值两万元以上。可是有位自称知情人的网友发言说，不止啊，估价两万太保守了！这位知情人，说不定就是领导身边工作人员。第五纵队是最可怕的。我建议领导动用有关部门的技术侦查手段，查查这位知情人。这位知情人也不厚道。

　　我想应该发明一个名词，叫日常腐败。官员们平日吃的、穿的、用的、玩的，都是不能同他们算账的。光说抽烟，很多官员抽的是百多块钱一包的香烟，只算每日一包，每月光是抽烟就得花三千多块钱。他们光靠抽烟显然是活不了的，还得有别的消费。中国内地公务员月薪三千者凤毛麟角。如果我们老百姓脑子太古板了，硬要在这些小节问题上较真，还要不要官员们领导我们奔小康？正像每篇官样文章都必须说的，什么工作都需要加强领导啊！这些司空见惯的小节问题，就是日常腐败，老百姓最好装聋作哑。

# 我们把肉体放在何处

　　人之肉身，与生俱来。人之为人的一切可能，首先都是因为有了肉体。人的灵魂精神，喜怒哀乐，拟或愚昧也罢，智慧也罢，都必须以人的肉体为载体。没了肉体，便如水浇火，青烟散尽，惟余冷灰。

　　精神依托肉体而存在，早已是现代科学的常识。但我们回首人类心灵史，却是一部不断蔑视肉体，仇视肉体，背离肉体，戕害肉体，忘却肉体的历史。人类真是一种很奇怪的动物，他们逃离肉体，欲往何处？人类的荒诞在于大多时候，他们总是蔑视和背叛自己所固有的，向往自己没有的，甚至不可能有的。他们的内心永远有一种超越和解脱的渴望，一种寻找生命价值和意义的焦虑。

　　鲁迅先生尖刻地讽刺过那些拔着自己头发想离开地球的人，可是千百年来，人类一代一代确实在做拔着头发想离开地球的事。世世代代困扰着人类的这种灵魂相对肉体的无望挣扎，究竟缘何而起？别的动物也同我们一样因为肉体而焦躁不安吗？又是谁独独给人类设置了这样的宿命？或者，真有一个上帝吗？人类的命运不过是上帝设置的一个游戏？人类的生活永远在别处。从这个意义上说，人类注定是一种绝望的动物。

人类为什么如此害怕自己的肉体？灵与肉一定势不两立的吗？东郭先生曾问庄子，你所说的至高无上的"道"在哪里呢？庄子说，道无所不在，在蝼蚁，在杂草，在烂瓦，在屎尿。既然如此，庄子为什么又非要人们形如槁木，呆若木鸡，心无所悬，坐化忘机呢？非如此不能悟道。人们肉体的丰富感觉，它所给予人的愉悦和痛苦，难道不是大化和自然的一部分吗？可是庄子言下之意，道无所不在，惟独不在人的肉体内！中国的哲学家至少从庄子开始，就把肉体忘得干干净净！

康德有言，有两样东西，我们愈经常愈持久地思索，它们就愈使心灵充满始终新鲜的不断增长的景仰和敬畏：在我之上的星空和居我心中的道德法则。中国文化中，康德所言心中的道德法则，即孟子所谓的"人皆有不忍人之心"。孟子打了一个比方。一个小孩落井了，看到的人不免惊骇，油然而生恻隐之心。此等恻隐之心，不是因为想和小孩的父母搞好关系，不是想在乡邻中博得见义勇为的美名，也不是因为孩子呼救的声音刺耳难听，确实因为心中有所不忍。孟子说，无恻隐之心，非人也；无羞恶之心，非人也；无辞让之心，非人也；无是非之心，非人也。恻隐之心，仁之端也；羞恶之心，义之端也；辞让之心，礼之端也；是非之心，智之端也。人之有是四端也，犹其有四体也。孟子说的这四端，就是人性中的善。善是与生俱来的，在人的内心自然生长，像小树长成大树，花苞开成花朵。只要听凭善的本性滋长，人皆可以为尧舜。

身体发肤自然受之父母，人性的善受之哪里呢？孟子说，善来自天。他说的这个天，不是自然界与地相对的物质的天，不是陶渊明所谓"天运苟如此，且进杯中物"中的命运之天，不是

245

"上邪，我欲与君相知"中的主宰凡人之命的天，而是意理之天，道德之天。冯友兰先生认为，孟子所谓的天，即是一个由道德主宰的宇宙，人间的道德原则就是宇宙道德在人身上的体现。

于是，人的肉体和人性浑然而来，人的肉体和宇宙道德第一次连在了一起。这是贯穿中国文化始终的天人合一思想的开端。孟子说，吾善养吾浩然之气。什么是浩然之气？"难言也。"它至大至刚，塞乎天地之间，上下与天地同流。它是一种宇宙之气，超乎人的道德之上。然而，这种浩然之气同样可以养在人的心里，运行于人的身体和行为之中，最要紧的它必须寄居于人的肉体。

但是，孟子的浩然之气存在于什么样的肉体里呢？或者存在于什么样的肉体里并不重要，重要的仅仅是心灵？我想到了苏格拉底。苏格拉底生活在公元前469年到公元前399年的古希腊。他的身体就是与常人不同的：面孔酷似野兽，体魄异常强健。宴会上，他是铁打的汉子，一个精力无比充沛的人。困倦和烈酒对他毫无影响。每当人们烂醉如泥，酒量最大的人也被折腾得筋疲力尽之后，惟有他可以从容地扬长而去，继续来到广场上唇枪舌剑，驳倒他的对手。

苏格拉底对严寒的非凡抵抗力也让人惊讶。寒冬天气，人们躲在家中闭门不出，还得穿上羔羊皮袄，裹上毡子。苏格拉底依然穿着平时那件大衣，赤着脚出门，安然行走在冰雪之中。路上的士兵们对他侧目而视，以为苏格拉底故意嘲笑他们在寒冷面前的畏缩。

苏格拉底强健的肉身与他令人生畏的智慧难道不是相互依存的共生体？敏捷的思维必须要有强健的肉体才能承载。有时，苏格拉底黎明即起，笔直地站在那里苦苦思索着。中午到了，人们议论纷纷：从黎明起他就站在那里思考问题！夜幕降临，好奇的人们吃过晚饭,把卧床搬到外面,观察苏格拉底的动静。他们看到苏格拉底就这样沉思着呆立了一夜!太阳升起了,苏格拉底对着太阳,虔诚地做过祷告,然后离去。

我们无从知道孟子的肉体生活,不能想象他是在怎样一具肉体中涵养他的浩然之气。尽管孟子及其弟子共同著有《孟子》七卷,但其中对孟子世俗的肉体生活却鲜有记载。然而,从《孟子》的一些篇章中,我们略许可以看到孟子对肉体的态度。孟子说,理义之悦我心,犹刍豢之悦我口。从孟子的这个比方,我们知道他是承认肉体与生俱来的本能需要的。他更是明确地认为,口喜美味,耳喜美声,目喜美色,四肢喜安逸,这些感官喜好是先天的,属于天命。天命的存在是合理的。孟子游说齐宣王实行王道,齐宣王推托说,不行啊,寡人有疾,寡人好色。孟子马上说,没关系,只要你照顾到老百姓也有同样的欲求就可以了。

但孟子轻视感官的"命",却极端重视心灵的"人性"。孟子说的人性,并不包括与人本能的肉体需要,而独独指人性之"善",即所谓仁义礼智四端。他认为惟此四端,人才区别于禽兽。这是人的高贵优越和独特之处。"命"与"性"虽然都是先天的,但肉体感官的需要是"小体",单纯追求"小体"的满足是小人;而仁义礼智是"大体",追求"大体"则为大人。所以孟子说,人之所以异于禽兽者几希!庶民去之,君子存之。求则得之,舍则失之,是求有益于得也。孟子极其强调人的个体对理性追求的重要,甚至主张"舍生取义"。鱼我所欲也,熊掌亦我所欲也,二者不可得兼,舍鱼而取熊掌者也;生亦我所欲也,义亦我所欲也,二者不可得兼,舍生而取义者也。

于是孟子做了选择:义重于生,性高于命。孟子眼里的灵与肉虽不是水火不容,却是轻重判然。从孟子开始,中国哲学便走上一条重灵轻肉,直至存天理灭人欲的道路。按照现代心理学的

247

说法，人的欲求产生于匮缺。孟子重灵轻肉，重性轻命，难道是因为他的肉体生活没有产生匮缺的缘故？孟子生于约公元前371年，死于公元前289年，活了八十二岁，在那个时代是相当长寿的。这也许同他肉体的世俗生活优裕有关？孟子虽然也曾周游列国，推行王道遭到冷遇，但齐宣王对他一直优待有加。他和天下鸿儒齐居稷下学宫，齐宣王专门为他们开康庄之衢，高门大屋，相当尊崇。孟子的膳食自是不错，甚至可以选择于鱼与熊掌之间，营养应该是不成问题的。由此可见，他的肉体很好地承载了他养其浩然之气的使命。但是，他好像并不感激自己的肉体。

孟子的同代学问家庄子是一个追求快乐的人，虽然他有时靠借米度日，有时以编草鞋为生。他做过漆园小吏，可是没干多久就归隐了。显然，庄子追求的不是物欲满足的快乐，不是肉体感官的快乐。他的快乐恰恰是要忘却肉体，泯灭肉体感觉。庄子的快乐是在宇宙间的逍遥游。他的逍遥游有"有待"与"无待"之分。"有待"的逍遥游就像那只大鹏，翅若垂天之云，一怒而飞，绝云气，负青天，水击三千里，扶摇直上九万里。这是何等的力量与自由，可谓逍遥矣。可惜，它的自由不是绝对的，必须"有待"：它的飞翔依赖于海啸带起的大风。所以大鹏的快乐也只是相对的快乐。

庄子认为最高境界的逍遥是"无待"的，即不借助任何外在力量的"至乐"。能够获取这种"至乐"的人，必然是"至人""神人"和"圣人"。他们已经做到了无己，无功，无名，物我两忘，天人合一，所以能凭借自然的本性，顺应六气的变化，独与天地精神相往来，绝对自由地逍遥于无穷宇宙之中。

庄子描绘的绝对自由的"至乐"的确令人神往，但要达到至乐境界非常人所能。须知人要忘却肉身，谈何容易！《庄子·大宗师》里描述了孔子最聪明的门生颜回学习"坐忘"的过程：

颜回对孔子说,老师,我长进了。

孔子问,怎么呢?颜回回答,我忘掉仁义了。

孔子说,不错,但还不够。

隔些日子,颜回又对老师说,我长进了。

孔子又问,怎么呢?

颜回说,我忘掉礼乐了。

孔子又说,不错,但还不够。

又过一些日子,颜回又说,老师,我长进了。

孔子又问,怎么呢?

颜回说,我坐忘了。

孔子大惊不已,说,颜回,你真贤明啊。请让我做你的学生,跟随你一起学习吧!

什么是坐忘呢?依颜回的说法,就是要"堕肢体,黜聪明,离形去知,同于大通"。

原来,坐忘就是要废弃肢体,闭塞耳目,离析肉体,然后除去心智,这样才能和大道融通为一。

庄子在《大宗师》里敷衍的这个故事,表明的正是他对肉体的态度。庄子眼里,人的肉体只要顺其本性,不以人害天,同样可以有相对快乐。可是,生老病死是自然法则,无法回避,人只要活着就得承受无穷的痛苦。而人的种种痛苦的根源,都因为人的肉体存在。只有彻底抛弃这个臭皮囊,把它忘个一干二净,方可有真正的自由。正像南郭子綦,神情木然,人如槁木,心成死灰,吾丧我而物化,如此同于大道。于是栩栩然蝴蝶,或蘧蘧然周也。这时,绝对自由的逍遥便来临了。

我们承认庄子解决痛苦的方法确实高妙。他实在太聪明了,来了个釜底抽薪。产生痛苦、感受痛苦的肉身都已被废弃和忘却,还有什么必要去问痛苦因何而生,怎样解决痛苦呢?庄子不是去解决问题，而是把这个问题直接撤销了。其实庄子这种解决痛苦的方法，浓眉长髯的老子早就说过了。他闭目坐在树下，轻描淡写地说道：吾所以有大患者，为吾有身。及吾无身，吾有何患？我怀疑的是老子或庄子，他们自己真正做到了"无身"吗？或者，中国古代的哲学或哲学家从来就是矫情的？也许，武断地说老庄们矫情倒也容易，但要说清楚他们为什么要矫情就有难度了。

孟子和庄子，对待肉体都不是太友好的，只不过孟子冲和些，庄子残酷些。

庄子没有想到，他死后两千年，西方德国一个叫费尔巴哈的哲学家伸出指头，轻而易举就点住了他的死穴。费尔巴哈写道：思维活动是一种机体活动。他直截了当地把意识生命首先还原给物质。他认为，表现在感觉上的就是真实。换言之，可感觉的表现就是实在本身。感觉直接产生于肉体，产生于口鼻眼手耳。一切思维活动都是通过肉体而展开的，智力的运行表现在肉体上，而且只能表现在肉体上。费尔巴哈给肉体赋予了哲学的尊严。

庄子是否想过，当他真正形如槁木心如死灰地坐忘之时，他能通过什么媒介感受到他所津津乐道的至乐？当感受痛苦的肉体彻底废弃之后，感受到乐的肉体不也同样不存在了吗？更何况庄子之所以能够描绘出如此玄妙迷人的绝对自由境界，恰恰因为他有一个高度智慧的感官肉体。现代医学倒是证明，人之将死，意识模糊，只能产生种种离奇的幻觉。但这种幻觉哪怕美如海市蜃楼，也决然不是庄子心目中的至乐吧。庄子确实是一个快乐主义者，然而他的至乐只是一种人们永远无法达到的寂灭。这一点上，他不是与佛教的涅槃殊途而同归吗？顺便说句，释迦牟尼悟道的故事同佛家教义的背悖同样是不可理喻的。这位佛教始祖苦行六年，形容枯槁，奄奄一息，未能悟道。如果不是那位善良的牧羊女搭救了他，就没有千年佛教的绵绵香火。释迦牟尼喝了牧羊女舍予的鲜奶，恢复了元气，才终于在菩提树下觉悟了。悟道终究还须元气充沛的肉身啊！可是，佛教提倡的依然是忘却肉体。

中国哲学就是在这种敌视生命，鄙视肉体状态下蹒跚起步了。可是，无论怎样的一统江山，无论怎样的千秋万代，毕竟会有另类的声音破口而出。同样是被记载在道家的著作《列子》第七篇中的杨朱，便是这等异类。此杨朱不是与孟子同时代，被孟子视为大敌的哲学家杨朱。那个杨朱是真杨朱，孟子称他是"拔一毛而利天下而不为"，说天下之言，"不归杨，则归墨"，并将"距杨、墨"视为自己最大的责任，足见杨朱当时的影响力。

《列子》中的杨朱则假托了战国时代的真杨朱之名。这位假杨朱说，人能活到一百岁者，千人之中无一人也。假设有一个，除掉孩抱与昏老之时，再除掉睡眠的时间和人生的痛疾哀苦，亡失忧惧，生命已所余无几了。人生苦短，生既是暂时，死后亦归于寂灭，所以要及时行乐，"且趣当生，奚遑死后"。人生惟有快乐享受才有价值，人生的目的和意义也就在于此。欲望愈能得到充分的满足，人生才愈为可乐。

这个假杨朱有点像一千五百年后出现在法国的唯物主义哲学家拉美特利。拉美特利给自己改名为"机器先生"。他如此描述自己：机器先生没有灵魂，没有思想，没有理智，没有道德，没有判断，没有趣味，没有礼貌，没有德行。一切都是肉体，一切都是物质。拉美特利原是一位军医，因为患上一场热病，摇身一变成了享乐主义的唯物主义哲学家。也许疾病有助于哲学家了解肉体，或者说病狂往往催生哲学家。拉美特利病中发现，思维能力仅仅是肉体这个机器结构组织产生的一个结果，而肉体完全是物质的。拉美特利的原理非常简单：人是机器，宇宙中惟有变化

251

多端的物质。拉美特利自从有了自己的哲学,便肆无忌惮,出言不逊,纵情享受肉体快乐。他别出心裁,用鹰肉代替鸡肉,加上猪肉和生姜,又塞进一些变质猪油做成馅饼,最后因为消化不良而一命呜呼。拉美特利死得真像个哲学家!

《杨朱》篇里还虚构了这样一个故事:

晏婴问管仲怎样养生。管仲说,肆之而已,勿壅勿阏。

晏婴又请教,愿闻其详!

管仲回答,恣耳之所欲听,恣目之所欲视,恣鼻之所欲向,恣口之所欲言,恣体之所欲安,恣意之所欲行。

显然,管仲认为所谓养生,就是要满足耳目鼻口身体各种感官欲望,美声美色,美味美服,总之要恣欲纵行,否则就是"壅"、"阏",就是对生命欲望的压抑和虐待,就只有痛苦烦恼。如此活着,即使活上一百年一千年乃至一万年,又有什么快乐和意义呢?不如纵情享受,及时行乐,去掉烦恼的根由,熙熙然等待死的到来。这样,哪怕只活上十年,一年,一月,一天,也算是活过了。

管仲对晏婴所说的养生,就是简单赤裸的肉体享乐。生命的本质只在于感觉,享乐就是道德。生命通过肉体欲望的满足获得自由。这就是《杨朱》里面管仲的人生哲学。

管仲对晏婴说了这一番养生的大道理后,问晏婴道:我已经告诉你怎样养生了,那么你死后又该怎样?

晏婴一通百通,马上回答道:死后就无所谓了。既然死了,人还能怎样呢?烧掉也行,丢到河里也行,埋掉也行,暴露在外面也行,用柴草裹着弃之沟壑也行,衮衣绣裳装进棺椁厚葬也行。

管仲高兴地说:生死之道,我们都已进一步地领悟了。

同样,《杨朱》篇里还讲了另一个故事。当然这个故事也是虚构的。公元前6世纪郑国著名的政治家子产治国三年,成绩斐然。可他的一个哥哥和一个弟弟,却是一个酗酒,一个好色,臭名昭著。子产痛心疾首。

有一天,他郑重地找他们谈话。子产说:人之所以比禽兽高贵是因为他有智慧,能思考。智慧和思考使人有礼义。一个人,只要守礼讲义,名和位自然会来找他。如果只是任情而动,耽于嗜欲,他的性命就危险了。

子产的哥哥弟弟怎样回答的呢?他们不以为然地说,善于治外的人,还没开始治外自己的身心就已经痛苦。善于治内的人却因为听从自己的内心,不矫情地迎合别人而身心安逸。所谓"治外",使人守礼讲义,不过是为了迎合世俗,是"从人",这种道理也许可以在一国之内推行,但未必符合人心。如果像我等,任其自然,顺从本心地活着,不但可以推行天下,连君臣之道都无用武之地,都可免了矣。

子产听后木然。

应该说,《杨朱》所表达的思想,实际上就是魏晋名士们"越名教而任自然"生活的开端。《列子》一书,其实就是魏晋人的作品。魏晋时代,终于成为中国历史上一个风流蕴藉率性任情的时代。

魏晋时期很有一批追求粗鄙的肉体享乐的人,他们极尽声色口欲满足之能事。写作《无名论》的"正始名士"何晏,因为母亲貌美,被曹操收为义子。他姿容美丽,好修饰,面至白,魏文帝都怀疑他脸上搽了粉。有一次正是大夏天,魏文帝故意赐给他热汤饼吃。何晏吃完满头大汗,他用自己大红衣袖擦汗,脸色更加皎然。何晏是个登徒子,纵情声色,从妓女那里学来名为养生、实为催情的"三峰"药。他不但自己享用此药,还用它来讨好当权的大将军曹爽。何晏纵欲过度,虚火攻心,当时的神鉴名家,也就是看相先生管辂给何晏看相说,何晏魂不守舍,血不华色,精爽烟浮,容若槁木,谓之鬼幽。鬼幽者,为火所烧。想象起来,何晏也许真像一个面色苍白的幽灵。何晏为了补精益气,发明"五石散"服用。"五石散"其实是用紫石英、白石乳等五种矿物质放在一起熔炼,熬成粥状服食。此药性酷热,药效一旦发作,皮肤如有火烧,所以服药者都须穿着宽衣绶带,长袍大袖。"五石散"成为当时富贵高雅的象征,据说何晏只有招待最高贵的客人时才捧出此种仙药。何晏最后因依附曹爽而被司马懿所杀。我想即使他有可能寿终正寝,也不会长命。

但是,以《杨朱》的理论来看,何晏反而属于"善养生"者了。"五石散"的名气如此之大,以致到了阮籍嵇康时代,人们对服药仍迷信不已。《晋书·嵇康传》记载,当时有一个嵇康的崇拜者王烈,他在山上得到一种"石髓如饴"的东西,视为宝贵之物,自己吃了一半,留了一半准备送给嵇康吃。可惜还没来得及送到嵇康手里,那神奇之物就已凝固成石头了。人们于是说嵇康所以不能长命,也许就因为他没吃上这种石浆。所谓"石髓如饴"的故事,说明的正是"五石散"之遗风。

《世说新语》里记载了很多魏晋人追求极致的感官享受,穷奢极欲的故事。石崇、王恺斗富,人们多已熟知。王恺用糕饼擦锅,石崇就用蜡烛当柴烧饭;王恺用紫丝绸衬上绿绫里子做了长达四十里的步障,石崇就做五十里;石崇用香料刷墙,王恺就用赤石脂刷墙。晋武帝曾把一株两尺高的珊瑚树赐给王恺,这棵御赐珊瑚树,枝柯扶疏,世罕其比。王恺得意地向石崇炫耀珊瑚树。岂料石崇不屑一顾,用手中的铁如意应声将它打碎。王恺声色俱厉。石崇满不在乎地拿出自己收藏的珊瑚树赔给王恺,其中光彩流溢,三四尺高的就有六七株。石崇家的厕所用沉香汁和甲煎粉熏得芬冽四溢,十多名婢女丽服藻饰,侍候其间,以致客人都不好意思去上厕所。石崇大宴宾客时，令美人劝酒。客人如果不肯饮酒，石崇就命令阍奴把美人拖出去杀掉。丞相王导和大将军王敦经常同在石崇家做客，王导本不善饮，为了不使劝酒的美女丧命，每次都喝得酩酊大醉。王敦却故意不喝，冷眼旁观。有一次，因为王敦不肯喝酒，已经杀了三个美人。王导实在不忍，责备王敦。王敦满不在乎地说，他自杀他家的人，与你何干？

　　王恺的儿子王济，少有逸才，文词俊茂，又娶晋武帝的女儿常山公主为妻，为一时秀彦。他和父亲一样，豪爽奢侈，华衣玉食，甚至去与他父亲比富。有回晋武帝御临他家用膳，一百多名婢女，身穿绫罗，手擎饮食，上下伺候。有一道蒸乳猪，味极鲜美，令晋武帝大异，不禁相问。王济却淡淡地说，这小猪不过是人乳喂养的罢了。晋武帝大为不悦，饭没吃完，拂袖而去。

　　有意思的是像何晏、石崇这些人，穷珍极丽，盛致声色，极重肉体感官的享乐，却并非只剩肉体。任何一个肉体享乐者都不可能彻底做到行尸走肉。何晏居然是正始年间系统地阐述老庄思想的大学者。他进一步发挥老子"天地万物生于有，有生于无"的思想，提出"有之为有，恃无以生，事而为事，由无生成。夫道之而无语，名之而无名，视之而无形，听之而无声，则道之全焉"。所以，道即为无。又因老子提出过"人法地，地法天，天法道，道法自然"的命题，何晏进而指出，"天地以自然运，圣人以自然用"。又因为庄学主张以理化情，所以何晏以为圣人无情，没有喜怒哀乐。何晏的肉体生活也许正是他哲学思想的极端体现。兴许充分满足和享受肉体欲望，就是何晏所谓的"圣人以自然用"？道既为无，精神道德伦理自然也为无，肉体同样为无。彼都为无，何必有高下雅俗正邪之分？

　　石崇也有颇为一本正经的时候。石崇常和王敦一起到学校去游玩。有一天，望着学校里挂着的颜回画像，石崇忍不住说，如果我和他同为孔门弟子，恐怕也没有多大的区别吧？王敦嘲笑他说，你只能与家有千金的子贡相比。石崇却严肃地说，读书人就是要追求生活舒适，名高位重，何必和那些穷苦人扯到一起？也许在石崇看来，追求生活的舒适享受是人生再正当不过的欲望，根本不存在不礼不义有违名教的因素。石崇也是有他自己的哲学的。

魏晋时还有另一类人，他们也放浪形骸，狂放不羁，然而简约玄澹，俊雅疏放；他们任情，重情，深情，纯情；他们也是越名教而任自然者流，却真正体现了超逸脱俗的风流精神。

阮籍和阮咸叔侄都名列"竹林七贤"之中。阮氏家族皆能饮酒，诸阮共聚，饮酒往往不用杯盏，而以大瓮盛酒。众人围坐，相向大酌。阮家养的猪也颇有酒性，常常群集酒瓮之侧，同诸阮一起把嘴伸到瓮里开怀大饮。毕加索曾画过一幅素描，描绘了文艺复兴时期艺术家们放浪形骸，人猪共醉的情景。画家不曾知道，中国的一群风流哲学家比他们早一千年就体会到这种"同于万物"的自由境界了。

"竹林七贤"中的另一个更有名的酒徒是刘伶。刘伶身长六尺，相貌丑陋，整日沉迷醉乡，神情悠忽，视形骸为土木。他耽酒而病，却更为渴酒，哀求他妻子给他一点酒喝。妻子劝他戒酒，哭泣着毁掉酒器，把坛子里的酒也一倾而尽。刘伶说，好的，我自己无法控制酒瘾，只有在鬼神面前发誓才能戒掉。请你把酒肉供在神像面前，让我来祈祷发誓。于是刘伶跪在神像面前说，天生刘伶，以酒为名。一饮一斛，五斗解酲。妇人之言，慎不可听。于是饮酒进肉，又颓然而醉。

他的《酒德颂》无疑是他最生动的自画像：有大人先生，以天地为一朝，万期为须臾，日月为扃牖，八荒为庭衢。行无辙迹，居无室庐。幕天席地，纵意所如。止则操卮执觚，动则挈榼提壶。唯酒是务,焉知其余?

我们万万不可以为刘伶在醉乡中真的除了酒中滋味,其余什么也不知道。刘伶在醉乡中悟到的理,正是庄子"坐忘""物化""吾忘我"的高妙境界。刘伶在醉乡里"无思无虑,其乐陶陶。兀然而醉,豁尔而醒。静听不闻雷霆之声,熟视不睹泰山之形。不觉寒暑之切肌,利欲之感情"。这不是庄子所谓能够摆脱形与物的羁绊,自由逍遥的"圣人","神人","至人"吗?不同的是,庄子企图以忘却废弃肉体感官来达到这个境界,而刘伶恰恰却是通过肉体感官达到了这个境界。庄子的道路是一条行不通的绝路,而刘伶的道路却简便易行。

阮籍、嵇康这些魏晋风流名士,都自觉或不自觉地走了一条由肉体通向性情的道路。他们不是肉体的蔑视者和敌视者。他们与庄子的目标一致,途径却相反。肉体是他们飞升的翅膀,而不是障碍。他们知道,如果没有肉体,他们将什么也没有。没有肉体,既没有性情,也不会有哲理清谈,更不会有流芳后世的"魏晋风流"。人们都知道,正是因为嵇康肉体生命的消失,《广陵散》才"从此绝矣"!

中国思想史上最大的异端应该非李贽莫属。1602年(明万历三十年),李贽以"敢倡乱道,惑世诬民"的罪名被捕,关押在北京皇城监狱。一天,他吩咐狱卒给他剃发后,取剃刀自刭而死。临死前狱卒问他:痛否?他以指蘸血在地上写道:不痛。又问:为何自杀呢?答:七十老翁何所求?于是血尽气绝亡。

李贽曾夫子自道:天下世俗之人与假道学者流都把我看做异端,我不如干脆就做异端,免得他们把异端的虚名加在我的头上!

可见,李贽是自觉以异端自命的。李贽之异,异在何处?他公然为人的"私心"正名:夫私者,人之心也。人必有私而后其心乃见，若无私则无心矣。他宣称，吃饭穿衣，即是人伦物理。举凡好货，好色，多积财宝和多买田宅为子孙谋等，均为百姓日用之迩。这等"私心"，即"童心"，即人的最初一念之本心，所以绝假纯真。他依照此番逻辑，推出了情性自然论。他说，声色之来，发于情性，由乎自然。情性中自然涵有礼义，不需外在的礼义去约束。情性不可以一律求。人莫不有情，莫不有性，极具个体特征，岂可一律求之？李贽更是大声疾呼：不必矫情，不必逆性，不必昧心，不必抑志。

宋明道学家们的言必"存天理，灭人欲"，李贽则把人从所谓的"天理"拉回到"人欲"。他认为吃饭穿衣，声色财货，都来于自然，也只能听其自然。自然中已有礼义良知，何必外在求之！那些假道学、伪君子们在李贽眼里是面目可憎的：志在温饱，而自谓伯夷叔齐；质本齐人，而自谓饱道饫德；分明一介不与，而以有莘借口；分明毫毛不拔，而谓杨朱贼仁。动与物迕，心与口违。李贽看腻了假道学的嘴脸，终于忍不住破口大骂：阳为道学，阴为富贵。被服儒雅，行若狗彘！

李贽不光学说异端，他人生之旅也殊为异端。他有官弃官，有家弃家。他的弃官弃家并不是为了摆脱世俗欲望，而是为了更自由地追逐自己的欲望。他认为自己在欲望中深谙佛家游戏三昧，已经无善无恶，和光同尘了。他六十一岁出家为僧，却没有受戒，也不守戒规。他从不奉经祈祷，连读书都怕费目力，而让别人读给他听。他居然率领僧众跑到一个寡妇的卧室里化缘，又作《观音问》与士人妻女论"道"。他公然宣称，与其死于假道学之手，宁死于妇人之手。

李贽的狂诞悖戾使那些道学家们既怕且怒。1601年初春，他出家为僧的芝佛院被一场来历不明的大火烧得四大皆空。据说纵火者乃是当地官吏缙绅所指使的无赖。1602年，曾是他的好友的礼部给事中张问达上了一本奏书，参劾李贽耸人听闻的罪状：尤可恨者，寄居麻城，肆行不简，与无良辈游庵院，挟妓女白昼同浴，勾引士人妻女入庵讲法，至有携衾枕而宿庵观者。终于，万历皇帝大怒，着令锦衣卫将他捉拿入狱。他的著作也被下令焚毁，应验了他自己起的书名《焚书》。

纵观中国的哲学发展史，尽管多多少少有几个离经叛道者，大体上还是一部灵魂对肉体的压迫史。中国人哲学存在的前提仿佛必须是蔑视肉体。既然肉体如此低级鄙俗，成了人性善的桎梏，那么我们能将肉体放在何处？

我们今天再提对肉体欲望的压抑与厌弃已经不合时宜，但谈论灵魂的高尚与自由又往往被看成迂阔可笑。新的疑惑又出现了：这是否可以看成历史的进步？是人性的张扬还是人性的堕落？我们到底在追求什么？我们所要的生活到底存不存在？人类什么时候才能像歌德笔下的浮士德博士那样，对我们所能够拥有的生活心满意足，禁不住喊一声：生活呀，你停下来吧，太美好了！

英格玛·伯格曼导演的电影《第七封印》中有段台词有些意思：我的肠胃就是我的世界，我的脑袋就是我的永生，我的双手是两个呱呱叫的太阳，我的两腿就是时间的钟摆，我的一双臭脚就是我哲学的起点！天下事样样都跟打了一个饱嗝似的，只不过打嗝更痛快些。

这段俏皮得有些粗俗的台词，道出的其实正是哲学的本源。如果想说得文雅或严肃些，我们可以引用诗人保尔·瓦莱里的话：一切人体未在其中起根本作用的哲学体系都是荒谬的，不适宜的。

尼采在《查拉图斯特拉如是说》中写道：你肉体里的理智多于你的最高智慧中的理智。

可是，人世间有多少疑惑经得起追问？人世间又有多少追问会有答案？或者，疑惑本身就是答案？

也许，人类的宿命就是永远只能眼泪汪汪地望着到达不了的彼岸！

# 二十年小说创作之检讨

一

我的处女作发表于1990年，为一个短篇小说，叫《无头无尾的故事》。小说发表地是《湖南文学》，它应算作《文学界》的前身。这篇小说的主人公叫黄之楚，一个市政府机关的小干部。所谓市，其实就是县。我当时正是某县政府的小干部，同黄之楚的级别相去不远。为了避嫌，故意写市，而不写县。当时官场中人只叫做干部，还没有公务员的说法。干部最低级别是二十四级。黄之楚大概二十三级，一个成天想着自己前途的年轻人。但是，黄之楚又是个读书人，骨子里有些清高，看不惯别人蝇营狗苟，却又为自己的不得志而郁愤。过久了这种日子，神经变得格外敏感，常为小事计较，常为鸡毛蒜皮烦恼。小说写的不仅仅是黄之楚这样一个人，而是写了黄之楚浸染其间的环境和氛围。此类小说，先后有了《很想潇洒》《望发老汉的家事》《花花》《蜗牛》《无雪之冬》《旧约之失》等等。里面的主人公都是官场小人物，他们仰人鼻息，任人宰割，无可逃遁，欲哭无泪。他们有时会用自命清高聊以自慰，但这种精神慰藉相当脆弱，稍不留神就被强大的现实摧毁。他们要么因学会卑鄙而飞黄腾达，要么因自甘颓废而失意消沉，坚守某种底线而走得稳健者实在是命运的宠儿。

如果说上面这些小说，写出的只是官场无奈的表象，那么后来的《朝夕之间》《秋风庭院》《今夕何夕》《夜郎西》《夏秋冬》和《结局或开始》这六部中篇小说，则注重往生活深处开掘。2002年5月，这六部中篇首次以《朝夕之间》的书名，集结为长篇小说出版。因某种技术性原因，此书停印两年后，又于2004年5月更名《西州月》再版。这部小说里的主人公关隐达，已让读者们印象深刻，评论界也多有论及。这个人物正如他的名字，内在是矛盾和冲突的，包含着隐与达。正如一位评论者所说，关隐达作为一个内心质朴优雅的读书人，他本能地追求一种隐的生活美感；但血性男儿的功业抱负，必然又使他向往着达。达与隐，不可兼得。关隐达便总是身心尴尬。他慢慢领悟了现实的生存智慧，似乎寻求到了达与隐的微妙平衡。然而无论是隐是达，都不可能是他的自主选择。他的命运沉浮，全凭一只看不见的手。他只能在无可奈何的喟叹中顺应那只手的操纵，他所能做的不过是尽量调整好自己在这只巨掌中的姿势而已。

关隐达早已不再是个单纯的文学形象，他真实地活在众多读者朋友的关切中。很多人建议我继续把他写下去，还嘱咐我给他一个好的命运。这的确是一个叫我心头隐隐作痛的人物，就像自己的亲兄弟。我期盼着他一路走得顺畅，然而心里早就知道他的命运不会太好。关隐达从小干部做起，他在小说里的结局看似不错，意外地被推上了市长位置。我不惜逃避真实的生活逻辑，固执地用所谓艺术真实来开脱。祈愿这不仅仅是艺术的真实，而是某种意义上的预言。关隐达是现行秩序的受益者，同时也是受害者。他有时是秩序的反抗者，有时是秩序的运作者，却始终是秩序的观察者和思考者。每个官场中人都是一只蜘蛛，大家心照不宣地在织造一张网。谁都在这张网里爬行，谁都被这张网粘住，谁也别想轻易逃走。关隐达看得清楚，想得明白，却无可奈何。现实缘何如此，关隐达似有所悟，读者也似有所悟。但是，终究谁也弄不明白。这是小说，也是生活。

## 二

　　书犹如人，也是有命运的。1999年5月《国画》出版，三个月内重印五次，此后再也没有印行。市面上却是盗版蜂起，曾有出版业界人士估计，盗版总量应在两百万册以上。中国最偏僻的县城，都可以看到各种面目的《国画》盗版。随之泛滥的还有各种盗名小说，不下百种署我名字的伪书，充斥于各地的小书摊。一家著名淘购网上有署我名字的书籍四千多种，皆为盗版书和盗名伪书。我原本拒绝为盗版书签名的，但有年夏天在南方某海滨城市，我宣布从此给盗版《国画》签名，直到它再版为止。我想借此表达自己对读者的敬意。自那以后，我见了卖盗版书的小贩也不再生气，他们多是无以谋生的升斗之家。也有单靠卖盗版《国画》发了大财的，如今已悠然地在加勒比海岸晒太阳去了。十年间，没有太多关于《国画》的正式评论或说法，人们在堂皇的话语空间里对此讳莫如深。但作为民间话题，一直没有停止过这本书的传说。正版《国画》无处可寻，盗印版本却广为流布。这本书顽强地活在地下。

　　命运如天，高高在上，无可逃避。但倘能叫人忘记命运的存在，这人间便是美好的。所谓遇上了好命运，必是先历经过太多的苦难；所谓交上了恶命运，则是陷入了深深的困厄。命运之神总在头顶盘旋的地方，终究不是乐土。中国人敬畏命运，原是命运之神太强大了，而人往往是渺小和无助的。我却又是个顽固的无神论者，并不相信命运之神真的高在云天。他其实就在地上，他同我们呼吸同样的空气，沐浴同样的阳光，吃着同样的五谷杂粮。此类所谓的活神仙们，倘若只掌管文字的死活，倒也不算太大的不幸。人死不能复生，文字却是不会死的。时间足可敬畏，希望总在潜滋暗长。

2010年4月，《国画》终于再版。我借机对此书作了些文字上的润色和修订。重读此书，我仍禁不住热泪盈眶。这超乎我的心理准备。十年过去了，我早该变得冲淡和平静。但是，书中的人和事，常常撩拨起我心中的火焰。《国画》里的保龄球需人工计分，如今电子计分的保龄球都已不再时髦，高尔夫成为贵人们的日常娱乐。当年的手机是奢侈品，如今豪宅和名车是贵人们私下收受的常见礼品。匍匐大地的众生仿佛越来越认命，愤怒已经是件很没有意思的事。我承认，这是一部孤愤之书，也是一部忧患之书。然而，它却又是一部叫某些人深深误解的书。我想，误解此书的人，绝不是因为其心智，而是某种极不诚实的故意。指鹿为马的人，并非真的不认识马。

此为我首部长篇小说，充其量只能算是习作。十年间，关于这本书的说法很多，或褒或贬，兼而有之。我不是个喜欢听奉承话的人，反倒更珍惜那些批评。金玉良言，若能弥补的，我愿借以斧斫之。但我十年间在文学上仍未能有所长进，知道《国画》尚有明显的瑕疵，却没有办法把它弄得更好些。今后写小说还须惜墨如金，不可太汪洋恣肆了。我写作《国画》的心境，确实有些按捺不住。也许再冷静些，平和些，放达些，小说会更加雍容大气。下笔如放野火，不顾格局和节制，与其说是逞才使性，不如说是撒野偷懒。全书不分章节,更无回目,苍茫而下,混沌一片。我的原意是把生活状态本身的模糊,直接投射到文本形式上。我的想法也许是幼稚的。

我听不少年轻朋友说,他们大学或研究生毕业的时候,老师郑重建议他们读《国画》。我闻之暗觉悲凉。中国古代的君子,胸怀修身齐家治国平天下的理想,必读之书是《论语》,他们相信半部《论语》足以治天下。若生逢乱世,想要出人头地,便只读《战国策》和《孙子兵法》之类,乱世中要生存下来,非用策与计不可。然而策或计越用得多,人心便愈加险恶狡诈。中国人却偏要把心机曲折美化,叫做"城府深",或曰"心思缜密"。

策或者计,确都可用。但人若把不择手段只求成功的策或计当做信仰,那是非常可怕的。我常想,中国的年轻人现在能够信仰什么?什么可以作为他们的生活教义?捡数之下,似觉一片荒寒。犹太教有部圣典叫《塔木德》,犹太人的孩子七岁便开始修习,终生遵奉。那是一部可以培养出一个民族高贵灵魂的书。而我们中国的所谓圣贤之学到了寻常百姓手里,也不过是世故庸俗的生存之道。哪怕是这些古人的余唾,也被我们抛弃百余年了。我深明那些老师嘱咐自己的学生读《国画》时的良苦用心,可我不愿意这本书被误读成策与计之类的东西。我更有自知之明,知道《国画》也并非一部了不得的书。如果年轻人涉世之初真的必读《国画》,我愿诅咒它速朽!

三

《苍黄》是我最新的长篇小说,2009年8月出版。小说的主人公李济运,一个县级官场的领导干部。这是一个看上去很平淡的角色。我的小说一向没有极端的形象,他们就像身边随处可见的各类人物。我也不喜欢写大开大合的大事件，看上去波澜壮阔、风起云涌。我觉得这些都是很表面的。生活多是常态，小说写常态，更能反映生活的本质。但是，写生活的常态，而又要写得耐看，写得有韵味，这是很有难度的。我的长篇小说从《国画》《梅次故事》《西州月》，一直到《苍黄》，都保持了这种风格。如果在小说中写惊天大案，没有哪部小说中的案子大过现实生活中的。假如热衷于写大案，只需把腐败案件的新闻报道现成拿来。很多大案的深度报道故事曲折，情节生动，且多有情色内容，只需串联起来，改改人物名字，稍作文字衔接，就是某类小说。但是，这不是文学，这是故事会。

《苍黄》同《国画》类似之处，就是没有一以贯之的中心事件，也谈不上什么主要人物。李济运不是中心人物，他很多时候是叙述者和看客。生活本身正是如此，生活并不以某个人为中心演进。生活的逻辑，应该就是文学的逻辑。我刻意选择李济运这样一种身份的人物，作为似是而非的中心人物。作为县委常委、县委办主任，李济运同种种事件都有联系，却又未见得身处旋涡中心。如此，他就能观察、能思考、能判断。这可以说是一种结构方式，或者一种叙事方式。小说技法，或者苦心孤诣，或者妙手偶得。

### 四

过去十年间，我有几年写了《龙票》《大清相国》之类远离现实的电视剧，之后都改作小说出版。与其说这是某种偶然机缘，不如说是我故意逃避现实题材。我此前有《国画》《梅次故事》《西州月》等三部小说遭遇出版障碍，使我不得不把笔从现实中抽出来。所幸的是这些都成为过去。

值得说说的是《大清相国》。曾有人质疑这部小说的史实，认为它不算严谨的历史小说。写这部小说之前，我是认真读了相关史料的。可我从来就不知道历史小说中，历史与小说该如何配方，史实应占几成，虚构只准几成。小说是需要故事、现场和细节的，只能去虚构。司马迁《史记》中的本纪和列传，处处可见虚构，与其说是史书，不如说是小说。史书可以像小说，那么历史小说呢？历史小说不必还原历史，也无法还原历史。

康熙朝名臣辈出，但宦海风高，沉浮难料。明珠罢相削权，索额图身死囹圄，徐乾学去官之后郁郁早逝，高士奇备受尊荣却被斥退回籍。满朝勋功少有善终者，这部小说的主人公陈廷敬却驰骋官场五十多年，历任工、吏、户、刑四部尚书，官至文渊阁大学士，晚年乞归之后仍被召回，七十三岁老死相位。

小说初版时，我写过几句话：清官多酷，陈廷敬是清官，却宅心仁厚；好官多庸，陈廷敬是好官，却精明强干；能官多专，陈廷敬是能官，却从善如流；德官多懦，陈廷敬是德官，却不乏铁腕。

陈廷敬曾被康熙皇帝赞为完人，但我并不相信世上真有这样的人。不过世人好为尊者讳，隐恶扬善又是古风，陈廷敬即便真有瑕疵，也无史料可供探觅。我们的祖宗并没有那么好，祖宗的家国也并没有那么好。可面对现世红尘，人很容易沉溺于古往。

古人评价历史人物，多流行朴素的民间思维，不是大忠大善，就是大奸大恶。中国古典小说就惯用这种民间思维，刻画人物多走极端，曹操大奸，诸葛大智，张飞大勇，关羽大义。我写所谓的历史小说，不自觉地就落了这个窠臼。我其实是自愿陷入这种古典审美范式的，与其说是写了历史上真实的陈廷敬，不如说我希望历史上真有这样的人物。

孔子说：郁郁乎文哉！吾从周！周真的那么好吗？夫子知道

周朝真实的景象吗？我看未必。文献和传说会把前人美化，后人也靠追忆前人而寄托现实抱负。中国古今的读书人，多患有这种历史依赖症。当然，不能完全说是读书人史识蒙昧，更多的缘故应是活生生的现实叫人无奈。知道历史未必那么美好，但仍要从古人那里寻求救赎。历史小说如此，史学亦是如此。

# 读书太少

我最羡慕读书快,记忆力又好的人。《红楼梦》写贾宝玉在沁芳桥畔桃花树底下偷看《会真记》,被林黛玉发现。林黛玉接过去一瞧,便从头看去,越看越爱,不到一顿饭工夫,十六出一口气看完,还说:"你说你会过目成诵,难道我就不能一目十行么?"我想自己读书能有黛玉这功夫那该多好啊,说不定会成大学问家。我读书偏偏很慢。读得慢,量自然少。我终于没有成为一个学问家,不过一个半吊子文人。

我读书慢,只因为从小缺乏阅读训练,没有读书的童子功。我生长在湘西山区,祖上虽有读书人,但到了祖父、父亲一代,书香气脉已经很弱了。我父亲读到小学,在村里已是很高的学历。父亲虽然算不上知识分子,却被"破格"打成右派分子。"反右"对象是资产阶级知识分子,可我父亲既不"资产",又不"知识"。他回到村里却是少有的文化人,做了生产队的会计。

我小时候,家里只有算盘和账簿,并没有经史子集之类。我的祖母目不识丁,可她说话却是文绉绉的,满口之乎者也。我祖母常常语重心长地对我说:"你少壮不努力,老大徒伤悲啊。"我根本听不懂，就在心里暗笑：我又不是老大，为什么要伤悲呢？祖母见我冥顽不化，又恨恨地对我说："你呀，你以后悔之晚矣。"我至今不明白祖母的书面语言是从哪里来的，说得那么恰到好处，又那么自然流畅。她老人家平时说话，最好四六八句，颇有骈体文风。

那时乡村几乎找不到书。记得头一次接触到小说，并不知道有小说这概念。有天，我在大哥床头发现一本残破的书，繁体竖排，书角翻卷，纸质蜡黄。我半认半猜，隐隐知道一个叫宝玉的人，同一个叫袭人的做了什么事。那袭人应该是个女的，书里用的人称却是"他"。后来，我只要听说黄色小说，就会条件反射联想到《红楼梦》。因为，那书纸本来就是黄色的，且又写了男女之事。这是70年代初的事。

我真正开始阅读是80年代中期上了大学。我上的是家乡一所专科学校，如今改名叫怀化学院。学校刚从老校址搬到怀化，图书馆原本不丰的藏书被分成两半，一半还留在尚未搬迁完的老校区。刚刚进校，老师发给我们长长的阅读书目。可是进图书馆去查，很多书都是没有的。市里有家小小的新华书店，别说书并不多，哪怕有书也掏不起口袋。我星期天会去书店，假装找书却在看书。那时书店是不准蹭书看的，我这看书本来就慢的人，就跟做贼似的心虚。有年为了应付考试，跑到街上看了几天连环画。那时，很多中外文学名著都有连环画。同学见我复习时很轻松，问：这些书你是哪里看的？我道破天机，引得很多同学上街看连环画去了。

倘若谁从图书馆借到了书，就在寝室里周转完了才还回去。当时我们学校图书馆有个莫名其妙的规定：借书时要注明计划还书时间。大概是为了加快图书周转之故。如此就苦了借书出来的同学，注定是要冒着挨批评的风险。记得罗曼·罗兰的《约翰·

克利斯朵夫》，我就是从寝室同学手里拿来看的。傅雷先生的译笔，人民文学出版社版本。拿在手里，纸张泛黄发脆，散发着淡淡的霉味。那部书给我带来的心灵和情感冲击，至今回忆起来仍是那么鲜明强烈，仿佛雷电与鲜花同时迸放出炫目光彩。我对音乐、对友谊、对爱情的启蒙都来自它。罗曼·罗兰对克利斯朵夫与奥多和奥里维之间友情的描写，对葛拉齐亚爱情的描写，我现在仍觉得是至纯至美的人间绝唱。这部书在很长时间内影响了我的思想和情感。我还清楚地记得里面的一些话，比如"没有一场深刻的恋爱，人生等于虚度一样"；"只有具有伟大的心的人，才配称为英雄"；"扼杀思想的人，是最大的杀人犯"。那时候单纯，一部小说，一句名言，真会影响自己的人生观。从那时起，我总是有意识要求自己，一定要独立思考，坚持自己的见解。

我最初喜欢的是读外国文学，托尔斯泰、陀思妥耶夫斯基、巴尔扎克、狄更斯、雨果、司汤达、哈代等等，大凡图书馆能找到的书，都读完了。但图书馆藏书太少了，托尔斯泰的作品除了《战争与和平》《安娜·卡列尼娜》《复活》，再没有其他的；巴尔扎克的也只有《高老头》《欧也妮·葛朗台》。这些外国文学作家，影响我至深至重的是托尔斯泰，他的文学光辉和人格光辉照耀了我很多年。从托尔斯泰那里，我领悟到伟大的文学家，必须是伟大的人道主义者。

我所处的湘西边城，当时仍然是很封闭的。我们并不知道京沪等地高校的风景，那里如何的思潮涌动，如何的风气日新。大城市的高校，新的思潮是同新的阅读相伴而生的。我们学校依旧是老的书目，旧的图书。当时新的译介我们通通不知道。当突然有一天，所谓清理精神污染之命当头而下，我们惶然不知所措。我们所知道的精神污染，不过就是几曲流行歌，不过就是男生留长发。而对这些东西的禁止，都是学生极其反感的。便有学生反问校长：毛泽东头发那么长，蒋介石是个光头。谁革命，谁反动？

突然有天，我对外国文学失去了兴趣，回到对本国文学的热爱。从先秦文学开始，原先是因为需要考试，死记硬背的功课从来就在做。现在重新爱上它，终于找到手不释卷的意思。曾背过《论语》和《孟子》，还算有些许心得。也硬着头皮读《易经》，终究没有读进去。都说老来读《易》，我想再过三十年可能都不会去读。还值得一说的是曾伴我多年的那套《红楼梦》，开本不大，一共四卷，绿色封面。它是我多年的枕边书，直翻得封面脱落，书如卷云。我工作之后，曾在政府机关谋生。有回去印刷厂印文件，我巴结一位女装订工，请她帮忙重新做了封面。女工很用心，拿做账簿的硬皮纸，把我的破旧《红楼梦》装帧一新。她还把内页整理了，切去少许边白，书角不再翻卷。可惜，那套书被人借走，杳如黄鹤。

## 不要这些帽子

我最近出版的几本书，腰封上赫然印着一行大字：王跃文，中国官场小说第一人。我乍看到这句话，着实吓得背上冒汗。何立伟先生曾化用古人说柳词的话说：凡有书店处，必卖《国画》。这大概是十年前的事。十年之后，仍是如此：我无论什么书出版，大小书店多会有售。想着这么多地方，都能让人读到这句吹大牛的话，我很不自在。所以，凡是送朋友的书，我头一件要做的事，就是扯掉腰封。

不禁想起前不久，某"国学大师"被人剥皮的事。我不想为谁辩白，只是猜想很多人头上的帽子，未必就是自己抢着戴的。媒体大概是最喜欢给人戴帽子的，什么皇帝、大王、大师、第一人之类的帽子，最易在媒体上见到。有人就说，某国学大师的帽子，就是媒体戴上去的。也许自己有半推半就之责，其实都是人之常情，犯不着太过认真追究。

我怕日后有人揪着不放，想撤掉的第一顶帽子便是：中国官场小说第一人。出版机构从营销考虑，自然会说些大话。世风如此，一个人也没法抵抗。

近日收到台湾版《大清相国》，腰封上的话更加吓人：王跃文超时代巨作！繁体的"巨"字，还得加个"金"旁，感觉分量更重似的。幸好大陆朋友们看不到这本书，不然我会往地缝里钻进去。多次到外地签名售书，书店都反复广播：王跃文的《国画》被称为划时代的作品。我至今不清楚，这句话是从哪里来的，更不明白这本书划了什么时代。毕竟对销售有好处，我也通常表示沉默。有时我也追问这话的出处，他们说是在网上看到的。我告诉他们，网上的东西很多靠不住。网络就是好，文章贴出来没多久，一位朋友提供了一顶新帽子：《国画》是里程碑式的作品。这也是经常被媒体提及的，只是我写这篇文章时忘记了。这同样是我不敢接受的。

我头上应该还有很多不实的帽子，一时记不清了。稍稍一想，记得有几次，被人称作"中国十大杰出青年作家之一"。我一听就蒙了，不知道哪里冒出这么个说法。大概是某回小说获奖，受到奖励的正好是十位作家。以讹传讹，极有可能。很多场合，都是不适合替自己辩白的。但是沉默，并不等于默认。

小说家我都不敢冒称。算不算家，今天说了不算数的，自己说更不算数。所以，我今天想告诉朋友们，关于王跃文的介绍，只有这四个字较为可靠：写小说的。

刚得意上面四个字，很是干脆，如同豹尾，可是转眼一想，网上看文章的人，很多都是极其聪明的。他们会说：我原来并不知道王先生有这些帽子，今儿个你不正是在这里卖自己的帽子吗？若有人硬要如此说，我只好沉默，然而沉默真不等于默认！

# 碎片

　　一些很好玩的老记忆，间或会浮现在脑海。日子越久远，越值得玩味。怕日久淡忘，谨此为记。

　　从刚刚记事开始，我听得最多的一句话就是：万恶的旧社会暗无天日，穷人过着牛马不如的生活。1949年，春雷一声震天响，东方出了红太阳，穷苦人民得解放！绝对不是开玩笑，我小时候真的以为新中国成立前是没有太阳的。可是又天天听见广播里唱歌：大海航行靠舵手，万物生长靠太阳。我就闷在心里想：那新中国成立前的庄稼是怎么长出来的呢？

　　我从小就很喜欢玩枪，当然是木头削的。当时常听人说，哪个老红军是从枪林弹雨中走过来的，我就非常羡慕。心想新中国成立前地上的枪长得像树木，天上下雨下子弹，那多好玩啊！只恨自己没有生在旧社会！

　　从小听得最多的歌，就是：天上布满星，月亮亮晶晶。生产队里开大会，受苦人把冤申。夏天夜晚生产队开大会，会场就在露天的晒谷坪。当时的习惯，开会前社员群众都会自发地唱歌，唱得最多的就是这首歌。我就望着天上，不知道月亮在哪里。当时不懂月明星稀的道理，只发现满天星斗亮晶晶的时候，月亮很不显眼。当时还有一句话听得多：新旧社会两重天。我家乡没有"重"这个量词，我以为"两重天"就是"两种天"。我就想：世上也许还有一种天，星斗满天的时候，月亮仍然非常亮。

小时候，家里毛主席像贴得越多，说明政治觉悟越高。生产队还搞过竞赛评比，看谁家的毛主席像贴得多。我家除了厕所里，所有屋子都贴着毛主席像。每个屋子还不止贴一张两张，而是墙壁上贴上一圈。我感到不理解，天天听到说毛主席万岁、共产党万岁，怎么只看见毛主席的像，没看见共产党的像呢？

有一年家里墙壁上贴满了四川大地主刘文彩收租院的宣传画。记得那画上是泥塑，拿泥塑反映旧社会最具表现力，灰头土脸没有色彩。我不知道是误听了大人的话，还是自己想当然，总觉得画中那个光屁股的孩子就是我父亲小时候，那位头发凌乱正在交租的老妇人就是我奶奶。我记得好像问过妈妈，她只是笑笑。

听说地主暗地里会记变天账。账上记些什么，我并不知道。什么是变天，我倒是知道，就是回到旧社会，红旗变色，人头落地。人头落地不是一个两个，而是千万个人头落地，血流成河。可我又常常听奶奶望望天色说，要变天了！我知道她说的是反动话，非常害怕。

崇洋媚外是很重的罪行，却有人暗地里散布谣言，说日本科技发达，他们出口中国尿素时，船从日本开出来原来是空的，一边航行一边就在大海上生产。快到中国口岸，就是满满一船尿素。道理很简单，氮肥就是从空气中搜集的氮气！日本人开着空船出来，装着满满一船大米回去！人家这么吹捧日本，我听着很稀奇，也很害怕。

小学作文，有三篇作文不知写过多少次：《新学期的打算》

《我的家史》《记一次有意义的劳动》。《新学期的打算》,第一句话总是:新的学期开始了!《我的家史》第一句话总是:在那万恶的旧社会。《记一次有意义的劳动》第一句话总是:天刚蒙蒙亮。单说《我的家史》,全班同学除去几个地主成分的学生,爷爷和父亲都在地主家做长工、打短工。我们村里总共只有三四户地主,哪用得着这么多长工和短工?有个同学最是好玩,他为了显得自己家苦大仇深,编造自己妈妈从小就在地主家做童养媳,受尽地主少爷的欺负。同学们就问他:那你的爸爸到底是地主少爷,还是贫农呢?

中学开始学历史,绝大部分内容就是讲农民起义。每次讲到农民起义如何起事,如何建立政权,听着就非常过瘾。可农民起义无一例外的失败,听着极是沮丧。老师每回都会总结农民起义失败的教训,有两条必须要讲的:一是由于时代局限,缺乏正确的革命理论,没有共产党的领导;二是没有真正依靠最广大的人民群众和无产阶级。不知道教学大纲是否如此,反正我的历史老师总是这样总结历史教训。

直到20世纪80年代,我上高中时,罗布泊科学考察队的队长彭加木失踪。记得此事当时社会震动很大,有的人说他跑到苏联去了,有的甚至说被外星人劫走了,几年之后居然有报道说有人在美国街头见过彭加木。我们政治老师上课时,讲到人如果缺乏正确的世界观,就会迷失方向。他举了一个例子,说是彭加木在罗布泊失踪,原因就在于迷失了方向。我没听懂,当时就想如果彭加木随身带着"毛选",可能就不会失踪了。

# 张爱玲的《小团圆》

  我有很长时间对张爱玲的作品感到隔膜，因为她的小说趣味同我理想的小说相去太远。二十年前，我读过一些张爱玲的作品，先是读了傅雷先生（当时的署名是迅雨）1944年在《万象》杂志上发表的《论张爱玲的小说》。我记得傅雷先生盛赞张爱玲的小说："这太突兀了，太像奇迹了"，称张爱玲的中篇小说《金锁记》（长安、长白、姜二少爷、三少爷季泽）"至少也该列为我们文坛最美的收获之一"。我找《金锁记》来读，读过后却并不喜欢，因为曹七巧那样色彩浓烈到极不自然的人物，实在不符合我对小说审美的理解。相反，我对张爱玲的另一个中篇《倾城之恋》（白流苏、范柳原、印度公主萨黑夷妮、徐太太）感觉好些。这篇小说却被傅雷先生批评为"没有悲剧的严肃、崇高，和宿命性；光暗的对照也不强烈"，"好似六朝的骈体，虽然珠光宝气，内里却空空洞洞，既没有真正的欢畅，也没有刻骨的悲哀"，而我喜欢《倾城之恋》的原因，恰恰因为它"没有悲剧的严肃、崇高和宿命性"。我总以为，小说的深刻与否并不取决于题材或者人物的怪异程度，普通人日常生活的潜流下，已经暗涌着最复杂最隐秘的人性。虽然我也欣赏张爱玲小说外在的华丽,她作品中俯拾皆是的聪明漂亮句子、新颖而又古老的华丽意象,她对人物心理烛照洞微的刻画与揭示。但我觉得她是太聪明了,而且她恣意放任自己的聪明,恨不得把自己的聪明像累累珠宝,一股脑全镶嵌在七尺宝塔上。

张爱玲自20世纪80年代中期"重新出土"成为热门,90年代被中国的小资们奉为"祖师奶奶"。夏志清20世纪70年代出版《中国现代小说史》(大陆2005年出版),为张爱玲列了一个专章,评介张爱玲的字数甚至超过介绍鲁迅。夏志清称张爱玲为"今日中国最优秀最重要的作家",并说她的《秧歌》"在中国小说史上已经是不朽之作"。当代也有不少作家是学张爱玲的,有的甚至已是小说大家,虽然他们并不乐意承认。这样的情形下,我居然还敢宣称自己不喜欢张爱玲,的确有点儿不合时宜。

我的人生观,我在成长过程中所接受的文学教育,我心目中了不起的文学,应该是鲁迅先生那样的文学,陀思妥耶夫斯基那样的文学,沈从文那样的文学。文学中肯定有"我",有"小我",但过于执着于一己的小悲小欢,从头到尾自恋到近乎自言自语的文学,我以为至少是格局小,不大气。

张爱玲的《小团圆》完成于1976年,写作十个月,尘封了三十三年。2009年2月23日由皇冠文化出版有限公司在台湾地区出版,2009年2月26日在香港出版。4月,北京十月文艺出版社出版了大陆简体版的《小团圆》,卖得非常火,据说在南京一小时内销了三百多册,已销了近十万册,还要继续加印。毫不夸张地说,这是2009年中国文学史上的大事件。2009年4月,我应邀去深圳参加一个文化访谈,朋友即送我一本港版《小团圆》,繁体竖排版,定价七十八港币。

我读这本书的感觉很奇怪。我耐心读了张爱玲的遗产执行人宋以朗先生写的前言，近一万四千字，中间大量引用宋以朗先生的父母宋淇先生和邝文美女士与张爱玲的通信，还夹杂不少英文单词，我又很耐烦地去看注释。这篇长长的前言其实就是讲了一句话：为什么要出版张爱玲的遗稿《小团圆》。

但我对这个问题不关心。我关心的是，这个前言在确凿地告诉我，《小团圆》是一部自传体小说，小说中人物事件与张爱玲生活轨迹的重叠，几乎丝丝入扣。宋淇先生写信力劝张爱玲不要发表，而张爱玲也几乎要销毁小说稿的原因正因为此。

小说一开头我就不喜欢："大考的早晨，那惨淡的心情大概只有军队作战前的黎明可以比拟，像《斯巴达克斯》里奴隶起义的叛军在晨雾中遥望罗马大军摆阵，所有的战争片中最恐怖的一幕，因为完全是等待。"

这个比喻在小说的结尾又一字不改重复一次。然而这个比喻是拙劣的，这样的小说结构也并不高明。这是张爱玲最爱用的技法，比如她的《倾城之恋》，开头结尾都用了"胡琴咿咿呀呀拉着，在万盏灯的夜晚，拉开过来又拉开过去，说不尽的苍凉故事——不问也罢"，就像说书人开场和结尾时都要拍的那一声"惊堂木"，似乎害怕听书的人听厌倦，睡着了，惊他们一下，快醒过来。

《小团圆》第一章第二段接着写："九莉（张爱玲）三十岁的时候在笔记簿上写道：'雨声潺潺，像住在溪边。宁愿天天下雨，以为你是因为下雨不来。'"

这一段在《小团圆》快结尾处也出现。小说到此好像画了一个圆圈，从原点出发，又回到原点。小说的结构因此显得严谨完整，也许有更深的意蕴：人生的轨迹无非画了一个空空的圆，走了一遭，什么都没有，一切还是虚空。九莉（张爱玲）这时正和一个电影明星燕山（桑弧）恋爱。这个久等不来的"你"当然是燕山（桑弧）。而燕山（桑弧）不久又和另一个女人结婚。尽管九莉（张爱玲）"靠在藤躺椅上，泪珠不停地往下流"，还对燕山（桑弧）说："没有人会像我这样喜欢你的。"

令人疑惑的是，与燕山（桑弧）的爱情值不值得九莉（张爱玲）这样耿耿于怀、挥之不去，以致小说一开头，刚开始对香港大学的考试展开回忆，情节就一下切到三十岁时的一段日记，简直急不可耐。或者作者的用意在急于点出贯穿小说始终的主题——"等待"，而且是——"空虚、无望的等待"？

这部小说的主题到底是什么？是否真如张爱玲1976年4月22日写给她的好朋友宋淇夫妇的信中这样描述："这是一个爱情故事，我想表达出爱情的万转千回，完全幻灭了之后也还有点什么东西在。"那么，这是一部爱情小说？

前面回忆大考前的等待像斯巴达克斯起义军在黎明时望着罗马军布阵，那是一种绝望中的等待，因为等在前面的只一个"死"字。必死无疑，所以心情惨淡恐怖。后面九莉（张爱玲）三十岁在笔记簿上写的"你"等而不来，却是一种空虚的等，因为明明知道，等待的后面是无穷无尽的虚空，就像徒然在真空中声嘶力竭地呼喊，因为没有介质，所以没有声音，更不会有回应，永远永远的亘古蛮荒和黑暗虚无。这时候的心境，只有鲁迅《祝福》中的祥林嫂瞪着直直的眼睛，问"死后可是有灵魂的"那种心境可以比拟。

张爱玲的小说惯用蒙太奇手法。《金锁记》中写曹七巧"双手按住了镜子。镜子里反映着的翠竹帘子和一副金绿山水屏条依旧在风中来回荡漾着，望久了，便有一种晕船的感觉。再定睛看时，翠竹帘子已经褪了色，金绿山水换为一张她丈夫的遗像，镜子里的人也老了十年"。傅雷先生称赞这是"节略法"，说在这里"空间与时间，模模糊糊淡下去了，又隐隐约约浮上来了。巧妙的转调技术"。我却还是觉得这手法在小说中可偶然一用，不可多用，最好是不用。因为太有技巧，太像电影而不像小说。毕竟，小说和电影还是不一样的。理想的小说状态应是一种浑融状态，融融泄泄，含而不露，羚羊挂角，不着痕迹。太像小说的小说，我以为毕竟不是最上品。

《小团圆》贯穿始终的人物却不是有关爱情的三个男人，三个男人中，第一个是邵之雍（胡兰成），大家都把他读成胡兰成。对于张爱玲，甚至对于张爱玲的读者，这都是一个至关重要的人物。第二个是燕山（桑弧），据考证是电影导演桑弧。第三个是九莉（张爱玲）的美国丈夫，即赖雅，只有淡淡一个影子，却有九莉（张爱玲）生命中最惨痛恐怖的一幕描写：她打下四个月大的胎儿，并把他在抽水马桶中冲下去。贯穿小说始终的人物是母亲、姑姑、弟弟、家族里各种亲戚、九莉（张爱玲）的同学朋友，彼此纠缠不清的关系。这小说一读下来真是惊世骇俗。严格来说，这应该是一本家族小说。

文学史上以真实的家族秘史为题材的小说并不少，中国最典型的是《红楼梦》，红学就有"索隐派"与"考据派"，还有其他什么派，名目繁多。最近几年的"红学热"热得奇怪，简直像在发高烧，有些几近胡言乱语。胡适讲过考据必须有一个原则，就是"可验证的"。我觉得这应该是红学家们开腔立言的前提条件。中国现代文学史上也有巴金的《家》《春》《秋》，有端木蕻良的《科尔沁旗草原》。最有自传色彩的是郁达夫的小说，有考据癖的人可以从小说中考据出作品人物的生活原型，作者生活的大量隐私。然而《小团圆》让那些以揭发考据为乐事的人大吃一惊，因为张爱玲说，"这种地方总是自己来揭发的好"；而且，"讲到自己也很不客气"；说"我一直认为最好的材料是你最深知的材料"。

通常，人们对自己的揭发总会手下留情，总是不彻底。一个人爱惜自己，不免有意无意间要为自己粉饰。小资们最爱引用的张爱玲《天才梦》里写到的经典语录：“生命是一袭华美的袍，爬满了虱子。”但是人活着，如果非要穿一件袍子遮羞保暖，大多还是愿意穿一件华美的袍，且不管它翻开来时，里面有没有虱子。人们讽刺爱化妆的女人：“上帝给了她一张脸，她自己再创造一张脸”；我说“女人只关心两件事，身上的肉，肉上的布”。其实，不仅女人，人人都是如此。一个人生活在世上，为别人演一个角色，还要为自己演一个角色。为自己演的这个角色，已到自己有勇气接受的道德底线，再往下，是茫无边底的蒙昧，是盲点。人心里最深最隐秘处的真实，往往连我们自己都没有勇气正视，根本就不去看，不敢看，麻着胆子瞥上一眼，就会匆匆忙忙逃开。心里知道那是真相也不能接受。要欺人，还要自欺。而且自欺比欺人更难。一个人假如有勇气说，我从此不但不欺人，而且不再自欺，下决心百分之百真实面对自己，也百分之百拿真实的自己面对别人，这人一定已经不爱自己了，所以能对自己狠，完全冷心冷面，铁石心肠，下得了手，真可以做到刀刀见血，剜心剔骨。到这个地步，对别人狠，对别人下得了手就是自然而然的了。

张爱玲的《小团圆》便是这样，作者对自己非常之狠。我看她真是古往今来文学史上第一个狠人。她对生活百孔千疮真相的揭露，尤其是对温情主义者津津乐道的所谓种种"爱"的真相的揭露，确实已经越过了底线，那么冷静，不露声色，总是隔得远远地在看，叙述人物事件简到极致，几乎不用形容词，可每一句话都说穿了，透了过去，留下深深的痕，那已不是伤痕，至少不是新的，因为已经习惯，不知道痛了，然而这是人生的最大悲哀。

《小团圆》里九莉（张爱玲）的家族应该有各种各样的爱，却全没有。我们读她的小说，感觉她笔下的人物像生活在一个大水族馆，你游过来，我游过去，你撞我一下，我咬你一口，吐着泡泡，却隔着水，没有真正的接触，没有声音，冷冰冰没有温暖。父女、母女、姑侄、姐弟、各式各样的堂表兄弟姐妹，没有一个人肯付出真心。每个人都伤痕累累，因为伤太多了，所以多添一个也没关系，没有人心疼，连自己都不心疼，即使自己真感觉痛了，也不愿喊出来，还是那么冷冷地望着，隔着距离悄声议论几句。那些话又大多遮遮掩掩，零零碎碎，欲言又止。每个人的面目都经不起细细打量，没有一个好人，也没有一个彻底的坏人，永远在算计、猜疑、怨恨、自我辩解，自以为是，被环境压迫着，也自己压迫自己。那是一个多么冷的世界。张爱玲说《小团圆》是一部写爱情的小说，但这实在是一部无爱的小说。

写别人写得这么彻底是容易的。鲁迅先生是"解剖刀"，活画出国人的灵魂，可是谁看见阿Q都觉得亲，那就是我们自己。我们不害怕承认，因为我们知道，这阿Q是可以得到大家原谅的，他只有小坏，没有大坏，他不害人，他还是被害者，能引起同情。何况大家都是阿Q呢。但走到张爱玲这一步，不但对别人，对自己都毫不留情走到绝处，简直不给自己留一点儿退路，张爱玲敢，鲁迅先生不敢，也不能。他没有这样的勇气，觉得不能够这样，不可以这样。虽然鲁迅先生也在《写在〈坟〉后边》中这样说道："我的确时时解剖别人，然而更多的是更无情面地解剖我自己"，但鲁迅先生对自己内心的真实细节却还是时时有保留，"因为，我还没有这样勇敢，那原因就是我还想生活"（同上）。鲁迅那把刀，只对着抽象了的"自己"或"别人"，对着整个国民。他把自己混在一个群体中，自己的面目就模糊了，然而也安全了。从这点上说，鲁迅的自我解剖是不彻底的。鲁迅的不彻底是因为还有爱，有牵挂，所以不忍，怕伤人，投鼠忌器。因为鲁迅先生接着说："发表一点，酷爱温暖的人物已经觉得冷酷了，如果全露出我的血肉来，末路正不知要到怎样。"张爱玲是先把自己杀死了，又一路见佛杀佛过来，所以百无禁忌。

这里面的真正区别在于，鲁迅的冷峻是以热爱做底子的，"我以我血荐轩辕"，有热血，有泪，所以有不能言不忍言者。张爱玲则是"不知道为什么，恐怖与痛苦的表情过了一个程度，就有点笑容"，"人情如纸薄。现在这世界里，真是连最亲密的关系也像一层纸一样，一戳就戳穿了"，"落井下石。石头是无法伤害死尸的"（《赤地之恋》）。因为对世事人情有这样的认知，所以下笔就百无禁忌了。

中外文学史上都有自称对自己很不客气的作家。比如卢梭的《忏悔录》。卢梭在《忏悔录》序言中这样写道："我要说真话，我会毫无保留地这样做，我将说出一切，好事，坏事，总之一切都说。我要严格地做到实事求是。"他又说："我在这里谈到了自己一些特别令人厌恶、而我也不想求得原宥之事。但这确是我心中最隐秘之事，是我的一份极其严格的忏悔。……公众的议论，高声宣判时的那种严厉，我都可以预料到，而我也会低头认罪。但愿每个读者都来仿效我，像我那样去作一次反省。"

读过《忏悔录》的人都知道，卢梭的所谓忏悔其实是很肤浅的，他舍不得往自己最痛处下刀子，只能做到"自以为坦率了"。他承认自己盗窃，诬陷别人，忘恩负义，但他只敢暴露自己的一小部分缺点，而这一小部分缺点，他也拿得定，知道在自己已有的名誉光环笼罩下，实在不算什么，不但读者会原谅，甚至还因此觉得他更可爱可敬。浪子回头，有时比一个一以贯之的好人更受人欢迎。卢梭也想到了会有人看破他忏悔之下的虚伪，所以在《忏悔录》的结尾，他又告白道："我说的都是真话。如果有人知道有些事情和我刚才所叙述的相反，哪怕那些事情经过了一千次证明，他所知道的也只是谎言和欺骗。如果他不肯在我在世的时候和我一起深究并查明这些事实，他就是不爱正义，不爱真理。我呢，我高声地、无畏地声明：将来任何人，即使没有读过我的作品，但能在用他自己的眼睛考查一下我的天性、操守、志趣、爱好、习惯以后，如果还相信我是个坏人，那么他自己就是一个理应掐死的坏人……"

　　看到这里我们真相大白了。卢梭写《忏悔录》只有一个目的，就是宣告自己是一个好人。如果谁胆敢质疑，那他就是"不爱正义，不爱真理"，是个"理应掐死的坏人"。这卢梭简直是一个歇斯底里的疯子。但我疑心卢梭连这点儿疯都是装出来的。知道自己骗不了人，于是恼羞成怒，几近于恐吓谩骂了。

　　作家们，哪一个又不多少带着点儿疯气？张爱玲的疯是静静地，没有慈悲，没有温度，没有表情，却强有力，冷酷到让你脊背发凉，逼你去面对眼前那个疯狂、冰冷而真实的世界。你可以说张爱玲笔下的世界是偏执的，不完全的。但她的笔切入人性的深度，她对人类情感最隐秘最幽暗褶皱的展露与揭示，已经前无古人。她的勇气来自不怕、不求、不屑。不怕伤人和自伤，也不求不屑人的理解和原谅。金庸《射雕英雄传》里的黄药师，人品武功极高，狂傲到漠视人间一切规矩，随心所欲，无所不能为，张爱玲可以与他一比。但黄药师心里还有极柔软深情的一面，因为他得到过真爱。张爱玲却没有。张爱玲只一味地寒凉如冰雪，因为从来没有人真正彻底地爱过她，所以她也不懂得爱人。一个人，是要在被爱中学会爱人的。

　　张爱玲是人生的真勇士。她真是做到了鲁迅先生说的："敢于直面惨淡的人生，敢于正视淋漓的鲜血。"作家最需要的便是这种勇气。只有这样，才会对生活、对文学有一种真诚的态度，才不会去写鲁迅先生说的"瞒与骗"的文学。文学的现实主义精神，我认为就是这种态度。

　　但张爱玲绝不是一个大小说家、大文学家。她仍然比不得托尔斯泰，比不得陀思妥耶夫斯基，比不得鲁迅，比不得沈从文。我确实是崇拜鲁迅，不论这显得有多么的不时髦。作家必须首先有面对生活的真诚和勇气，有我不入地狱，谁入地狱的勇气。他还要有慈悲，要有热心肠，要有对人世间的大爱和大悲悯。作家不是菩萨，但要有菩萨心肠，即使有时候用了霹雳手段，也是因为他的菩萨心肠。文学的大境界还是必须有担当，有道义，有善，有温暖，文学中不能只有冷酷、伤害与恨。文学里，爱应该是底色，是前提。除了对人类困境和人类前途的思考与探索，文学还要能建设、能安慰、能展示和歌唱健康优美的人性。

# 儿子的课堂文学

近日整理儿子的书籍,偶然看见他的课堂文学作品,写在他二年级数学书上。读之捧腹,又五味杂陈。抄录如下:

史老师身材魁梧,手握三角板,身披教课本,一看就知道是一个久经课堂、重课在身的四眼将军。

五(武)士史老师身高零点一毫米,身穿睡袍,披挂教课本,左足穿花花公子牌皮鞋,右足穿黑三角牌皮鞋,手握衣架,好像随时准备冲向食堂吃饭。

骑兵史老师头戴安全帽,身穿睡衣,足登(蹬)皮鞋,左手持摩托车油门和把手,右手持弹弓。一声令下就会被疯人院带走。

陶史老师与真史老师一般大小,也那么站着,也那么鸡肉疯满(不知是错字还是故意的)。好像一声令下就会撒开四蹄,腾空而起,从一百米的高空掉下来。

一天,史老师去买料酒,结果买了一瓶白色泻(此字原文是拼音)药。他把泻药当作料酒放进菜里,结果在厕所里待了一个星期。因为史老师一个星期不上班也不请假，就被学校开除了。

放寒假了，儿子已先行回老家过年，没办法把他拿将过来审问。这些文字肯定是小东西上数学课写的。他的数学成绩不太理想，原来上课干这种活去了。上课这么不专心，该打五十板屁股。

文字有些费解，仔细琢磨有些像小说构思的提纲。我知道他的数学老师并非史姓，因而文中形象纯属虚构，绝无攻击老师之嫌疑。

史老师一会儿身材魁梧，一会儿只有零点一毫米。同是史老师，一会儿叫武士，一会儿叫骑兵；一个史老师似乎是陶俑，一个却是真实的史老师。不知道小东西准备采用什么表现手法？

史老师的形象有些滑稽和荒诞，分明是看多了周星驰的电影，还有阿衰之类的漫画，《武林外传》好像也是这般风格；而史老师蹲在厕所一个星期不出来，似乎又有些《百年孤独》式的魔幻般夸张。

我关心的并不是儿子的文学养料和精神资源，而是透过他的那些文字捕捉到儿童的某种心理信息。幼小的孩子无论多么幸福，成人世界对于他们来说仍是强权的。他们是弱势，被迫仰视成人。他们也许确实快乐、欢笑、嬉戏，但很多时候也无奈、愤怒、伤心、困惑和压抑。这些成人眼里不好的情绪不敢也不能公开发泄，于是他以充分的游戏精神，在幻想的荒诞中主宰了史老师的形象和命运。史老师成了他的芭比娃娃，滑稽可笑，又狼狈又悲惨。他于是在这种夸张和变形中得到了快意和满足，情绪得到了发泄。他成了自己命运的主宰，还能任意主宰别人的命运。他在这样的幻想中品尝了自主、自由、快乐和力量。这无疑也是一种阿Q式的满足和快乐。对于孩子身心的健康来说，这是必需的，至少是无害的。

然而，现实中的成人世界，被人们公认甚至仍被大肆宣扬的所谓强权哲学、狼道主义，正是鼓动人们不择手段地获取权力，让自己爬上去而把别人踩在脚下。手握权柄，便生杀予夺，一切由我。让你大，你不得不大；让你小，你就只能有零点一毫米。强权就是真理。孩童在幻想的夸张中让人忽大忽小，只不过是一种心理游戏。现实中掌握了权力的人，如果也视别人的命运如游戏那就很可怕了。遗憾的是很多嗜权如命的人，偏是乐于玩弄别人人生的人。

# 我不说"自以为非"的话
## ——回复一位匿名网友

  这是我回复一位网友的话,因系统提示文字太长,故而发表在此。诚如有朋友所言,本可不予理睬;但这一位代表某个人群,所以还是说说的好。

新浪网友:
  原本对此人是有点好感的,因为你不能不佩服他看官场的透彻。但总觉得此人自己还身在官场并在领导身边的时候,便如此作践官场及领导,未免一点有违职业道德之嫌,特别是最近看了他的一些文章,觉得其人越来越自以为是,越来越喜欢哗众取宠,原有的一点好感已经荡然无存了。

博客回复:
谢谢您!为了让思路显得清晰一些,我把您的话分作三段,一一回复。
  第一,原本对此人是有点好感的,因为你不能不佩服他看官场的透彻。

答：我不知道您为何方神圣，在此表示感谢。感谢您不是因为您曾对我有点好感，而是您愿意在我博客里表达自己的看法。也正因为您是匿名发言，我才会郑重回答。我不是个好斗的人，尤其不喜欢同生活中真实的人交锋。如果您是真名实姓说话，我也许友好地说声谢谢就算了。这同我的写作习惯有关，我永远只写虚构的东西。真实的人和事，哪怕是违法乱纪，我都不会闻问。那有党纪国法去管，与我何干？我的写作永远不会针对生活中真实的人和事，包括这样的博客回复。

我也并没有像您所说的那样，对官场有多么透彻的看法。我当年在官场只是一个普通的看客，没见过什么大世面。比方经常见诸报端的那些普通人难以想象的官场丑闻，我无缘参与，也无缘得见。知道些事情，也只是道听途说。正因为这个原因，我的小说从来没有人对号入座。我从未亲眼看见过一个我小说中的真实原型，怎么会有人往我小说里的座位上坐呢？如此，我的观察肯定不会透彻。倘若有人觉得透彻，也许只是我秉承一个正常人的思维，思考了一些不正常的事情，得出一些我自己觉得正常的判断。或许，这也就是您所说的那种"自以为是"吧。

第二，但总觉得此人自己还身在官场并在领导身边的时候，便如此作践官场及领导，未免一点（似乎应作"有一点"）有违职业道德之嫌。

答：我真不知如何回答您这意思。我只听说黑道上有这样的规矩：不得冒犯老大，不然就要挑脚筋。官场至少在桌面上讲还不能叫做江湖吧？哪怕帝王时代的官场，尽管潜规则很多，也不会有哪条律例令官员们必须蝇营狗苟而相互包庇。倒是自己在官场的时候俯首帖耳，离开官场就反戈一击，更显得像小人。您在官场吗？难道您打算以后离开官场写小说？

我不觉得自己作践过官场，更没有作践过哪位领导。读您原话的意思，分明是说我小说里有哪位领导的影子。我想说的是尽管有拿生活中真实人物写小说的作家，但此法绝不高明。我永远不会把真实的人物作为模特儿去写。太不厚道。这意思前面提到过。拿我的小说去比照现实官场，不过冰山一角而已，哪里谈得上作践！

如此便是有违职业道德，那些检举揭发贪官的人简直就是道德败坏了。不知道您所讲的职业道德是哪里来的规范？依您的逻辑，也许近几年被媒体报道过的几桩官场大窝案，当事人都是最讲职业道德的。他们七八年甚至上十年沉瀣一气，贪赃枉法，可谓精诚团结啊！他们都是您所说的职业道德的典范？您大概也不想向他们学习吧。

第三，特别是最近看了他的一些文章，觉得其人越来越自以为是，越来越喜欢哗众取宠，原有的一点好感已经荡然无存了。

答：我最近惹争议的文章，一是评论奥运会开幕式的，二是评论所谓"爱国病"的。首先想说的是这两篇文章都是有关媒体约写的，不是我喜欢凑热闹，即您所谓"哗众取宠"。我一再声明过，博客的点击量对我没有任何意义。我的小说读者群非常固定，很多是不上网的。我犯不着通过这种手段去混个脸熟。写博客非常费时间，耽误了我许多写小说的时间，一直想着什么时候抽身而去。何况，哗众未必就能取宠。文明进化到今天，各有各的思想，众不是那么容易被"哗"的，更不用说取宠。何况，场面上混得老到的人都知道，真要有出息，根本无需哗众取宠，他只消邀个别人的宠就行了。想您应该是官场上的人，这点未必不清楚？

再说所谓自以为是。我不是个自以为是的人，但只说自以为是的话，只做自以为是的事。世上倒是有很多人不说自以为是的话，不做自以为是的事。话若自以为非，我绝不会说；事若自以为非，我也绝不会做。曾经有人在博客里指责我：你不要老凭自己的脑袋想问题！我看不到他的表情，肯定是声色俱厉。我回答说：我肯定是凭自己脑袋想问题的，您习惯用别人的脑袋想问题，那是您的自由。其实用别人嘴巴说话的人也非常之多，只是他们自己不知道而已。我在文章里说的话肯定不会完全是正确的，世界上没有这样的人。但我至少自己认为是正确的，所以才说出来。自己都认为不对的话，我怎么会说呢？所谓自以为非，无论是话，或者是事，都是错的或假的。明知道错话假话还要说，明知道错事假事还要做，应是职业骗子或某些特殊的职业要求吧。有个叫"手机用户"的匿名网友说：各有所好，就你的屁话多！如果借用这位"手机用户"自己的话说，他说的这话才是屁话。既然他承认各有所好，我为什么不可以说出自己所好呢？

我曾经非常熟悉的一个场子，那里的人也许是最不"自以为是"的。早有顺口溜说他们：扎扎实实走过场，认认真真搞形式。如此，脑子都不需要动，还要想什么是和非呢？倒是很多明知其非的事，有人会胆大包天地去干。

# 狐狸不吃葡萄

我第一次坐飞机的头等舱时，便发誓说：再不坐头等舱了！我如此说，似乎有些像那只吃不着葡萄的狐狸。一个平头百姓，出行自然是坐经济舱的。坐头等舱么？自己出钱，舍不得；公家出钱，不够格。

那回去外地做客，邀请方太客气，替我订了头等舱。偏偏运气不好，身后坐着两个商人。讨厌商人那就小气了，不好受的是他们在飞机上谈生意，两个小时旅程滔滔不绝；讨厌人家谈生意也没道理，不堪入耳的是他们谈的是商场阴谋，如何设下圈套让人上当而自发横财。如此不要脸的勾当，策划于密室倒也罢了，他们却在飞机上高声谈论，间或纵声大笑。我这才发现飞机的不好，如果是坐轮船，可以到甲板上去透透气；如果是坐火车，可以到车厢连接处去吸支烟。如今坐的是飞机，后面有两个无良商人，我打瞌睡也不行，更不能到窗外白云上头去躺着。直到下了飞机，那两人仍在高声谋划，嘴里吐出的净是坏水。我只好加快步子，逃之夭夭。

记得有回在北京香山，于碧云寺外遇着一男一女。那男的高大魁梧，煞是帅气；女的身材窈窕，肌肤如雪。都已人到中年，却都极有活力。不料偶听他们说话，原来也是两个商人，正谈着一桩生意。不是我故意偷听，而是他们说话声调实在太高了。他们谈的也是如何设局，引人入瓮。我迅速避开他们，可偏偏总是狭路相逢，没隔多久又同他们擦肩而过。那男的每出一个坏点子，就得意地大笑。那女的面带微笑点头赞许，只道那男的太聪明了。心想在富人俱乐部，在高尔夫球场，这一男一女必定是交际宠儿，俨然上等人。生得如此体面，仪态如此风流！

有回席间识得一丽人，她原曾闯荡商海，如今收山赋闲，再无赚钱欲望。我无意间说起那回坐头等舱，这位丽人说：我做生意时，先是喜欢坐头等舱的。后来发现有些坐头等舱的人素质大多很差，就再不坐了。她说当年每周要在天上飞两三次，坐的都是经济舱，就因受不了头等舱的鸟人们！听这位优雅丽人竟然口出粗话，可见她何等愤慨。

中国人实在是穷得太久了，一朝有了钱，便有些把不住。我自小听老人讲过一句俗话：富人穷了心慌，穷人富了猖狂。这实在是阅世之论。去年网上有个帖子：《为什么开宝马的都是坏人？》列举驾豪车的富人劣迹种种，的确叫人反胃。此帖一出，几乎成了对富人的集体声讨。网上群情激愤并不理智，有时甚至是网络暴力。不论网上还是地上，人多未必就是民主，多数人的暴力尤其可怕。

前年某车友会围堵悍马事件亦在网上沸沸扬扬，倒是那悍马颇有些绅士风度。穷和富是相对的，开普通车的人，在悍马面前是穷人，在无车族面前却是富人。富时如何，穷时如何，最可检验国民。我不是个仇富者，但目前仇富的人越来越多，亦不是全无道理。中国人对待财富要有平常之心，也许尚待时日。

坐头等舱的肯定是有钱人和体面人，但有钱人和体面人未必都坐头等舱。或者说,坐经济舱的人未必没钱,未必就不体面。如果我看到的报道是准确信息,那么比尔·盖茨就不坐头等舱,也不坐私人飞机。狐狸嫌葡萄酸并不真是嫉妒,天下本来就没有吃葡萄的狐狸。

# 地理比历史更有趣

　　南方某报提前约我写一篇关于北京奥运会开幕式的小文章，我是带着任务看节目的。我猜想过很多种可能，但从没想到张艺谋会给全世界人民上一堂简明中国古代史的课。从照亮日暑到敲击瓦缶，从牵线木偶到敦煌飞天，从泼墨宣纸到华表高耸，从四大发明到丝绸之路，耳熟能详的古老中国元素都展示出来了。当那位古人手捧司南的时候，我担心外国朋友会望着那个大勺子纳闷：都说中国是礼仪之邦，他怎么只顾自己一个人喝汤呢？记得事先看到过路透社记者说过一句话：看了开幕式彩排，至少焰火是好看的。我收看节目时，想起那位英国记者，说话怎么比我们中国人还含蓄？老外也都人精了，批评起来绕着弯子。鸟巢内外夺人耳目的只是焰火，最绝的是升腾在半空中的二十九个焰火脚印，飞赴国家体育馆鸟巢。焰火不时在空中形成五环奇观，这也是极具中国意味的想象。开幕式场面之阔大，气势之恢宏，注定是空前绝后的，除非再让中国人办一次奥运会。如果有类似的国际大奖，开幕式的技术运用稳可获奖。只是，这堂历史课太冗长、太沉闷、太单调、太乏味。

当开幕式转入运动员入场环节，历史课不经意地换成了地理课。这是体育地理，也是文化地理，还是爱和欢乐的地理。地理课突然变得有趣起来，它的有趣在于导演可以暂时休息了。如果要说导演，地理课的导演就是自由、轻松和欢乐。这时候，我的电话陡然响起，原来是一家报纸要采访我关于开幕式的观感。我问：可不可以讲真话？记者说：我们接到指示，只作正面报道。我便说：我只说一句话，焰火很好看。我心里还有一句话，没有说出来：地理课比历史课有趣。猜到还会有记者打电话进来的，我马上关了手机。我不习惯讲假话。

希腊运动员按照奥运会的惯例第一个入场，古代希腊留给了人类永恒的体育狂欢，全人类共同给希腊回赠无上的荣光。希腊运动员的白色服饰，令人联想奥林匹亚采集奥运火种的圣坛和那位白色长裙的圣女。我也是一名火炬手，那圣火也在我手中燃烧过。

土库曼斯坦热爱绿色，他们运动员的服装是明绿色的，国旗也是明绿色的。这个中亚西南部内陆国家的地下储满了石油，它是中国自古传说的汗血宝马的故乡。很多国家运动员的服装都选用了国旗的颜色，不管这种颜色穿在身上多么夸张。巴基斯坦运动员全身的橄榄绿与他们的国旗同色。塞拉利昂运动员身穿白色长袍、天蓝色长马甲，头戴浅绿色小圆帽，用尽了他们国旗上的所有颜色。西班牙运动员的大红外套、明黄衬衣，女运动员脚上的大红圆头皮鞋，也都是国旗上的颜色。中国男运动员的大红色，女运动员的明黄色，也是我们国旗上的两种颜色。

非洲运动员几乎都是跳着舞进场的，他们的舞姿同服饰都是热情奔放的。马里是非洲西部撒哈拉沙漠南缘的内陆国家，运动员身着雪白的长袍，围着白头巾，女运动员头上还有富丽的金饰。黑亮的皮肤，雪白的牙齿，跳着欢快的舞步。巴布亚新几内

299

亚男女运动员都穿着红黄黑大花图案的上衣，风格极为热烈张扬。他们跳着舞着，不停朝观众们送出飞吻。据说他们的祖先是八千年前从亚洲移居过去的狩猎民族，有着游牧人固有的骁勇。乌拉圭和尼日利亚女运动员的舞步最为欢快，不停地举手击节，高声欢呼。布隆迪的女运动员最性感，穿着大红色的抹胸裙，亦是载歌载舞。

　　澳大利亚和新西兰都是两个著名的海洋国家，他们的运动员身上体现着明显的地域风情。澳大利亚运动员身着蓝色衣服，那蓝色从上到下由浅而深，叫人联想碧蓝的神秘海洋。新西兰旗手身上披着一张兽皮，似乎一个渔猎民族从远古而来。从运动员的服饰和表情，我们似乎还可以读懂他们的文化和历史。土耳其年轻旗手的眼神那么纯真清朗，让人忘却一切纷争和灾难。土耳其是特洛伊古城的故乡，那块《荷马史诗》描绘过的古老神地，历经了太多的战争与离合。当李宁高擎火炬绕着鸟巢上空奔跑的时候，我愿意相信全世界的上空都飞翔着白色的鸽子。这个创意倒是非常的天才，李宁凌空飞跑的那几分钟太叫人激动了。主火炬点燃的刹那，我的眼睛禁不住湿润了。

# 文章实难逾古人

我写这种有话就说的文字，越来越模糊了文体意识，不太顾及章法。有人把它说成杂文，有人把它说成随笔。恕我鄙陋，杂文同随笔到底是一回事，还是两回事？我至今没有去翻书，也不想弄清楚。年轻时写过一些纯粹的散文，动笔脑子里就是语文课上学过的东西。想到的题目呢？总离不开故乡、母亲和童年。没写多久，就腻烦了，很没有意思。于是开始写小说。我只没有写过诗，中国当代作家没有写诗"前科"的少。曾听人讲，写诗是最能锤炼语言的，写过诗的人写小说，语言要文学得多。我听着心里发虚，心想自己年轻时怎么没有写诗呢？都听人说，诗是属于年轻人的。我也许很早就老气横秋了。可转眼想想，中国古代的读书人写诗，可是从小写到老啊！到底是古人修得了永葆青春之法，还是中国古时没一个真正的诗人？如此深奥的课题，我这辈子是研究不透了。

我只关心一些简单的问题，比如有些人说的话是真是假，有些人做的事是对是错，有些事情到底有没有意义。我写小说，也没有什么高明的主义，都是些普通人的寻常见识。常有评论家告诫小说家们,要有终极关怀之类。我知道这很重要,但我就是深刻不下去。深刻的作家多着哩,他们能者多劳吧。我想还是先关注滚滚红尘,先思考些浅近的事情。有时候觉得小说表现起来还不太直接、不太及时、不太有力、不太过瘾,就写些短章,把话挑明了说。我知道太直接地说话,很伤害文章的文学性,很为一些大师不屑。可我不是为讨好大师而写作,也顾不得那么多了。大师毕竟是少数,我的小说少几个大师读,似乎也没什么关系,于我的版税损失更是大可忽略。何况,中国目前也只听说气功界有大师,文学界的大师谁也还没见过。

我不是一个太愿听从将令的人,好在还没有谁命令过我写文章。当然,这要除却当年写过的公文。那是工作职责所在,只为稻粱谋。顾客让我做一个盘子,我绝不会给他做一个杯子。顾客其实是领导,我却是一直把领导当顾客,所以在官场是混不下去的。一直有人问,你好好的离开官场,难道从来不后悔吗?我想说的是:我在官场原来就不是好好的,而是非常的不好。也没挨打受骂的,只是心里憋得慌。话说回来,当年在官场里头待着,人家让我写什么就写什么,也没觉得有什么为难。只是不堪回首,心想自己那么些年,到底是怎么熬过来的?罚我回去再过那种日子,一天就会疯了去。如果人家让写什么就写什么,倒也相安无事;可我却是人家不让我写什么却写了什么,就是那些小说和杂文。于是,我离开了那个大院。

曾经有段时间,某省有些报刊凡见我的名字,文章就发表不了。有位颇有见识的编辑,却约我写专栏。我因要出门旅行,临走时写了十几篇文章留给他。等我云游回来,竟然见我的文章都换了作者名字,那人叫做浦人。我问:浦人是谁?编辑说:你的第一篇文章出来,我们就接到电话了。可我实在舍不得那些文章,就给你起了个笔名发表。我至今记得,那篇文章就是《常识性困惑》。我新编集子《胡思乱想的日子》，又将这文章的题目改成了《逃离》。鲁迅那个时代，作家们为了逃避当局检查，只好不停地更换笔名。鲁迅先生用过的笔名，不是研究专家还真数不过来。凡是活着的人，时间都在往前走，未必只有我孤魂野鬼地回到20世纪30年代了？

过了几年，风声似乎松动些了，这家报纸又约我写专栏。我对他们说：别再让我换着笔名发文章，大丈夫行不改名立不改姓！于是，我的名字再次出现在报纸上。真是太有意思了，我搭乘时间飞船重新回到光天化日之下。时为2003年。这一年的夏天，我在某地签名售书。一位老人递上厚厚一本剪报：请问这上面的"浦人"，就是您吗？我点头而笑。老人很是兴奋，说：您的文章，不论换什么名字，我都看得出来！我紧握了老人手，向他致以谢意。可老人又问：为什么要换名字呢？我就是冲着您的名字看书买书的！我没法同老人说什么，只能含混地笑。

有时候又想，天下文章真是让前人都写尽了，何须今人劳神费力？读前人的书，发现我想说的很多话都无须再说，径直从书上抄来便行。很佩服周作人抄书的功夫，更深谙当年出版界的风尚。周作人抄书成文，居然可以发表！我只抄过一回书，就是把《老残游记》里的几段话，稍加翻译抄下来，竟然也发表了。刘鹗笔下所见，我辈仍可见着，也难怪今人文章难逾古人！

# 人会进化成蟑螂

有个段子很多人都听说过：蝴蝶嫁给蜘蛛，遭到同伴取笑。蝴蝶却好不神气，说：人家好歹是搞网络的！

段子调侃网络人士，玩笑而已，并无恶意。可回过头去想想，互联网同蜘蛛网，还真有许多相似！蜘蛛网是个陷阱，蜘蛛用以捕食。互联网也越来越像陷阱，弥天漫地，巨大无比，甚是凶险。昆虫只要触上蜘蛛网，几乎无可逃遁，成为蜘蛛美餐。人在互联网面前，有时也很像昆虫。

2008年网上两大事件，可以凑成绝对：好黄好暴力，很傻很天真。一个中学生，只因说了句网络"好黄好暴力"，就像粘上了巨大的蜘蛛网，几乎要了小命。好在此事只在互联网上闹腾，其声势远不逮后来的"艳照门"。那陈姓登徒子同众多"好傻好天真"的女明星的风流韵事，让各种媒体都兴奋得像吃了过量春药。那些日子，我们不论读报、上网、看电视，触目皆是吊眼陈氏。我们几乎绝望，以为中国人今后的幸福生活，就是没完没了地看"艳照门"了。我们自己可以小心不碰蜘蛛网，可蜘蛛网上粘着许多昆虫成天挂在我们眼前晃来晃去。今年中国出的大事太多，不然我们现在只怕还被关在"艳照门"里。不过，如果能换回天下太平，我们天天恶心着看"艳照门"倒也无妨。

可惜互联网断无此等神功，尽管它轻易就能制造网络怪胎。一个汶川地震中不顾学生安危，只管自己逃命的中学教师，在网上声明自己"逃跑有理"，立马就成了网络红人。网上给他一个响亮的名字："范跑跑"。端的是：互联网上一声嚎，中国出了个"范跑跑"。搜索百度，事发不过二十几天，关于"范跑跑"的网页多达三十多万，留言五万多条。稍稍浏览，发现赞同范某"逃跑有理"的帖子，竟然占压倒优势。原来"跑跑"二字全无贬义，而是对范老师"壮举"的褒奖。"挺范派"披坚执锐，谁敢扁范，老拳相向。批评"范跑跑"的，立马受到讨伐。真不知道"挺范派"是些什么人？如果他是公司老板，他会招"范跑跑"做职员吗？如果他身为人父，他希望有"范跑跑"这样的儿子吗？如果她待字闺中，她想嫁给"范跑跑"这样的老公吗？须知"范跑跑"可是谁都不会去爱的人，当然他说除了自己的女儿。但真到生死抉择，救儿女还是救自己，只怕也是个问题。"范跑跑"善于讲道理，他也许会抛出掷地有声的理由：女儿可以再生一个，"跑跑"却是绝无仅有。"范跑跑"事件，不管是问公民道德，还是问职业道德，都不存在是非之争。可在互联网上，是非真的就没有了。

有人说：范跑跑不过就是讲了真话，很可爱的！更有美女声称：嫁人要嫁范跑跑！如果说真话就可爱，那么杀人犯、贪污犯、强奸犯在被审讯的时候都会说真话，他们统统都可爱了！很简单的理由是：不能因为世上有伪君子，真小人就非常可爱，真无耻就变得无比崇高！扪心自问，我在那种情况下也可能有两种选择：一是救人，二是逃跑。逃跑是人之求生本能，但绝不是可爱，更不是高尚；逃跑之后而洋洋自得，全无追悔之心，那就是无耻了！不崇高无可厚非，真无耻就应该唾骂！

　　说到底，网络无罪，人心惟危！希尔顿丑闻频出，她却是世界级网络红人，她的公司和服装品牌越来越火爆；吊眼陈虽宣称退出娱乐界，却传闻他正密谋复出，据说身价还会猛涨。说不定稍过时日，有人会高薪延聘"范跑跑"做总经理。他来打理一家跨国公司，只怕人气很旺。

　　越臭越受人追捧，人越来越进化得像蟑螂。

# 做狗要做乡下的狗

曾有媒体报道,长沙某宠物市场有狗窜入,不分人畜,乱咬一气。一时大哗,诚惶诚恐,只道是疯狗发飙。正值春暖花开,据说恰好是狂犬病频发时节。此病人犬共患,极是凶险。依民间说法,人得了狂犬病,倘若入了膏肓,则神志错乱,声作犬吠,亦会咬人,无可救治。

幸好是虚惊一场,原来那是一条发情母狗。母狗不知住在谁家高宅,反正是"忽见陌头杨柳色",动了凡心,春闺寂寞,佳偶难觅,就冲出来撒野了。

人动春心作诗,狗动春心咬人。狗与人,毕竟是不同的。可城里人偏要把狗当人养,违背狗道主义精神,难免种下祸根。城里的狗,活得真不像狗。倘若这条母狗不是长在城里,而是优游于广袤的乡间,必定追求者甚众,它真可以实现阿Q的伟大理想:要什么有什么,喜欢谁就是谁。

时下城里人喜欢去乡间吃土菜,说是大凡东西到了城里都变味儿了。于是城里人便皆为参禅高士,通通入了第二禅境:吃肉不是肉,喝水不是水,见人不是人。殊不知,见狗也不是狗了。

狗生就好端端的皮毛，却是穿衣戴帽，四蹄蹬靴，那还叫狗吗？城里经常见人牵着绳子遛狗，人端着从容慵懒的架子，狗却并不解得风情，总想往前飞跑。遛狗的人便如船夫拉纤，用力拉着狗绳，大失风雅。

所谓失风雅，只是人的臆想，并不关狗什么事。倘依狗的天性，想撒欢就蹦跳，想拉尿就抬腿，想交配就追逐。可城里的狗没有这般福气，它们比哲学家还孤独。曾在席间识得一趣人，听他说了自家狗的故事。此君家大业大，为着看家护院，养了一条公藏獒，三条母狼狗。这一公三母都不是好惹的家伙，成日被关在铁笼里。他说那藏獒真是条汉子，三条母狼狗终日搔首弄姿，它就是坐怀不乱。众人大笑，只说藏獒哪像人这么滥情，人家找不到情投意合的母藏獒，哪肯俯就母狼狗！藏獒的爱情在雪域高原，不在城市的铁笼子里。

自由幸福的狗在乡间。村头巷尾，常有群狗相与为戏，其乐融融。乡下人尚有先民遗风，观看公狗母狗交欢，亦是陶陶乐事。男人们围着交欢的狗高声谈笑，还会说谁就像那条公狗。年轻女子会故意躲开这种热闹，心里却莫名的羞涩。小孩子看得懵懂，却从狗事慢慢就知道了人事。

乡下的狗很快乐，却被城里人歧视。城市的禁犬令，把中国本土狗叫做中华田园犬，后面打一个括号，里头写道：俗称土狗。"土狗"二字，好生可笑。土与洋互为反义，凡境内之物，皆可冠以"土"字。相对洋人，国人皆为土人，是否都要禁掉？曾听猎人讲，真正的好猎狗，就是城里人讲的土狗。土狗惟一的不好，就是不会睡到主人的床上去。

上海前几年搞过一次奢侈品交易大会，一串狗项链天价三十万人民币。戴这条项链的狗，肯定不会是土狗，它必定是德国佬、法国佬或英国佬。其实不论土狗洋狗，它们都不稀罕那条项链。富豪们养名犬是养派头，给名犬戴天价项链，为的也是他自己的派头。如此说，那项链等于戴在自己脖子上，与狗无关。

# 那些砍了头的树

  我在西双版纳、海南岛、张家界结过很多次婚。印象最深的是在西双版纳，快进傣家村寨，导游小姐很神秘地告诉游客：傣族姑娘美丽善良可爱，但各位朋友一定要尊重她们的民族习惯。导游小姐说了一大堆话，很含蓄、很严肃、很云山雾罩。我几乎有些紧张，生怕自己不小心，冲撞了傣族姑娘。上得竹楼，喝茶听歌，旋即就有傣族姑娘款步上前，把红丝线搭在我肩上。我还没明白是怎么回事，听讲解员说了：肩上搭了红线的帅哥，您一进门就被我们美丽的傣族姑娘看上了，她将同您喜结百年之好。同游诸君相视而笑，从白头老翁到尖嘴猴腮都成了帅哥，肩上都搭着红丝线。我不习惯玩这种游戏，可惟恐冒犯了傣家规矩，只好听凭导游小姐和傣家姑娘摆布。如此约莫五分钟，婚礼结束，花费一百六十元。还有几次遇上婚礼，我奋力拒绝，但反抗无效，硬被生生拉去完了婚。这是结婚游戏，大可一笑了之。可真实的婚礼呢？有去教堂门口仿西式婚礼的，有请当地土笑星插科打诨的，有租用花车满街兜风招摇的，可谓五花八门，千奇百怪。我有回赴熟人婚宴，听笑星司仪祝愿新娘：祝您像慈禧太后一样的有福气！新娘脸上乐开了花，我心里却是一愣：这不是咒人吗？叶赫那拉氏二十七岁就成了寡妇啊！新郎也高兴坏了，他似乎真成了咸丰皇帝。我的暗自吃惊并不妨碍婚礼的热闹，依然是欢歌笑语，觥筹交错。

　　南方乡村，常常可见这种场面。谁家老了人，夜半灵堂里，录音机播放着哀婉的哭丧，守灵的人围坐桌前打麻将，或者会有高声谈笑，或者会有因出牌引起的争吵。死者遗像高挂在墙作壁上观，无奈地望着这个不伦不类的黑夜。南方乡村依祖上规矩，死了人必须有人哭丧，而哭丧不仅是习俗，而且是门艺术。各地哭丧都有其独特的旋律，哭丧用词也各有讲究。可现在熟悉这种习俗，懂得这门艺术的人，越来越少了。慢慢就有人请年岁长、懂礼数的人代为哭丧，慢慢就有了专门替人哭丧的职业。替人哭丧通常按时收费，点到付钱。既然成了生意，少不了有所计较。办丧事的人家为了省钱，便把哭丧录了音，翻来覆去地播放。哭丧毕竟还没到知识产权的地步，职业哭手多半也不属于维权意识的人群，白白让人家占了便宜。我是见过这种丧事的，灵堂里吆五喝六乱糟糟的，只有录音机里播放着别人哭丧的哀号，看着听着甚是滑稽。

　　寺庙的香火越来越兴旺，不管是名山大刹，还是无名小庵，总有许多执着的善男信女。南方香火最盛的当是南岳衡山，一年四季香客不断。有一年春节，我同几位朋友冒雪上山。山路已经冰封，几乎寸步难行。朝拜的人依然很多，中间自有不少虔诚的香客，而游客也多会去庙里供上一炷香。我并不是朝圣去的，可到了极顶祝融峰，也没有不供奉香火的道理。我烧完了香，鞭炮声刚刚消散，听得朋友们在旁边爆笑。一问才知道，他们许下的心愿，都是请菩萨保佑打麻将手气好。去年夏天，我陪外地朋友再访南岳，正逢某位尊神的吉诞，更是香客如蚁。南岳香客有专门的服饰,黑色布褂如苗家装束;亦有专门的朝香行头,小板凳上安有烧香的插座,既可用为佛事,也可拿来小憩。山脚大庙前,我的两位同游正在交换名片,他们不巧被一跪一拜、亦歌亦舞的香客围了一个圈,图案酷似太极八卦。太极图转瞬即逝,可惜没拍下照片,大家叹惋良久,只道这场面太有意思了。我每次去佛前长跪之后,都会随意做些功德。佛前敲打木鱼的僧人,虽然半眯着眼睛,那目光却有些扎人。他不设下连环套请君入瓮,就算大慈大悲了。

我这里描绘的是中国近二十年来随处可见的风俗画,画面里最抢眼的两大色块,就是娱乐和消费。婚姻、伦理、宗教、民俗,一切都可娱乐,一切皆供消费。如果不嫌太学究的话,这即是全球化的消费主义狂潮席卷中国的日常图景。普通百姓总是稀里糊涂就被某种思想或主义裹挟了,而最有渗透力的思想或主义,总是以最简单的方式向民间灌输。"两个老太太"的故事,让中国城里人欣然接受了超前消费的观念。虽然这个故事城里人都讲得绘声绘色,我不妨在这里再做重复:一个中国老太太住在简陋的破房子里省吃俭用,往银行里存了几十年的钱,年老之后终于买了一套房子。老太太非常欣慰,说总算住上自己的房子了。一个美国老太太年轻时就向银行贷款买了房子,然后一边工作一边还贷,她老了以后非常欣慰地说,我终于还清了银行的钱,这套房子总算是我的了。结论是,美国老太太比中国老太太值!于是,不少城里人开始按揭买房、买车,似乎不按揭消费不时髦。自己有足够的钱也不把房款一次付清,理由是自己的钱留作更有价值的投资。我想资金运作的道理如果真的如此简单,要么就是政府和银行太傻,要么就是老百姓太刁。见事迟钝是中国比较典型的社会管理病,当中国出现大量"房奴""车奴"和百万"负翁"时,再来采取处置措施总显得效验不及。不管政府搬出多少马后炮，社会风潮早已是消费至上，娱乐至死。城里的住房越建越大，街道越筑越宽，广场越修越辽阔。有人研究说，中国城市越来越堵车，重要原因就是马路越来越宽。听起来似乎是天方夜谭。我不知道这个研究是否有道理，但中国城市的交通状况并没有因道路的改善而好起来，这是千真万确的事实。

中国人只要不是懒汉，似乎都在奋斗。他们就像身牵绳索的纤夫，喊着同样的号子：要快！要大！要新！要多！要好！中国人能不着急吗？看看一年一度的富豪榜，巨富们的财富比小孩子吹气球还要快。千万、亿万、十亿、百亿，计算富人财富的数量级年年刷新，像我这种数学不好的人掰脚指头都早掰不过来了。世界顶级轿车宾利，普通版每辆也得八百多万人民币。我原以为这种轿车的最大销售国应是美国和日本，万万没想到竟然是穷了几千年的中国。山西煤老板团购悍马和别墅的财富神话，经常在饭局上听人说起，感慨系之，向而往之。有报道说，北京价值近四千万的最昂贵别墅，也是山西人买下的。还有一位南方富豪，在某城市的近海建造了飘浮式别墅，造价之巨外人不得知晓。因海上建别墅有违法律，每当警察干预，富人就雇巨轮把他的别墅拖往公海。海上别墅的材料极易腐蚀，必须不停地翻修，费用之大难以想象；仅仅是隔三岔五同警察玩猫和老鼠的游戏，又不知要花多少钱。

人家都这么有钱了，你还能坐得住吗？我没能力就中国人的发财欲望做出调查，只能"见微知著"作些所谓的"文化观察"。记得中国20世纪80年代以前，常见的酒店名称通常是某某宾馆或某某饭店。这些酒店名称很快就显得落伍，近二十年新建的酒店先是一律要加上一个"大"字，慢慢发现仅仅加一个"大"字还不够，还得加上"国际"二字。中国人办事，俨然都是国际视野。中国人走遍地球每个角落，一不小心就会买回自己制造的东西做纪念品。这是个真实的神话,颇能鼓舞早就不太自卑的中国人。过去常见批评"求大求洋",现在很多中国人"洋"似乎不屑一求了,"大"却是孜孜以求。房子的"大",当然大到别墅。可别墅似乎还不够,开始要建庄园了。若依中国国情,应该禁止建造别墅,可前几年中国不少城市都号称进入"别墅年"和"别墅时代"。政府总是睡醒了才说话,等它开始限制别墅用地,无数别墅早已是"城市包围农村"。乡村在城市面前的退却,不光是土地的消失,还有土地上生灵的劫数。城里栽树,必须栽大树。无数在乡间默默长了几十年、几百年的大树,一夜之间就砍了头,被七手八脚地拉进了城里。慷慨的城里人在水泥地里挖出方斗之坑,把那些无拘无束的乡下大树圈养起来。中国人自古都讲"前人栽树,后人乘凉",但现代中国人失去了耐心和胸怀。他们要自己栽树自己乘凉,而且要马上就坐在大树下面乘凉。中国城市的"砍头树",差不多都是最近二十年进城的。有些地方做出过规定,禁止乡下大树进城。但这种规定,肯定没法执行。城里人需要很多的大树,他们等不及小树长大;乡下人并不吝啬向城市出售大树,他们需要把大树变成钞票。农民卖掉一棵百年老树,得到三五千块钱就已十分高兴;哪怕知道这棵树进城之后值三十万,农民也没有办法不卖掉大树。政府禁止大树进城,为的是保护环境与资源,而这个理由在农民看来简直可笑。谁付钱让农民承担保护环境和资源的责任?城里废气超标,就拿乡下人出气?也许若干年之后,城里这些"砍头树",将是研究这个阶段中国社会心理的活标本。

中国人越来越阔绰,但我们的内心并非波澜不惊。我们对有钱人的称呼悄然发生着变化,先叫大款,后而富人,继而富豪,再而大鳄。"大款"一词风行之时,外出务工的农民被叫做"盲流"。"盲流"几乎是侮称,"大款"二字也上不了台面。一时间,文学作品提供的"大款"形象就是：暴发户、会赚钱、没文化、喜欢玩女人。"傍大款"至少在舆论上为人不齿，而好傍大款的通常是两种人：贪污腐败的官员、爱慕虚荣的女人。后来有钱人被平和地叫做"富人"，上班的人开始平和地自称"工薪族"。人们对待财富有了平常之心，靠领工资过活的人也小心维护着内心的尊严。但没过多久"富豪"的称谓很快出现，同时就有人出面劝导人们不要仇富。人们并不想仇富，但有的富豪开始仇穷，宣称不给穷人盖房子。当是时也，"大鳄"之称谓见诸媒体。"大鳄"同财富相关，却并不等同于财富。比尔·盖茨把微软做得全球业界第一，没有人叫他"IT大鳄"；沃伦·巴菲特的财富雄居美国第二，也没人给他冠以"证券大鳄"；而索罗斯是东南亚金融危机的元凶，他才被世人称作"金融大鳄"。中国房地产界那些被称作"大鳄"的人，人们只怕真的视他们为凶猛掠食的鳄鱼。

中国某些智者鼓吹超前消费的时间，正值20世纪90年代中期，当时美国人开始感受到消费主义的危机。美国人的房子越来越大，汽车越来越多，房价越来越高，而他们的收入增长停滞不前。景况酷似十年后的中国。从那时开始，美国和许多西方国家悄然发生着反消费主义浪潮。欧美有些城市，每到夜晚，街灯之下会有人从垃圾箱里捡取食物。这些人不是乞丐，也许是漂亮的金发女郎、帅气的蓝眼小伙。他们是反消费主义成员，被称做"不消费者"。很多年轻人加入"不消费者"行列，他们有体面的工作和固定的收入，却坚持不购买商品，只从垃圾箱里寻找食物和其他生活用品。快餐店和超市外面的垃圾箱，通常会丢弃很多仍可食用的食品、仍可穿着的衣服及各种日用品。德国的"不消费者"声称他们的"政治目的"就是要反对浪费、保护环境和资源。他们把政治诠释得这么简单清纯，真是叫人敬佩。中国人不管把政治定义得如何堂皇，而人们感受到的政治无非是权力之争。美国、英国、法国都有这样的"不消费者"，他们都有自己的组织，有的还举办刊物申述主张。有些国家的"不消费者"不仅律己，还要律人。巴黎街头有支秘密的"扎胎队"，专门对付那种耗油量大、污染严重的多功能运动车。法国人喜欢把严肃的事情略加浪漫，未免有些过头。英国人做得温和些，他们成立"反对都市四轮驱动联盟"，自制罚单贴在越野车上，所谓"罚款"只是宣传资料，号召人们节约资源。

西方国家还有一种群落，被称做"无趣族"。他们中间有很多是世界级巨富，比如比尔·盖茨、沃伦·巴菲特。有一年，比尔·盖茨飞往印度做慈善，行李刚放进酒店就动身去察看贫民窟。一位印度官员悄悄对围观的民众说：前面那个穿卡其布裤子的家伙是世界上最有钱的人。这个世界上最有钱的人，生活简单得有些清苦。他好吃便当，停车选普通车位，乘飞机只坐经济舱，不穿名牌服装。沃伦·巴菲特仍住在五十多年前花三万多美元买的老房子里，开着老掉牙的林肯轿车，每年只从自己的公司领取十万美元薪水。这个被称作"当今世界最伟大的证券经纪人"的老人，没有雇请顾问和仆人。这些富人乐于把钱捐出去做慈善，捐得越多心里越安宁。美国亿万富豪查克·费尼简直是位圣徒，他说不把钱捐光，死不瞑目。这些抵达了财富巅峰的人，绚烂之后归于平淡，生活极简至朴。

然而从很多年前开始，不少美国人仍靠超前消费继续支撑着舒适的生活，他们支付豪宅、名车和环球旅行的开销，很大部分就是近年次级贷款的祸源。美国人把次贷危机不道德地抛向了国际社会，中国企业和中国经济亦深受其害。美国不少从中国进货的商人，迫于次贷灾难宣告破产，他们拖欠的货款成了再也无法追讨的阎王债。中国很多同美国市场咬得很紧的企业陷入困境，有的甚至濒于倒闭。美国长期的商业繁荣，塑造了美国人的诚信形象。过去中国人痛恨自己同胞轻诺寡信，也喜欢拿美国人做榜样。今天，这个榜样倒下了。

明天倒下的是谁？中国老百姓初听"次贷"二字颇觉陌生，其实我们早就在吞食"次贷"苦果而不自知。早期中国企业国际化水平不高，没有途径把这种危机向国际输出，只好打落了牙往肚里吞。从改革开放之初开始，中国各家银行不知道发放了多少"次贷"。只不过中国过去的"次贷"不是"惠及全民"的社会福利，而是发放给了那些经营者平庸的国有企业，少数神通广大的个人。这些企业和个人，如果严格按信用分级，都应该算是次级信用。贷款到了他们手里便有去无回，债务人拍拍屁股一了百了。无数没有冠以"次贷"之名的银行贷款，被贴上"坏账""呆账"等中国式标签，统统一风吹了。中国干什么事都自有特色，从各大银行剥离而出的"资产管理公司"，实则就是消化中国式"次贷"的揩屁股公司。中国老百姓普遍缺乏财政和金融常识，他们认为银行贷款是国家的钱，同自己没有关系。于是，一风吹了多少"次级贷款"，老百姓为此埋了多少单，没有人知道，也没有人关心。

环保主义者说：地球不是我们从祖宗那里继承来的，而是我们向未来的子孙租借的。可有位煤矿老板不这么看。我曾问过一位山西煤矿主：你们把煤炭挖完了怎么办？这位煤矿主哈哈大笑，把双手比画成篮球的样子，说：煤挖完了，地球就变小了，还是个圆的嘛！我当时不得不佩服这位煤老板的幽默和急智，可后来我想他必定很多次回答过这个问题了。这是我亲历的真实故事，好比佛门公案，透露着某种玄机：一面是资源、环境、消费，确实令很多人忧心忡忡，一面是不少人仍在无所顾忌地攫取和破坏，而且洋洋自得。

民间有个故事，说的是叫花子和拾狗屎的人畅谈理想。叫花子说：我要是当了皇帝，天天吃猪油炒饭！拾狗屎的说：我要是当了皇帝，天下的狗屎只准我一个人拾！穷惯了的人，向往发达之后肯定就是享受，尽管只是吃猪油炒饭和拾尽天下狗屎。中国人过去真的穷够了，有钱了该怎么办还真是个问题。细想那些建私人庄园的、买私人飞机的、买下海岛做岛主的，同那两个想当皇帝的穷人并没有什么两样，无非是猪油炒饭的分量更多些，拾狗屎的天地更大些。

谁叫中国人不要赚钱了，肯定会被指为疯子；谁叫中国人不要太享受了，同样会被指为傻瓜。但是多年之后，子孙们抚摸着城市里的砍头树，也许真的会说：我们的前辈，曾经多么疯狂，多么愚蠢！

# 删帖记

我这回丢丑可丢大了！昨天，有位朋友神秘地提醒我：王跃文老师，您可以看看《从斯大林到普京》《关于屁股》《混账》这几篇的评论。我如嘱去看了，没看出什么异样。最近有位朋友正在逐篇地看我的文章，我便问他是不是这位朋友？他说抱歉，不是的。这回他又提醒我：《嫁给尖嘴鱼》的评论您也可看看。我这一看，哭笑不得。原来新浪博客改版，我曾经匿名发的几个帖子全部浮出水面，赫然显示：博主。我新换了头像，傻傻地笑。

我领会这位朋友的好意，他是暗示我删去这些帖子。我遵他好意删了，可过后想想，又觉得可惜。多好玩的事呀？网络本来就是个笑话百出的所在，留着那些帖子，也是活脱脱的网络原生态。删去的帖子，便人死如灯灭，再也回不来了。故作小文纪念之。仿官样文章，把我自己匿名发帖之行状归纳如下。

一是"自挺自顶"。我发了《混账》之后，自己匿名发了一个帖子，大意是说："财富应该担负起相应的责任和义务，而不应该仅仅享受它带来的利益和权力。王先生这个观点，我深表赞同。"这个帖子居然还雄居沙发位置。抢我博客的沙发，自然没人抢得过我本人。如今匿名浮出水面,博主傻笑着表示对王先生的观点"深表赞同",岂不滑稽?还有一次,我自己匿名坐了沙发,居然说:"嘀,沙发呀!"自己坐沙发共三次,还有一次是从古徽州旅行归来,我公开坐了沙发并告示说:外出十几日,现贴出文章云云。结果有网友坐在板凳上抗议:自己坐沙发,真没意思。我这才知道,沙发原来朋友们挺介意的,以后再也没有自己坐过了。

二是"准自挺自顶"。我发了《从斯大林到普京》和《关于屁股》,好评较多,有些朋友的评价深得我心,我便匿名附和,大意都是:"赞同您的观点,王先生说得太对了。"望着自己头像在那里傻笑,说赞同自己的观点,简直太逗了。我都不赞同我的观点,还指望谁去赞同呢?真是废话!我的观点不是梦话,自己跟帖表示赞同就有点像梦话了。如此帖子,大概有两三个。

三是"自解自劝"。我有些文章,也引发过较大争议。比如评说黄健翔的《为什么一分钟的自由都不允许》、记录自己签名售书经历的《北京人真好玩》、议论湘商的《话说湘商待有时》、对湖南体育发表的看法《体育何必称湘军》等。我从来不觉得自己代表真理,只是发表自己的观点。可有些网友不冷静,动辄动粗口。有人动粗口,自然就有人出来对骂。我看着不好,就匿名劝架,大意是说:王先生的意思是这样的,云云,各位不必动火,有话好好说嘛!还有一次,有人动粗口太过分,我就匿名发帖说:强烈建议王先生删掉谁的帖子!自己又在下面作君子状:我不删帖子,朋友们自己看看,是非自明。

四是"自我解答"。有读者在评论中就有些问题提出疑问,我有时匿名作答。比方,有人问一些盗版盗名书,我就匿名回答:据我所知,这不是王先生的作品,肯定是盗名书,连盗版书都算不上。答案当然是百分之百的正确,只因匿名博主浮出水面，就好玩了。其实这类问题，我完全可以公开回答，也许当时自己的心情是想在水里待着，就匿名了。

我庆幸自己没有在匿名帖子里称自己为大师，只是叫自己王先生或王老师。先生嘛，我是男人，名副其实；老师呢，不过就是个习惯称呼，大不了就是个职业，绝无好为人师之意。我没有称自己为大师，绝不是运气好，或是小心谨慎。我不认为目前中国文坛有大师，尽管有人自命大师，或听别人叫他大师很受用。

我开博之后，结识了不少热心朋友，很叫人欣慰。但我并不想在网上造势，也许有人看重博客点击量，我不需要。以上行状，都是我早期从事博客工作的事。当时我的博客很火，用不着我自己添油加柴。但我不可能天天在博客上写文章，我后来的人气就淡下来了。如果想造势，我后来就应该有更多的八卦表现，但我没工夫费这个心。开博近四年，发文章两百五六十篇，匿名发帖十多个，情节不算太严重；从匿名帖子内容看，性质也算不上恶劣。反正都如实交代了。我不说朋友们未必都知道，如此说来我还有主动交代情节。倒是想借此发个通告：那位提醒我删帖的朋友，为人十分厚道，只是太含蓄了。有话直接告诉我就是了，我又没干什么偷鸡摸狗的事。这位朋友如果给个面子从水下上来，我愿意破戒请他浮一大白。

我自己匿名发帖，固然也有因沉不住气的时候，但多是老顽童心性作怪。我年纪好大把了，顽皮心性全不见改。我在家里做鬼脸绝对比儿子做得多，有时弄得儿子都不好意思。昨天我知道自己出了洋相，立马像获了大奖似的向家人通报。一家人笑得在地上打滚。从昨天开始，我们一家人见面打招呼的用语都改了，一个说：高见高见，一个说：佩服佩服！

# 无良学者"眼镜蛇"

鲁迅先生当年痛感有些中国人,沉溺在"华夏千年古国"的旧梦里,一味地只知道说中国的好话,便说:"凡有来到中国的,倘能疾首蹙额而憎恶中国,我敢诚意地捧献我的感谢。"(见鲁迅《灯下漫笔·二》)鲁迅先生愿意把批评中国的外国人当朋友,我想这种外国朋友现在尤其需要。为什么说"现在"尤其需要呢?因为有些话现在的中国人,要么说不出,要么不敢说,要么没地方说。近日看到有媒体摘要转发英国《金融时报》的文章,称中国应该破除由贪腐官员、不法商人和无良学者结成的"腐败铁三角"。我想这样的话,只有外国的媒体说得出,中国是没有哪家报刊敢发表此等文章的。

中国人也并不都是瞎子,都是哑巴。只是看见了,却无处说。有句粗鄙的俗话:有意见到茅厕去提。话虽不中听,道的却是实情。茅厕里提意见,没有用的。目前中国最有说话权力或权威的是些什么人呢?政府官员自不必说,富商巨贾亦不必说,还有一种人的话似乎更叫人相信,那就是学者。中国老话说"知书达理",然而要命的是现在有些学者,并不因为"知书",就自然

"达理"；或许他们"理"其实是"达"的，却蓄意昧了良心说"歪理"。这类人，便是英报文章所称的"无良学者"。

贪腐官员和不法商人的可恶，人皆知之；而无良学者之可恶，却鲜为人知。中国人自古敬重读书人，而有些读书人便拿国人的敬重作障眼法，更变本加厉地欺骗善良的同胞。也有人看穿他们面目的，叫他们为"眼镜蛇"。眼镜者，谓之有学问也；蛇者，谓之险毒也。"腐败铁三角"，虽说其间关系相当复杂，但也可以简化论之。大抵是：贪腐官员盲目扩张经济，既可捞取作为升迁资本的政绩，又可寻机中饱私囊；不法商人则钻山打洞行贿公职人员，获取项目、资金和各种经营特权；无良学者则为畸形的经济扩张和种种消极腐败作辩护唱赞歌，所谓"腐败有理论""腐败难免论"便是他们的重要学术成果。

无良学者们都喜欢做大师状，把眼见为实的严酷真相，弄得高深和玄虚，叫你没法拿他那套语言符号同他论理。你若同他争辩，他便摆出高人的架势，说你不是在学理层面讨论问题，同你说不到一起去。其实只要都说人话，总是可以相互沟通的。而无良学者们偏偏不喜欢说人话。且举一个无良学者不讲人话的例子。眼下经济领域"马太效应"甚是吓人，贫富差距越拉越大，财富分配不公已埋下深重隐患。富人的财源是"不尽长江滚滚来"，穷人的日子却是"无边落木萧萧下"。可是，当有人对财富分配不公提出批评的时候，有些无良学者又是冷笑又是嘲讽，说：效率和公平，不是一个层面上的问题，你懂吗？这些大师本来不屑同别人辩论的，可又耐不住要维护他们的"铁三角"，便屈尊地开了金口，讲了些以为我辈不懂的道理。说的是：企业分配讲的是效率优先，兼顾公平；而维护公平，则是政府的责任。也有的大师也许比较平易近人，终于还耐得性子，讲讲企业的第一次分配、政府的第二次分配之类的道理，为的是给我们启启蒙，不叫我们胡思乱想，要认了受穷的命。但是，他们讲的是人话吗？

通常这类无良学者是最讲所谓"中国国情"的，但你同他们说到效率和公平，他们却把真正的"中国国情"抛到九霄云外去了。也就不讲人话了。中国目前最大的国情，便是有过几十年"天下为公"的历史。过去中国财富基本上都是公有的，无非是大公小公之别。但近二十年纷纷扰扰，社会财富重新组合，造就了很多自己都说不清，或者不敢说清的富人。这种富人，若是国有大企业老总，他们的权力仍是来自公，尽管其权力的获得途径未必就经得住一个"公"字；若是民营企业老板，不管其经济资源、自然资源或社会资源的占有，都没法同"公"字剪断脐带。一言以蔽之，目前中国大大小小经济利益集团或组织，或明或暗都同政府有着千丝万缕的联系，脱不了一个"公"字。只不过，他们只沾"公"光，不负"公"责；只享"公"的权利，不担"公"的义务。2005年，美国某研究机构抽出全球五百强企业中的二十六家，就其社会贡献率进行评估，中国被纳入评估的企业是中国石油、中国石化和国家电力，它们的社会贡献率排名分别是倒数第二、倒数第三和倒数第八。道理很简单，企业的社会贡献率越低，老百姓承受的商品价格就越高、享受的服务质量就越低。如此，社会公平从哪里来？国字号的企业尚且如此，难怪有房产商公然宣称不给穷人盖房了。如此如此，越是财大气粗的财佬，就越是引力巨大的磁铁，将大把大把的财富吸了去。有了无良学者的训诫，这些商人干什么都理直气壮，更何况有些商人本身就是不法之徒呢？企业内部冠冕堂皇的效率优先，让身居要位者腰缠万贯，基层职工勉强糊口；兼顾公平则对内对外都是幌子，行业和不同社会角色的收入巨大差距似成天经地义。还有其他种种差距，不必细细道来，相信人们不是瞎子。

这些学者别看他们无良,人家的地位都是堂而皇之。又因多是经济学专家,决不会做赔本的买卖。于是,他们要么给政府做顾问,要么在政协做委员,要么在人大做代表,要么在大学做校长或院长,要么在研究所做所长,要么在企业做独立董事。他们的财源自然也如"黄河之水天上来"。他们还会教硕士、带博士,还会培养若干同类出来。可我担心的是,有位师宗西方著名穷人经济学家的学者,回国便无良起来,他自己将教出怎样的孽徒呢?谬种流传,苍生奈何!

# 入冬琐记

年底了，交罚款。大家都因在高速路上超速被罚款，我身边那位却因低速而被罚。移动抄牌车录下他时速五十三公里，低于六十公里最低限速。这位老兄说：当时只因前面大货车太慢，我想超车又遇超车道上车流太大，不得已跟着走了一段。未必要我加速往货车上撞？撞死了你们追认我做烈士不呢？

几年前买音箱，随送一个试机碟，有首陕北民歌很好听。可惜只有几句：黄河的水干了，妈妈哭了；黄河的水干了，我的心碎了。早知道黄河的水干了，还修他妈的铁锹是做啥子呢？早知道干妹妹的心变了，还谈他妈的恋爱是做啥子呢？一直想找这首全歌，找不到。没承想，今年湘江的水也干了。唉，还谈他妈恋爱做啥呢？

今天又中了百万大奖。今年我中过三次百万大奖了，还中本田奥德赛两台、华硕笔记本电脑一台。运气真是太好了。每年收到各种中奖及让我打钱的短信至少一百条。中国手机用户约七亿，即每年都有七百亿条诈骗短信在中国大地上横行。如此海量的诈骗短信，对中国人将是怎样的心理冲击？我们还能相信谁!

于某市见过一酒店老板。他因没读多少书,格外鄙视文化人,口头禅是:书又变不成钱!又因没有当过官,很不喜欢你叫他老板,好听人叫他领导。见了真正的领导,自然摧眉折腰。一日市委书记去用餐,此酒店"领导"忙凑上去拍马:书记您来这一年,我们这里又不出太阳,又不下雨。他本想说风调雨顺的。市委书记大为不快:你去忙吧!

我傻瓜儿子终于在家休息了。他学校此前因甲流放假一周,复课两周后又有个别班放假。儿子回家说同学们私下宣誓:每个人都要争取为放假做贡献。昨天他喉咙痛,我不同意他休息。今天开始咳嗽,我替他请假了。儿子非常高兴,说班上已有九个同学感冒,再多一个就可以全班放假。但放假仍有作业,郁闷。

儿子发烧了,去儿科看医生。所幸不是甲流,但需打针。护士问:你喝酒吗?儿子说:我不喝酒。我听着哭笑不得,故意说:他平时就爱喝点小酒。护士忙说:这几天不要喝酒。儿子回答:好的。我笑着问护士:来您这里打针的小朋友都是酒鬼吗?护士木然不答。也许是太忙了吧?护士完全忘记了这是儿科。

有位乡下亲戚,八十岁的老太太,听说我出了新书,老在外面跑,十分心痛,说:"赚钱也不容易啊!那不自己还要押车?背着书到处转?"老人家以为我卖书必定像叫卖老鼠药似的。我说:"是啊,哪碗饭都不好吃!"

长沙的冬天太冷,零度以下空调不管用。有年冬天凤凰卫视的许戈辉到我家录节目,为了排除噪声不开空调,冷得她发抖。我也发抖。几年前有人推荐地暖,但得在装修房子之前安装。昨天有人推荐燃气水暖,去一户人家看了,很好。决定安装。

什么时候,江南寒城可以集中供暖?还要等到共产主义那一天吗?

  这个冬天遇荒诞和好玩的事许多,偶记几件放在微博里。今天整在一起,做博文发了。有些忙,偷个懒。

# 一字可决成败

　　十五年前,家里买了一台液化气灶。此灶当时在长沙颇有名气,名叫"某某炉王"。搬回家之后,我发现灶上的拼音居然是"炉弯",少了个后鼻音符。我就暗自断言:这个品牌做不长久。果然没过几年,长沙再也见不到这个品牌的液化气灶了。我没有魔咒,也没有看别人败象的坏心思。我只是想:没有文化的企业,做不长久的。

　　有家餐馆,曾经生意红火,我喜欢去那里吃饭。有回拿起菜单,见上面有道菜的名字是:童子骨炖湖藕。我立马反胃想吐,心想这是顾大嫂开的店吗?我知道菜名的原意,用长沙土话讲,应该是筒子骨炖湖藕。我放下菜单走人,从此再也没有去吃。我也断言:这店开不下去。果然,不久这店就垮了。

　　有一年去深圳,一家新开的五星级酒店请我去做客。酒店老总要我出点子。我是个没有商业头脑的人,哪出得了赚钱的主意?只是主人太客气了,不动动脑筋过意不去。我就说了个很迂腐的想法。如今人们只是打电话和发短信,很少有人写信了。我向来又不满意邮政局的信封,不是样式做得难看,就是纸质太低劣。星级酒店的信封却很漂亮，信笺也印得好看。酒店不妨倡议住店客人给家人或朋友写信，尽可使用酒店的信封和信笺。客人只需把写好的信交到前台，由酒店出邮资寄出。现代人能收到亲人亲笔写的信，该是多么幸福的事！

　　酒店所费并不多，却是很好的广告。等于每位客人都在给酒店做广告。一年四季，印有酒店名的信封满世界飞！过不了几年，世界每个角落，都有这个酒店的信封。人们谈论起这个酒店，将是非常温馨浪漫的。

　　酒店老总听了，觉得真是个好点子。我自己身体力行，当夜就给家里写了封信。我打电话告诉爱人，今后每住一个酒店，都写一封信回来。爱人当然很高兴。不料，我回到长沙，怎么也盼不到这封信。一个多月后，我早已忘记这件事了，竟然收到了深圳的信。信封上却贴了一张条子，上面写道：请使用标准信封！

　　酒店同我开了个大玩笑！他们的信封原来不是通过邮政局监制的。邮政局自己印不好信封，却有权监制别人印，这是另外的话题。一个非标准信封，从深圳到长沙，得花三四十天。可能是步行来的。我不知道这家酒店是否采纳了我的傻点子，也不知道这家宾馆生意是否红火。但那确实是家不错的宾馆，祝愿它宾来客往，川流不息。

# 微博里的话

今天偷懒,选了些博客上的文字,充作文章发发。

某大侠席间为酒党戏作党训:人生苦短,婚姻苦长!何以解忧,且入酒党!——道学家莫生气,一笑而已。

20世纪90年代中期,曾有报道说未来人类可活到五百岁以上。我想,相应的,伦理、道德、法律都会发生变化。一个男人看见一个女人好面熟,想了半天才恍然道:哦,您是我四百年前的妻子!真到那时,如果自杀被公认为违法和不道德,想死会是件很不容易的事。

曾经十几年没戴手表,代之以手机。有几年常在天上飞,登机之后就不知道时间。我才知道,自己患有时间焦虑症。我会忍不住问空姐:什么时间了?无奈,只好又开始戴手表。夜里无论什么时候醒来,手就伸向枕头下摸手表。我在努力克服这个毛病。时间扯不住,知道了又如何呢?

曾胡诌一联:听雨高卧,煮茶清谈。前句说的是白天,后句说的是夜里。昔时,乡下的日子枯燥却宁静,逢着大白天下大雨,风高窗低,安睡幽室,好生自在。今晨醒来,帘外雨急。不想起床，又昏昏睡去。

想起母亲的母亲：我的外婆。外婆年老之后，见面就会说："外婆没什么留给你的，教你一个口诀吧。逢着有人卡了鱼刺，你拿碗清水来，念这口诀三遍，水叫他三口吞下，鱼刺就化了。"我每次都像头一次听见，怕伤了老外婆的心。外婆迟暮十多年，口诀我学了十多年。怀念外婆，不忘口诀。像哈利·波特！

记不住时间，已是老毛病了。什么时候，做过什么事，见过什么人，统统一片模糊。此生幸好无缘受贿，不然抓起来会罪上加罪。真的想不起了，却会被指为认罪态度不好。所以，我写小说，但凡关于时间，多写道：那一年……

有位网友屡发评论，说我的小说"把个现实弄得个体无完肤，为少数官僚找出'兴风作浪'的借口和途径。民意屡次被奸，王先生难辞其咎！尤其是所谓官场应酬的细节描写，简直就是诬蔑、歪曲和误导"！这是他的原话。如此，中国官场腐败，我是最大的黑暗教主。罪该万死啊！

奢侈的时代用词也很奢侈，成天听人说：快疯了，崩溃了，烦死人了，如此如此。其实，都被夸张了。一切都被夸张。当夸张成为世风，人们不再沉静。用词的夸张，折射的是社会心理。拿酒店名称来说，近三十年是这么升级的：酒店——大酒店——皇家大酒店——国际大酒店——国际皇家大酒店。也许有一天会叫成：宇宙银河国际皇家超级大酒店。往大处说的修饰词是这么升级的：很——巨——超——超巨。是否有一天会表述为：很超巨？

外头吃饭回来，保姆在看世博会开幕式。适逢焰火齐放，保姆啧啧而叹：知道要花多少钱啊！我哑然以对。我知道她家房子前年烧掉了，至今居无所栖，举家在外打工。那个冬天，全村的房子毁于火灾。尾声时解说词大意：世博精神已融入民族精神的宝库。什么是世博精神？这世道太容易出精神了。精神！倒过来念吧。

往露台小坐，雨雾连天。三年前栽下的青藤已爬得满墙，忍冬花开始打苞。花墙上栽的月季一茬红，一茬白。也许是杂交的，不同基因交替作用，全乱套了。拍死蜗牛无数。蜗牛是儿子前几年顽皮养的，已然成灾。

我说青藤爬得满墙，就有朋友提醒：青墙里怕有蛇。我告诉说：这是所谓屋顶花园，其实就是个大阳台，不怕有蛇，只恐飞龙。我说拍死蜗牛无数，有朋友说：蜗牛也是生命。我说不拍死蜗牛，它们会爬到床上来，我做不到"爱惜飞蛾纱罩灯"，佛祖恕我。

目前中国教育极不利于培养国民阅读习惯。中国是个考试大国，人们自小都是为了应付考试而读书。大多数人的所谓读书，就是读教材。教材算不上真正的书。旧时科举考试走进死巷子时，读书人只读《大题文库》《经义五美》之类的考试书。如此，文化走向了自绝之路。

季康子问政于孔子曰："如杀无道以就有道，何如？"孔子对曰："子为政，焉用杀？子欲善，而民善矣！"由是观之，暴政出暴民。

研究文学的人必须是要读原著的，但因为做论文得引用别人的观点，结果有的人只读别人的研究专著而远离文学原著。如此研究，舍本逐末。简单的比方是：第一个研究者是把米做成饭；第二个研究者把剩饭再炒一次；第三个研究者把剩饭炒成蛋炒饭……最后，成了面目全非的馊饭。学术界创见少，病在此处。

下着雨。阳台角上的落水管，装修时包进去了。传出的水声，叮叮咚咚，颇有泉意。想起在老家建的房子了。依山而起的小屋，屋后有山泉，日夜汨汨。屋前那棵月季很壮硕，上周回去

333

时见有花苞百余，想必现已怒放如火焰。樱花是谢过了。新长的桂叶如雀舌。雨夜并不妨碍蛙鸣，还有千军万马的虫子的叫声。

雍正元年初，朝廷于京城煮粥赈饥，来京就食的穷人很多，皇帝命煮粥期限延长，每日增拨银钱和粮食。直隶、山东、河南籍的饥民距京城较近，朝廷发给银钱劝遣他们回家。官府把事情做得很细，查明直隶等近京三省入京饥民共一千二百九十六名。我想，那时没有城管队，不然饥民无藏身之地。影响首都形象啊！

# 过江龙与强盗草

我在南方某地看见田间地头有种草,过去未曾见过的。此草高可及膝,秆粗如蒜,夏开白花。我问这是什么草,没人答得出。只道此草花开之后,结籽如杨花,随风四飞,遍地播撒。次年,籽落之处,满地繁生。据说原是作绿肥引进的,哪知繁衍甚猛,又很抢地力,已经成灾。我问:难道没有办法根除它吗?乡亲们都摇头。

昔时在乡下,知道有种草,类似水草,却比水草更妨农事。此草若不治理,可满丘丛生,荒废田亩。这种草偏又极难除尽,万劫尚能复生。乡亲们也不知道它叫什么草,取名叫它过江龙。因这种草茎如钢丝,又硬又长,满田爬生,可从这边田埂蔓到对面去,如游龙过江。亦是外来物种,据说是引进农作物种子带进来的。通常的草,扯除之后可在太阳底下晒死,可塞进泥里埋死,斩草除根亦可死。但是,过江龙任凭在泥里埋多深,都可从地底发出芽来。眼看着晒得干死了,遇水又会活过来。

但是,任过江龙如何顽强,终究没有酿成大灾。当年农民只要见着过江龙,必连根拔起,不留余孽。拔出来的过江龙,集中一处晒干,一炬燃之。可过江龙居然能浴火重生,若留有未能成灰的草节,水泡之后亦会复活。农民焚烧过江龙,必会看它统统成灰才放心。当年农民若无此等决绝,过江龙必致大害。

南方农村很多地方,20世纪70年代都修有宽敞的机耕道,可行大型货车。三十多年过去,机耕道多已消失。残留下来的,路宽仅及当年一半。皆因道路两边的农户,日刨月削。占地欲是农民的天性,这事往正面去说,可谓农民对土地的眷恋。但如今农民对土地的情感已很抽象,他们似乎并不真的心痛土地。大片的土地随意放荒,或听凭不名野草侵蚀。如果价钱大致合算,农民多会一手收钱,一手交出土地。

十年前,我搬进现在居住的小区。那时候,四望皆青山、田垄、炊烟。闲时散步,出门没多远,就到了乡下。田里长满美人蕉,未见稼圃。农民已废弃田土,忙别的营生去了。他们在世代祖居的土地上,成了行将离去的暂住者。这片美人蕉丛生的土地,微缩到城市的某个文件柜里,早已是线条麻密的蓝图。看似风景的美人蕉,角色却是家乡田野上的不名白花。

十年间,我家屋子里的灰尘永远扫不完,半夜里轰隆隆的机械声常把我惊起。蓝图上的麻密线条,渐渐变成横七竖八的钢筋水泥。尘埃终于落定,群楼拔地而起。炊烟不再,青山消遁,田垄已是滚滚车流下的不醒沉梦。偶有翠鸟飞到阳台上,仿佛精灵来自天外。那些荷锄夕烟下的农民呢?他们已悻悻然滚入城市的万丈红尘。他们失去土地,或许是不得已,或许也会后悔,但眼下拿着土地换来的现钞,正懵懂地做着城里人。

我在长篇小说《苍黄》里,写到过乡村的一种强盗草,指的就是那种夏开白花的不知名的草。所谓强盗草,只是我在小说里虚构的名词。它在乡间并无名称。农夫们并不怎么说起它,自然无须有姓名。

听任一种不名之物在乡间田野上为害,大概可作如今农村治理状态的隐喻。过江龙更为凶悍,却遭遇了农民的抵抗。强盗草很好根绝,却在泛滥成灾。我曾同乡亲讨论过这种草。此草结籽之后才能繁衍,如果在它花季之前铲除,它还会长起来吗?乡亲却回我一句话:谁来成头呢?

白花漫无边际,田野仿佛服着丧。不再下地的小村姑,学了城里人的优雅,居然拿这白花装饰闺房,实在是太反讽了。

## 你想牛一把吗？

我虽非先知先觉，但也并非事后诸葛。有关房地产业的桩桩怪事，我早就有过些许觉悟，也曾发过些无用书生之论。

几年前，某些内地城市也鼓吹所谓"别墅年"的时候，我就说过：依照中国的人地关系，政府应该禁止建设城市别墅。我当时在某电台做嘉宾主持，专门就这个话题作过讨论。但那时候，不见政府有相关限制性政策。

某地炒房团四处抬高房价的时候，我也说过：所谓的市场经济法则，不是一切不合理经济行为的辩护词。相关法律尚未建立健全之前，合理不合理可作判断是非的尺度。像炒房这样的经济行为，哪怕它并不触及现行法律，但只要它恶化经济环境，侵害大多数人利益，就应该予以制止。政策先行，法后随之。

一户多房，未成年人名义买房，等等，我在电台做节目时也提出来讨论过。记得当时我们谈到这个话题时，牵涉到社会资源公平、遗产税、子女教育理念等诸多方面。当然，都属白操心的话。

常有读者朋友网上留言，想从我手里买书。我总是这么调侃着回复：我没有图书经营资格，我卖书给您属违法行为。同样的道理，我也说过私房出租是违法的。

曾经的革命策略是：农村包围城市。如今的尴尬局势是：城市围剿农村。我总觉得农村土地贱卖，城市非理性扩张，大患在后。吞噬农村的城市，似乎也并不幸福。改写杜诗：已有广厦千万间，大批城市寒士无欢颜。

网上评价，中国老百姓最想揍的是三个人：小泉、陈水扁、某房产老大。某房产大佬成了千夫所指的恶汉。他遭遇"扔鞋门"，不管是否有人指使，不管是否为炒作秀，且不去论。以人之常情论，他实属活该！看他在博鳌房产论坛上接受记者的采访，骂骂咧咧整个就是同政府和民众对着干的姿态。也许，依照现行法律和政策，那些挨骂的房产大佬并无过错，只是有些缺德而已。世上并无缺德罪，谁奈之何？

市场经济被喊了好多年了，但房产价格真是市场决定的吗？非也！曾见报道，南方某医院，一瓶出厂价十五块钱的药，最终到患者手里竟然高达二百一十三元！从工厂到医院，中间是环环相扣的掠夺机制。其实，房产价格的形成，也是这种模型的掠夺机制，只是其势更为凶险而已。中国大凡同权力沾边的商品，都不可逃脱这种掠夺型价格机制，不过是环节有多寡，下手有轻重。

市场若被操纵，公平自在云霄之外。房地产业中的税收，至少从道理上讲是归了国家，且不管这钱实际上是怎么用掉的；但是，房产开发的所谓前期费用和项目运行中的腐败开支、房产商由贪欲而不是因市场规律或法律限制而预期的利润回报，最终都落到消费者头上。房地产业这方屠桌上，消费者仅仅只是猪和羊，区别只在猪愚蠢些，羊懦弱些。你想牛一把吗？那就自焚吧。

# 官话之变迁

　　有家媒体让我谈谈最近二三十年官场语言变迁的话题。我没有仔细研究这个问题，只有些大致的记忆和感触。政府文书语言是书面语言，同通常意义上的书面语言是有区别的，它的特点在于官方气息，也就是说它是官方书面语言。官方书面语言强调的是规范性和稳定性，排斥个性化和多样化。政府文书需要维护其权威性和统一性，拿来自东北的流行话说：这是必需的！但久而久之，这种语言就趋向僵化和程式化。比如，老百姓日常用语说：这件事我是这么看的。受官方文书语言影响的人也许会说：关于这个事情，我的意见是这样的。加上"关于"二字，并且把"这么看"这个意思讲成"我的意见"，就是受官方文书的影响。

　　不同时期的官话，有不同的时代烙印。"文革"时期的官场语言同现在的官场语言差异就很大。"文革"时期的官场语言主要特点，一是战斗性。动不动就是把什么斗争进行到底，或者争取什么战役的彻底胜利。二是主观性。极度强调和夸大人的意志，典型句式就是"一定要什么什么"，大有不顾客观条件的意味。三是鼓动性。语态语势排山倒海，不让人热血沸腾不罢休。

四是诡辩性。首先把自己天然地放在正确的位置，再不由分辨地进行伪逻辑推论。比方："反对这个决定的人是多数还是少数？我看是少数。少到多少呢？占到百分之二十吗？我看最多只占百分之零点一。少数服从多数，所以这个决定是正确的！"这是"文革"时期最常见的诡辩术，其中言之凿凿地说到百分比是怎么来的？只因这么发言的人占据了话语霸权，无人可与争辩。

20世纪80年代以后，官场语言逐渐转入平和，其中最显著的特点就是关于事物的定性推论慢慢少了，定量分析慢慢多了。突出政治的时代讲究的是性，而转入经济建设时期讲究的是量。80年代政府文书中还有战斗性词汇的残留，后来慢慢地消失了。

很多时候，政府比民间都会慢几个节拍。语言的流行也是如此。如网络时代很多词句，政府要等到民间流行很久之后，才慢慢采用。这虽然是细枝末节的事，但反映的是官方的迟钝或傲慢。有些具有时代特色的词能不能进入官场词汇，或者什么时候进入，都不是以人的主观愿望为转移的。

官场有自己的不成文的习惯，谁也没有办法强行规定如何遣词造句。有些语言也会受世界经济的影响，过去我们听什么"一揽子方案"通常是西方的说法，现在我们国家官方也用这个词。不光是用语习惯的改变，而是同国家政策的变化有关系。

从我写作《国画》到《苍黄》这十年，国家法律、政策有较大变化，办事程序比过去公开和透明。但有的公务员却未能适应这种变化，甚至抱怨因社会进步而使权力受到限制，办事不如以前方便了。反映到语言上，多了"运作""摆平""搞定"等词语。拿"运作"来说，无非就是转弯抹角，煞费苦心，尽量规避法律和政策风险，办一些本来不应该办的事情。